"一带一路"沿线国家经典诗歌文库

（第一辑）

主编　赵振江

副主编　蒋朗朗　宁琦　张陵

伊朗诗选

上册

穆宏燕　编译

作家出版社

译者穆宏燕

穆宏燕

一九六六年五月生，四川人。

一九八二年至一九九〇年就读于北京大学东方语言文学系波斯语言文学专业，获硕士学位。

曾长期担任中国社科院外国文学研究所东方文学研究室主任，现为北京外国语大学亚非学院教授、北京大学东方文学研究中心特聘研究员、国家社科基金重大项目首席专家、中国外国文学学会理事、中国非通用语学会理事。

长期从事波斯（伊朗）文学艺术与宗教文化研究。出版研究专著《凤凰再生——伊朗现代新诗研究》（获中国社科院第六届优秀科研成果专著类二等奖）《波斯古典诗学研究》《波斯札记》。发表学术论文百余篇，其中《在卡夫山上追寻自我——奥尔罕·帕慕克的〈黑书〉解读》获中国社会科学院第八届优秀科研成果论文类二等奖。

出版译著《欧玛尔·海亚姆四行诗百首》《伊朗现代新诗精选》《灵魂外科手术——伊朗现代小说精选》《恺撒诗选》《伊朗当代短歌行》《萨巫颂》《瞎猫头鹰》《玛斯纳维全集》（第一、二、六卷）。其中，《瞎猫头鹰》入选《中华读书报》二〇一七年度百佳图书中"文学类二十五种最佳图书"，译者也被《北京青年报》评为"二〇一七青阅读最佳译者"。

《玛斯纳维全集》（共六卷）隶属"波斯经典文库"（共十八卷）。江泽民主席在二〇〇二年访问伊朗期间，将其作为文化国礼赠送给伊朗政府，江泽民主席和伊朗总统哈塔米先生共同在该丛书上签名留念，现收藏在中伊两国的国家图书馆，作为中伊两国传统友谊和文化交流的象征。该丛书荣获二〇〇三年伊朗第十届世界图书奖大奖，由伊朗总统哈塔米先生亲自颁奖；荣获二〇〇三年中国第六届优秀外国文学图书奖一等奖、二〇〇三年中国第六届国家图书奖荣誉奖；同年十二月，全体七名译者荣获伊朗文化部颁发的中伊文化交流突出贡献奖。

目　录

总　序

　　二○一三年秋，习近平主席先后提出建设"丝绸之路经济带"和"二十一世纪海上丝绸之路"（简称"一带一路"）的倡议。"一带一路"一经提出，便在国外引起强烈反响，受到沿线绝大多数国家的热烈欢迎。如今，它已经成了我们在政治、经济和文化生活中最具活力的词汇。"一带一路"早已不是单纯的地理和经贸概念，而是沿线各国人民继往开来、求同存异、构建人类命运共同体的幸福路、光明路。正如一首题为《路的呼唤》[1]的歌中所唱的：

> ……
> 有一条路在呼唤
> 带着心穿越万水千山
> 千丝万缕一脉相传
> 注定了你我相见的今天
> 这一条路在呼唤
> 每颗心都是远洋的船
> 梦早已把船舱装满
> 爱是我们共同的家园
> ……

　　习主席关于构建人类"政治互信、经济融合、文化包容的利益共同体、命运共同体和责任共同体"的主张是人心所向，众望所归。联合国将"构

---

[1]　《路的呼唤》：中央电视台特别节目《一带一路》主题曲，梁芒作词，孟文豪谱曲，韩磊演唱。

建人类命运共同体"写入大会决议，来自一百三十多个国家的约一千五百名贵宾出席二〇一七年五月十四日在北京举行的"一带一路"国际合作高峰论坛，就是最有力的证明。

在国与国之间，政治互信、经济融合、文化包容的基础在民心，而民心相通的前提是相互了解和信任。正是出于这样的理念，我们决定编选、翻译和出版这套"'一带一路'沿线国家经典诗歌文库"，因为诗歌是"言志"和"抒情"最直接、最生动、最具活力的文学形式，诗歌最能反映大众心理、时代气息和社会风貌。"'一带一路'沿线国家经典诗歌文库"是加强沿线各国人民之间相互了解和信任的桥梁。

"'一带一路'沿线国家经典诗歌文库"的创意最初是由作家出版社前总编辑张陵和中国诗歌学会会长骆英在北京大学诗歌研究院院会提出的。他们的创意立即得到了谢冕院长和该院研究员们的一致赞同。但令人遗憾的是，在本校的研究员中只有在下一人是外语系（西班牙语）出身，因此，他们就不约而同地把这套书的主编安在了我的头上。殊不知在传统的"一带一路"沿线国家中，没有一个是讲西班牙语的。可人家说："一带一路"是开放的，当年"海上丝绸之路"到了菲律宾，大帆船贸易不就是通过马尼拉到了墨西哥吗？再说，巴西、智利、阿根廷三国的总统不是都来参加"一带一路"国际合作高峰论坛了吗？怎么能说"一带一路"和西班牙语国家没关系呢？我无言以对。

古丝绸之路是指张骞（前一六四年至前一一四年）出使西域时开辟的东起长安，经中亚、西亚诸国，西到罗马的通商之路。二〇一三年九月七日，习近平主席在哈萨克斯坦纳扎尔巴耶夫大学演讲时，提出共建"丝绸之路经济带"的主张，赋予了这条通衢古道以全新的含义，使欧亚各国的经济联系更加紧密、相互合作更加深入、发展空间更加广阔，从而造福沿途各国人民。至于古老的"海上丝绸之路"，自秦汉时期开通以来，一直是沟通东西方经济和文化交流的重要渠道，尤其是东南亚地区，自古就是"海上丝绸之路"的重要枢纽。习主席建设"二十一世纪海上丝绸之路"的构想使其在新的历史起点上，有了更加重要而又深远的意义。

"一带一路"沿线国家主要包括西亚十八国（伊朗、伊拉克、格鲁吉亚、亚美尼亚、阿塞拜疆、土耳其、叙利亚、约旦、以色列、巴勒斯坦、沙特阿拉伯、巴林、卡塔尔、也门、阿曼、阿拉伯联合酋长国、科威特、黎巴嫩），中亚六国（哈萨克斯坦、土库曼斯坦、吉尔吉斯斯坦、乌兹别克斯坦、塔吉克斯坦、阿富汗），南亚八国（尼泊尔、不丹、印度、巴基斯坦、孟加拉国、斯里兰卡、马尔代夫、阿富汗），东南亚十一国（印度尼西亚、马来西亚、菲律宾、新加坡、泰国、文莱、越南、老挝、缅甸、柬埔寨、东帝汶），中东欧十六国（阿尔巴尼亚、波斯尼亚和黑塞哥维那、保加利亚、克罗地亚、捷克、爱沙尼亚、匈牙利、拉脱维亚、立陶宛、马其顿、黑山、罗马尼亚、波兰、塞尔维亚、斯洛伐克、斯洛文尼亚）。独联体四国（俄罗斯、白俄罗斯、乌克兰、摩尔多瓦），再加上蒙古和埃及等。

从上述名单中不难看出，"一带一路"沿线国家多为文明古国，在历史上创造了形态不同、风格各异的灿烂文化，是人类文明宝库重要的组成部分。诗歌是文学的桂冠，是文学之魂。文明古国大都有其丰厚的诗歌资源，尤其是经典诗歌，凝聚着国家和民族的精神和理想。各国之间的文化交流与经贸往来，既相互交融又相互促进，可以深化区域合作，实现共同发展，使优秀文化共享成为相关国家互利共赢的有力支撑，从而为实现习主席构建人类命运共同体的伟大目标打下坚实的文化基础。

"一带一路"沿线国家多是发展中国家。长期以来，我们一直比较重视对欧美发达国家诗歌的译介，在"经济一体、文化多元"的今天，正好利用这难得的契机，将这些"被边缘化"国家的传统文化和民族精神纳入"一带一路"的建设，充分发掘它们深厚的文化底蕴，让它们的古老文明在当代世界发挥积极作用，使"文库"成为具有亲和力和感召力的文化桥梁。

"一带一路"沿线国家又多是中小国家。它们的语言多是非通用的"小语种"，我国在这方面的人才储备相对稀缺，学科建设相对薄弱；长期以来，对这些国家的文学作品缺乏系统性的译介和研究。从这个意义上说，"文库"的出版具有填补空白的性质，不仅能使我们了解这些国家的诗歌，也使相关的学科建设和学术研究有了新的生长点。

"'一带一路'沿线国家经典诗歌文库"的现实意义和深远影响已经很清楚了，但同样清楚的是其编选和翻译的难度。其难点有三：一是规模庞大，每个国家一卷，也要六十多卷，有的国家，如俄罗斯、印度，还不止一卷；二是情况不明，对其中某些国家的诗歌不是一无所知也是知之甚少，国内几乎从未译介过，如尼泊尔、文莱、斯里兰卡等国；三是语言繁多，有些只能借助英语或其他通用语言。然而困难再多，编委会也不能降低标准：一是尽可能从原文直接翻译，二是力争完整地呈现一个国家或地区整体的诗歌面貌。

总之，"文库"的规模是宏大的，任务是艰巨的，标准是严格的。如何完成？有信心吗？答案是肯定的。信心从何而来呢？我们有译者队伍和编辑力量做保证。

"'一带一路'沿线国家经典诗歌文库"的编译出版由北京大学外国语学院和中国作家出版社联袂承担，可谓珠联璧合，阵容强大。

北京大学外国语学院是国内外国语言文学界人才荟萃之地，文学翻译和研究的传统源远流长。北大外院的前身可以追溯到京师同文馆（一八六二年）和京师大学堂（一八九八年）。一九一九年北京大学废门改系，在十三个系中，外国文学系有三个，即英国文学系、法国文学系、德国文学系。一九二〇年，俄国文学系成立。一九二四年，北京大学又设东方文学系（其实只有日文专业）。新中国成立后，东语系发展迅速，教师和学生人数都有大幅度增长。一九四九年六月，南京东方语言专科学校和中央大学边政学系的教师并入东语系。到一九五二年京津高校院系调整前，东语系已有十二个招生语种、五十名教师、大约五百名在校学生，成为北大最大的系。

一九五二年院系调整时，重新组建西方语言文学系、俄罗斯语言文学系和东方语言文学系。其中西方语言文学系包括英、德、法三个语种，共有教师九十五人，分别来自北大、清华、燕大、辅仁、师大等高校（一九六〇年又增设西班牙语专业）；俄罗斯语言文学系共有教师二十二人，分别来自北大、清华、燕大等高校；东方语言文学系则将原有的西藏语、维吾尔语、西南少数民族语文调整到中央民族学院，保留蒙、朝、日、越、暹罗、印尼、缅甸、印地、阿拉伯等语言，共有教师四十二人。

北京大学外国语学院于一九九九年六月由英语系、西语系、俄语系和东语系组建而成，下设十五个系所，包括英语、俄语、法语、德语、西班牙语、葡萄牙语、日语、阿拉伯语、蒙古语、朝鲜语、越南语、泰国语、缅甸语、印尼语、菲律宾语、印地语、梵巴语、乌尔都语、波斯语、希伯来语等二十个招生语种。除招生语种外，学院还拥有近四十种用于教学和研究的语言资源，如意大利语、马来语、孟加拉语、土耳其语、豪萨语、斯瓦西里语、伊博语、阿姆哈拉语、乌克兰语、亚美尼亚语、格鲁吉亚语、阿塞拜疆语等现代语言，拉丁语、阿卡德语、阿拉米语、古冰岛语、古叙利亚语、圣经希伯来语、中古波斯语（巴列维语）、苏美尔语、赫梯语、吐火罗语、于阗语、古俄语等古代语言，藏语、蒙语、满语等少数民族及跨境语言。学院设有一个一级学科博士点、十个二级学科博士点和一个博士后流动站，为北京市唯一外国语言文学重点一级学科。学院师资力量雄厚：全院共有教师二百一十二名，其中教授六十名、副教授八十九名、助理教授十六名、讲师四十七名，拥有博士学位的教师一百六十三人，占教师总数的百分之七十七。

从以上的介绍不难看出，北京大学外国语学院的语言教学和科研涵盖了"一带一路"的大部分国家，拥有一批卓有成就的资深翻译家和崭露头角的青年才俊，能胜任"文库"的大部分翻译工作。至于一些北大没有的"小语种"国家，如某些中东欧国家，我们邀请了高兴（罗马尼亚语）、陈九瑛（保加利亚语）、林洪亮（波兰语）、冯植生（匈牙利语）、郑恩波（阿尔巴尼亚语）等多名社科院外文所和兄弟院校的专家承担了相应的翻译工作，在此谨对他们表示诚挚的敬意和衷心的感谢。

有好的翻译，还要有好的编辑。承担"'一带一路'沿线国家经典诗歌文库"编辑出版任务的作家出版社是国家级大型文学出版社，建社六十多年来出版了大量高品质的文学作品，积累了宝贵的资源和丰富的经验。尤其要指出的是，社领导对"文库"高度重视，总编辑黄宾堂、前总编辑张陵、资深编审张懿翎自始至终亲自参与了所有关于"文库"的工作会议，和北大诗歌研究院、北大外国语学院的领导一起，精心策划，全力以赴，保证了"文库"顺利面世。

最后还要说明的是，"'一带一路'沿线国家经典诗歌文库"得到了北大校领导的大力支持。"文库"第一批图书的出版恰逢北京大学建校一百二十周年（一八九八年至二〇一八年），编委会提出将这套图书作为对校庆的献礼。校领导欣然接受了编委会的建议，并在各方面给予了大力支持，校党委宣传部部长蒋朗朗同志从始至终参与了"文库"的策划和领导工作。至于北京大学外国语学院的领导更是责无旁贷地承担了全部翻译工作的设计、组织和落实。没有他们无私忘我、认真负责的担当，完成这样艰巨的任务是不可能的。

"'一带一路'沿线国家经典诗歌文库"第一批诗作即将出版，这只是第一步，更艰巨的工作还在后头；更何况随着时间的推移，"一带一路"的外延会进一步扩展，"文库"的工作量和难度也会越来越大。但无论如何，有了这样的积累，我们完全有理由相信，"'一带一路'沿线国家经典诗歌文库"会越来越好。为了实现这样的目标，我们期待着领导、业内同仁和广大读者的批评指教。

赵振江
二〇一七年秋于北京大学蓝旗营寓所

前　言

随着二十世纪上半叶剧烈的社会变革，伊朗诗歌实现了从严格的古典格律诗到现代自由新诗的转型。完成转型之后的伊朗新诗十分繁荣昌盛，涌现出了一大批杰出的新诗诗人和优秀的新诗作品。二十世纪，也是伊朗政治风云变幻莫测的世纪，发生过数次重大政治事件。文学虽然不是政治的附庸，然而却与政治密切关联。政权的更迭、意识形态的变化，往往会使文学的特征随之发生很大的改变。因此，二十世纪伊朗诗歌的发展与相应的重大政治事件和社会事件密切关联，据此大致可以分为六个时期。

一、立宪运动时期：伊朗诗歌从古典诗歌向现代新诗转型

从十九世纪起，伊朗这个长期雄踞西亚的文明强国开始没落，饱受英、俄等欧洲列强的欺侮，被迫签订一系列的不平等条约，出让国家政治和经济主权。在欧洲列强面前，伊朗从昔日的文明强国一下跌落为愚昧落后的弱国。这种巨大的现实落差首先促使了伊朗知识阶层的觉醒，他们认识到要摆脱受人奴役、任人宰割的地位，必须实行变法图强。二十世纪初，在俄国一九〇五年革命的影响下，内忧外患的伊朗爆发了声势浩大的立宪运动（一九〇五年至一九一一年）。

立宪运动从根本上说是一次政治运动，它要求伊朗恺加王朝（一七九四年至一九二四年）的国王实行君主立宪制。运动的领导力量，除了一部分宗教领袖和资产阶级商人外，还有一部分是文化界人士（伊朗的宗教阶层和商人阶层皆属于知识阶层，但不属于文化界人士）。这些文化界人士利用手中的文化工具，在思想文化战线上推动着立宪运动的蓬勃发展。因此，可以说，立宪运动在一定程度上又是一场思想文化解放运动：在思想上，传播西方的民主自由思想，反对封建集权专制；在文化上，提倡适应

1

新时代的文学。正如著名诗人巴哈尔在总结这时期的文学时所说："作为革新与革命时期，顾名思义，标志着这一时期的特点是革命的思想与革命的文学。散文作品与诗歌作品都发生了巨大变化。产生了新的诗风，即以朴实的语言和深挚的感情创造具有爱国主义思想的政治诗歌。出现了各种流派的诗人以及形形色色的诗歌创作。同时，旧形式也继续加以利用，所以在颂体诗与抒情诗方面也有所革新。"

在诗歌方面，尽管立宪运动的诗人们已经感到古典格律诗不能适应如火如荼的斗争需要，严重地束缚了新思想的自由表达，但他们基本上奉行的是改良主义路线。这种改良主义首先表现为以《塔兰内》《塔斯尼夫》等民间俚曲创作的诗歌在报刊上大量涌现和迅速传播。诗人们在这些民歌体诗歌中大量使用活泼的口语，使广大群众读起来格外亲切，对发动广大群众起来斗争起到了很大的作用。

在一批诗人试图用民歌体诗歌排挤古典格律诗在诗坛的统治地位的同时，以巴哈尔为首的另一些学院派诗人，对古典格律诗做了适应时代发展需求的改良性变革。巴哈尔是伊朗现代文学史上的元老，出身于诗歌世家，在很年轻的时候就获得了"诗王"的称号。立宪运动爆发后，巴哈尔积极投身于斗争中，是文化界的领袖人物。置身于立宪运动中的巴哈尔已清楚地认识到古典格律诗若不进行变革，就必然被时代所淘汰。然而，深厚的古典文学造诣使巴哈尔在革新派中倾向于保守，他认为古典格律诗在形式上是完美的，只需在这完美的形式中装入新时代的内容。

在立宪运动之前，伊朗古典格律诗的内容主要有以下几个方面：歌功颂德、宗教劝诫、宴饮郊游、男女爱情。巴哈尔突破了古典格律诗一千多年以来一成不变的内容，用古典格律诗的形式创作了大量具有新时代内容的诗歌。这些诗歌充满了反帝反封建的思想，充满了对外国入侵势力的愤慨，充满了对灾难深重的祖国的忧伤，充满了唤醒民众的激情。

巴哈尔首先冲破了古典格律诗在内容方面的森严壁垒，不论他的主观意向如何，在客观上，巴哈尔对古典格律诗内容的革新使后来的诗人们认识到古典格律诗并不是神圣不可动摇的，从而使他们冲破古典格律诗在形式上的枷锁成为可能。

立宪运动时期的诗歌改良主义，引起了激进派诗人们（他们一般都通晓法语，熟悉法国现代诗歌）的极大不满，他们开始着手颠覆古典诗歌秩序。激进派诗人拉胡蒂在积极投身于革命运动的同时，不声不响地实践着

"推倒古典诗歌大厦",于一九〇九年创作了伊朗诗歌史上第一首新韵律诗《践约》。

可以说,在巴哈尔冲破古典诗歌在内容上的森严壁垒的基础之上,拉胡蒂对古典诗歌一千多年一成不变的形式发起了冲击,其意义非同寻常。现代诗歌与古典诗歌在思想内容上固然有很大的不同,但诗体的演变和发展在任何时候都是以诗歌形式(包括外在形式和内在结构)的变化为标志的。

二、一九二二年至一九四一年:尼玛创建伊朗现代新诗范式

立宪运动尽管取得了一些政治上的成功(比如,迫使恺加王朝成立了国会,这可以说是君主立宪制的一个标志),但在国内外反动势力的镇压下,于一九一一年以失败告终。之后,立宪革命者还爆发了多次武装革命起义,直到一九二五年,时任哥萨克军官的礼萨汗用军事强权扑灭革命的火种,建立了巴列维王朝(一九二五年至一九七九年),伊朗现代历史进入一个新时期。

正是在恺加王朝摇摇欲坠的时期,伊朗诗坛发生了保守派与革新派的激烈论争。保守派也称为学院派,主要是一些精英知识分子,对伊朗传统文化有着很深的眷恋,认为波斯古典格律诗的严谨规范是不可动摇的;而革新派却又因对现代诗歌内在机理缺乏深刻的体认,一味在形式上标新立异,难以得到人们的认可。正是在这样的两难夹缝中,从伊朗北部山区走出一位诗人——尼玛·尤希吉,用具有现代意识的诗歌理念在伊朗诗坛上树立起了两座丰碑,开创了伊朗新诗的新纪元。

(一)尼玛创建"新古典主义"范式

正式在伊朗诗坛竖起一座里程碑、宣告伊朗新诗诞生的作品是尼玛·尤希吉于一九二二年创作的抒情长诗《阿夫桑内》。

《阿夫桑内》这座新大厦的结构完全区别于古典结构,从形式到内容都与之前的诗歌有本质的区别。首先,《阿夫桑内》在思想内容上具有鲜明的现代意识,既非古典诗歌"为赋新词强说愁"式的作和酬唱,也非直接诉诸外部事件与社会环境,而是揭示了二十世纪现代人的精神状态,展现了现代人的内心冲突,是伊朗诗歌史上前所未有的新篇章。如果说巴哈

尔的诗歌显示了伊朗现代新诗之种子业已在内部发育细胞，拉胡蒂的《践约》则标志着伊朗现代新诗业已萌芽，而尼玛的《阿夫桑内》则破土而出，标志着伊朗现代新诗正式诞生，为伊朗现代新诗竖起了一座里程碑。

《阿夫桑内》在诗歌的外在形式和内在结构上冲破了古典格律诗的堡垒，其在格律和韵律上的创新，开创了伊朗现代新诗的两大主要形式之一：新古典主义形式。该形式的主要特点是：在格律上另起炉灶，或部分地借鉴古典形式，一种格律用到底，或在格律基本框架不变的情况下稍作变化，但这种变化有规律可循；在韵律上采用新式韵律，押韵方式规则，有章可循；一般采用四句一段或五句一段的形式，句式整齐，段落整齐。"新古典主义"诗歌形式曾一度在伊朗现代诗坛占据主要地位。

（二）尼玛创建"尼玛体"诗歌范式

一九三八年，尼玛与其他几位文化界人士一起创办了《音乐》杂志。该杂志由官方出资，由文化部音乐司主管，具有较大的影响力，杂志内容以音乐方面为主，辟有诗歌专栏。尼玛在《音乐》杂志社工作的几年正是其诗歌创作的一个高峰时期。

一九三八年和一九三九年，尼玛在《音乐》杂志上相继发表了《渡鸦》和《凤凰》两首具有划时代意义的作品。这两首诗完全抛弃"韵脚规律化"的模式，根据诗歌本身的内容，自然而然地形成韵脚。这一创新是诗歌从"规律化"走向"自由化"迈出的重要的一步。这两首诗还在格律上第一次打破了一种格律用到底，不能换格的限制。旧律句与新律句掺杂使用，至于旧律句、新律句在全篇的何处出现，完全无规律可循；新律句的格律变化多端，不统一，也无规律可循。

关于此，尼玛后来说："三月里，我坐在游泳池边凝视着起起伏伏的涟漪。游泳池好像在喃喃自语，起起伏伏的涟漪便是它的话语，依赖于时空的需要而起伏。我要把这种自然的秩序置于诗歌的形式中。"的确，水面的涟漪每一次都不同于前一次，但这每一次的涟漪都有其自身的律动，这律动是自然形成的，没有规律。《凤凰》和《渡鸦》所运用的正是这种"涟漪律动"，一句诗如一次起伏的涟漪，句子的律动随思想情感的需要而形成。从此，人们把律动自由化的诗称为"尼玛体"，也称为"断裂体"，指格律断裂，不连贯，没有以一种格律贯穿全篇。

《凤凰》和《渡鸦》在形式上不仅完全彻底地打散了伊朗古典诗歌

一千多年一成不变的"骨架",而且也是对《阿夫桑内》所代表的"新古典主义形式"的颠覆,在伊朗现代新诗史上又竖起了一座里程碑。《凤凰》和《渡鸦》开创了伊朗现代新诗两大重要形式中的另一种形式:"尼玛体",即自由体形式。"尼玛体"诗歌的主要特点是:具有某种韵律和格律,但这种韵律和格律乃随思想内容的需要而形成,是自由的,无章可循。"尼玛体"后来成为伊朗现代新诗的"正宗"。

尼玛开创了伊朗现代新诗史上的两大诗歌形式,在诗歌的思想内容和艺术手法上带领伊朗诗歌进入现代诗歌的行列,为伊朗现代新诗竖起了两座里程碑,其对伊朗现代新诗的贡献无人可及。因此,"伊朗新诗奠基人""伊朗现代新诗之父""伊朗新诗宗师"等称号对于尼玛乃当之无愧。

三、一九四一年至一九五三年左翼运动时期:现代新诗迅速发展

一九四一年,盟军为了开辟一条从苏联高加索地区经伊朗通往波斯湾和阿拉伯海的运输通道,出兵占领了伊朗,迫使奉行亲德政策的礼萨汗退位。礼萨汗的儿子穆罕默德·礼萨·巴列维在盟军的扶持下登上王位。第二代巴列维国王迫于同盟国的压力在政治和文化上采取了相对宽松的政策,一九四一年后文学出版物一下增加到数十种。这些刊物背后大都有英美或苏联的支持,或介绍西方自由民主的新思想,或介绍社会主义新思想,并介绍和翻译世界著名作家和诗人的作品,文坛开始迅速繁荣起来。伊朗人思想越来越解放,视野越来越开阔,对现代诗歌的发展形势越来越了解,越来越认识到必须改革古典诗歌,才能使具有辉煌历史的伊朗诗歌在新的时代走向世界诗坛。一九四一年后,文学界逐渐形成共识:诗歌必须改革。

一九四一年至一九五三年随着伊朗人民党(共产党)的建立,社会主义思潮和运动在伊朗蓬勃发展,左翼革命诗歌成为伊朗新诗走向繁荣的重要组成部分。当时,伊朗的思想文化界主要受苏联的影响,人民党成为伊朗的第一大政党,各个知识领域中的很多有着非凡成就和名望的知识分子都加入了人民党或者积极拥护人民党,"人民党在工薪阶层具有强烈的影响力,在工程师、大学教授、大学生、知识分子尤其是作家、新知识女性,乃至军队中的一些军官中都可以看到其力量","一九五一年大学生中有百分之二十五是党员,另外百分之五十是拥护人民党的积极分子",因

此，可以说伊朗整个知识文化界普遍"左转"。

人民党对文艺界的绝对领导以及对新诗的极力倡导，使社会主义思潮的革命性与伊朗诗歌的革新结合在一起，用新诗创作在一定程度上代表了诗人自身思想上的革命性，从而使新成长起来的年轻诗人们都自觉地用新诗创作，以此表明自己思想上的革命性。这是伊朗新诗在四十年代迅速走向繁荣的重要原因之一。

曼努切赫尔·希邦尼是第一位追随尼玛创作"尼玛体"诗歌的诗人，也是一位杰出的左翼诗人，他的诗集《星火》是伊朗左翼革命诗歌的优秀篇章。希邦尼受欧洲现代主义诗歌的影响很深，他的左翼革命诗歌是思想内容上的革命性与艺术形式上的现代性相结合的典范。比如《攻克柏林之际》一诗歌颂了苏联卫国战争的胜利，表达了对社会主义的坚强信念。该诗完全采用意象的组合，共产主义的标志"镰刀、麦穗、铁锤、红星"在诗中组合成十分动人的形象，一直为评论家们所称道。

从一九四八年开始，人民党的各种文艺刊物开始着力倡导社会主义现实主义，号召作家和诗人们摈弃自己的小资产阶级情感，用手中的笔宣传马克思主义、歌颂社会主义、描写广大劳动人民。在这样的政治气氛下，诗坛开始笼罩上一股政治热情。刚刚成长起来的年轻的新诗诗人们成为人民党文艺路线的忠实执行者和捍卫者，其中最具有代表性的有党员诗人胡尚格·埃布特哈吉、伊斯玛仪·沙赫鲁迪、瑟亚乌什·卡斯拉伊和非党员诗人阿赫玛德·夏姆鲁。

瑟亚乌什·卡斯拉伊是伊朗诗坛上最坚定的左翼革命诗人，也是取得最高诗歌成就的左翼革命诗人。在石油国有化运动时期，卡斯拉伊刚刚在诗坛上崭露头角，这时期他最有名的一首诗是发表于一九五二年的《筑路工——给我的父亲》："原野一片焦渴／铺满阳光的大路／热风在盘旋／步履迟缓的太阳／／广阔的沉寂／一顶黑色的帐篷／滚烫的细沙／枯井般的双眼／／几个男人的身影／映在尘土之帘幕／一只水罐，几只铁铲／疲惫不堪，仍工作。"这首描写劳动人民的短诗可以说是社会主义现实主义的优秀作品，诗人用十分简练的语言将烈日炎炎之下筑路工人仍辛勤劳作的场景生动地呈现在读者眼前，十分打动人心。

一九五三年之前的左翼革命诗歌在形式上是多种多样的，瑟亚乌什·卡斯拉伊的诗歌较多地具有"尼玛体"形式的本色，希邦尼和夏姆鲁的诗歌较多地吸收了现代主义诗歌形式的特点，而埃布特哈吉和沙赫鲁迪的诗歌较多地采用新古典主义诗歌形式。尽管文艺界出现过极左思想，产生了一些政治口号式的诗歌，但总的来看，这时期的左翼革命诗歌在艺术上仍取得了较大的成就。

伊朗左翼革命诗歌从一九四一年盟军进入伊朗、伊朗人民党建立开始，到一九五三年"八月政变"之前，一直是诗坛的中坚力量。伊朗新诗在四十年代后半期迅速发展，取代了旧体诗在诗坛一千多年的统治地位，这其中左翼革命诗歌可谓居功至伟。

四、一九五三年至一九七二年：伊朗新诗的繁荣鼎盛

一九五三年八月，伊朗石油国有化运动如火如荼，巴列维国王的专制政权岌岌可危。美国为了自身在中东的利益，用重金收买伊朗军队中的保王派军官发动政变，血腥镇压了石油国有化运动，同时也镇压了伊朗的左翼革命运动，人民党成为非法组织，转入地下活动。

"八月政变"之后，巴列维国王在政治上以英美为靠山，在意识形态领域力图用西方的自由民主思想扼制社会主义思潮，在经济上采取西方资本主义经济模式，伊朗社会和民众生活开始迅速走向西化。同时，西方各种文学作品和诗歌集被大量翻译介绍进伊朗，促使伊朗诗歌很快走出"八月政变"之后的低谷，重新繁荣起来，仅一九五五年就有三十多部新诗诗集问世，这之后几乎每年都有几十部诗集诞生，由此开始了伊朗新诗最为辉煌灿烂的二十年。

（一）新古典主义诗歌

尽管在二十世纪浪漫主义在西方已基本上退出了文学舞台，是现代主义文学唱主角的时期，但浪漫主义文学，尤其是法国的浪漫主义诗歌在五十年代的伊朗影响依然强劲。究其原因，笔者认为在于伊朗诗歌的现代化进程在二十世纪四十年代后期才基本完成。从法国诗歌的发展历程来看，浪漫主义是从古典主义到现代主义之间的不可或缺的重要桥梁。刚刚解脱了古典格律束缚的伊朗新诗，倘若猛地一下全面转入现代主义诗歌，不论对创作者还是欣赏者来说，都是难以接受的。人们的认识观和审美观需要有一个过渡。这时，以法国浪漫主义诗歌为精神楷模的伊朗新古典主义诗歌正好迎合了这种需要。

自从一九四三年以罕拉里为首的新古典主义流派将尼玛的《阿夫桑内》所创造的新古典主义形式作为伊朗新诗的一种"标准"固定下来，在相当长的一个时期内新古典主义一直是伊朗新诗的重要组成部分。但新古典主义在罕拉里和塔瓦洛里的手中本质上仍然是一种古典主义，直到纳德尔·纳德尔普尔出现，才使新古典主义呈现出"新"气象。

纳德尔普尔在沟通波斯古典诗歌艺术与西方现代诗歌艺术方面，进行了许多有益的探索，做出了很大的贡献，这使他的诗歌兼有二者之美，既具有古典意韵又具有现代气质。多年的留法生涯，使纳德尔普尔深深浸润在法兰西的深厚文化之中，给纳德尔普尔诗歌创作以巨大影响的是法国浪漫主义诗歌。法国浪漫主义诗歌注重人与大自然的融合，追求奇特而瑰丽的想象，着重描写痛苦、忧郁、爱恋等情感。这些也是纳德尔普尔诗歌的主要内容和特征。可以说，纳德尔普尔将法国浪漫主义诗歌的精神灌注到了他的诗歌创作中。

纳德尔普尔是伊朗新古典主义流派中最具现代气质的一位诗人。对此，评论家巴拉汗尼说："塔瓦洛里没能使自己从那矫揉造作的灾难性的厌倦（指新古典主义——笔者注）中解脱出来，但纳德尔普尔因自己的独特才能和比塔瓦洛里强的能力，接近了真实的诗歌，找到了自我，并在找到自我中前行，建立了一种更自由、更广阔、更深厚的风格。"的确，在当时，对于一个刚刚接受了新诗的民族来说，纳德尔普尔的诗歌是最能被广大读者接受的。纳德尔普尔的新古典主义诗歌以富于激情的浪漫主义情调、浓厚的伤感色彩、优美流畅的语言、隽永的古典韵味和崭新的现代精神在五十年代成为最受读者欢迎的诗歌，并且其魅力至今不减，纳德尔普尔被认为是伊朗最杰出的新诗诗人之一。

（二）象征主义诗歌

随着国家政策的全面西化，人们在文化方面的需求和认识也随之变化。为了适应新形势下人们的文化需求，从一九五五年开始在伊朗文化界出现了一个声势浩大的翻译热潮。由于伊朗人有着崇尚诗歌的优秀历史传统，在翻译热潮中欧美现代主义诗歌得到了最为广泛的翻译和介绍，其中最引人注目的是《今日文学艺术》在一九五五年创刊号上全面介绍了艾略特及其《荒原》，并且翻译和详细分析了《荒原》，给伊朗诗坛带来巨大的震动，给伊朗诗人带来强烈的内心震撼，使他们对现代诗歌有了全新的认识。一时间，艾略特成为最受伊朗人喜欢的外国诗人，艾略特的其他诗歌也相继被翻译和介绍。被翻译介绍得比较多的诗人还有：波德莱尔、魏尔伦、马拉美、兰波、瓦雷里、艾吕雅、阿拉贡、庞德、叶芝，等等。另外一部在伊朗产生巨大影响的书是哈桑·胡纳尔曼迪编著的一九五七年出版的《从浪漫主义到超现实主义》，该书详细探讨并研究了法国诗歌，收录了二十六位法国诗人的一百四十一首诗，并介绍了这些诗人的诗歌理论。在五十年代的翻译热潮中，从法国滥觞的象征主义诗歌，以及从象征主义发展而来的后象征主义、意象主义，以及表现主义和超现实主义诗歌成为最主要的介绍对象，使伊朗新诗深受其影响。欧美现代主义诗歌的大量翻译和介绍强烈刺激了伊朗新诗的发展，它不仅促使新古典主义诗歌走向没落，象征主义诗歌兴盛，而且还是六十年代"新浪潮"诗歌诞生的催化剂。

尽管尼玛早在一九三八年的《凤凰》和《渡鸦》中就将象征主义引入了伊朗新诗中，尽管尼玛的诗坛地位在五十年代初已经确立，但是在当时"尼玛体"诗歌仍然频频受到守旧者们的攻击，加之纳德尔普尔又在五十年代中期掀起了一阵新古典主义诗歌的热潮，对于大多数诗歌爱好者来说，新古典主义诗歌更受欢迎。但五十年代后期随着阿赫旺、夏姆鲁、福露格等杰出的象征主义诗人在诗坛的崛起，象征主义诗歌随之兴盛，"尼玛体"诗歌也与象征主义紧密地结合在了一起，诞生了一批伊朗新诗史上最优秀诗人及其诗歌作品。

阿赫旺可以说深得后象征主义诗歌的精髓，他并没有停留在对现实政治的隐喻性抨击上，而是更多地思考伊朗民族在现代社会中的生存境遇问题，用伊朗古代的神话传说建立起自己象征主义诗歌的核心体系。伊朗古代的神话传说和宗教文化思想在其《〈列王纪〉的结束》《从这本〈阿维斯塔〉》和《狱中之秋》等诗集中得到了充分的展现。在这些诗集中阿赫旺追怀伊朗民族在前伊斯兰时期古波斯帝国的荣光，哀叹伊朗现今的败落。在六十年代，使阿赫旺的声望达到顶峰，进入世界性的大诗人之列。"一九六五年，阿赫旺的诗集《从这本〈阿维斯塔〉》出版，使阿赫旺的声誉如日中天，达到顶峰，只有世界乐坛巨星和电影巨星的名望堪与之相比。"

五十年代中期从事新古典主义诗歌创作的诗人不少在五十年代末转向了"尼玛体"诗歌，并且走向象征主义，其中最具代表性的是福露格·法罗赫扎德。福露格的前期诗歌主要采用的是新古典主义形式，但在其诗集《墙》和《叛逆》中已经出现了一些具有浓厚象征主义色彩的"尼玛体"诗歌。其中最有影响的一首诗是《影子的世界》，该诗探讨了肉体与灵魂的关系。而福露格认为，灵魂固然是肉体的影子，反过来肉体更是灵魂的影子："夜晚在潮湿的路面／我不停地问自己：／生活真的从我们的影子内部获得色彩？／抑或我们只是自己影子的影子？"灵魂是肉体的影子在于揭示灵魂与肉体的紧密性和哲学关系，肉体是灵魂的影子则在于阐释肉体的虚幻性。可以说，福露格的《影子的世界》奠定了其后期诗歌走向哲理化的发展方向。福露格的后期诗集《再生》《寒季虽临我们当心怀信念》完全抛弃了新古典主义，转向了"尼玛体"诗歌，从浪漫主义走向了象征主义。

（三）夏姆鲁与"白诗"

夏姆鲁是伊朗现代诗坛上受西方文学影响很深的一位诗人，对西方文学的广泛阅读，使他深得象征主义文学的精髓，象征主义诗歌的主要特征在他的诗歌中都可以找到。夏姆鲁擅长在同一首诗内采用多个片段式的象征喻体，指向某种被喻体，或某种思想。多个象征喻体的使用，倘若其中的关联不显然，整首诗便显得朦胧恍惚，读者不细读不思索是难以把握其内在思想蕴含的。因此，可以说夏姆鲁的诗歌更接近象征主义的本质特征。

夏姆鲁是一位热血诗人，在五十年代和七十年代伊朗火热的政治斗争中，夏姆鲁都不是冷静的观望者，而是置身其中，把个人的命运放在社会巨大的背景中来观察，用诗歌反映出当时的社会现实和诗人自己对政治、道德、命运、生命、死亡、灵魂拯救等一系列问题的关注和思考。这种强烈的现实感与诗人的深度哲理性思考紧密融合，使其诗歌的深度和广度都堪称伊朗现代诗歌的巅峰。

夏姆鲁对伊朗新诗的另一大贡献是创建了"白诗"的形式。在伊朗现代诗坛上，尼玛诗歌主张的真正继承者是夏姆鲁。在诗歌的思想内容上，尼玛一贯主张诗歌应当反映时代精神，抨击旧体诗的空洞无物和与时代精神脱节。夏姆鲁高擎尼玛的大旗，针对当时诗坛上无病呻吟的新古典主义作品的泛滥，夏姆鲁提出"诗即是生活"的主张，猛烈抨击新古典主义诗歌，与纳德尔普尔展开论战。

在诗歌形式上，尼玛一贯主张自由化，只是限于当时的认知程度，尼玛未能做到完全自由化，尼玛的"尼玛体"诗歌是有格律（这里"格律"一词专指由词的声音构成句子抑扬顿挫的律动）的，只是其格律是自由的而不是像旧体诗那样是固定的。夏姆鲁接过了尼玛关于诗歌形式自由化的大旗，使伊朗诗歌完全走向现代无格律的自由诗，夏姆鲁创立的这种完全无格律的自由诗被伊朗诗界称为"白诗"。

夏姆鲁的"白诗"全面更新了诗歌观念，一洗铅华，祛除了诗歌的各种附加因素，使诗歌成为纯粹的情感表现载体。夏姆鲁将诗歌创作比喻为情感的洪流从山上奔涌而下，本来应该是汪洋恣肆地奔涌流淌，而格律就如同给情感的洪流挖了个河床，让洪流顺着这人为的河床走。夏姆鲁还认为诗歌创作如同大洋中的火山爆发，火山自由尽情喷发，自行成为各具风情的座座美丽岛屿，不需要任何人为的外在因素的约束来使它成为某种规定性的岛屿。归根结底，在夏姆鲁眼中，"格律——甚至'尼玛体'的自由格律——是一座牢笼，限制了诗人的展翅飞翔。"夏姆鲁还说："我从不将格律看作诗歌必备的本质性的东西，格律也不是诗歌的特权。相反，我认为，格律将诗人的思维引上歧途。因为为了格律，不得不在有限的几个相符合的词中进行选择，而将其他很多词抛弃，而实际上很有可能正是这些不符合格律的词才更符合诗人的创造性思维。"可以说，夏姆鲁斩断了伊朗现代新诗与旧体诗的最后一丝外在联系，是伊朗现代新诗的又一大变革。

（四）"新浪潮诗歌"

六十年代伊始，伴随着伊朗社会的全面迅速西化，伊朗本身的传统道德观念迅速土崩瓦解，整个社会面对的是"价值重估"，这种情况颇似一战后的欧洲社会所面临的信仰和传统价值崩溃的情况。因此，二十世纪上半叶在欧洲出现的荒诞性的、非逻辑性的一些现代派文学思潮在伊朗有了滋生的土壤。

在巴列维国王一九四一年登基前后出生的一代人，这时正是二十岁左右的青年。这一代青年可以说是伴随着巴列维国王的全面西化政策成长起来的，他们的思想观念思维方式都是西式的，他们叛逆、颠覆传统、蔑视责任、渴望新观念新价值。在诗歌观念上，这一代年轻人厌倦了浪漫主义和象征主义，厌倦了重复不断的比喻、象征和忧伤，他们希望从此以后，

"夜"在诗歌中不再象征暴虐和社会黑暗，而就是"夜"本身，太阳就是太阳，不再象征光明和希望，一切事物都是它本身。这些青年从各方面与传统相对抗，打碎了一切旧的和新的标准，将格律、韵律、文学性、感情、想象、朦胧、比喻、象征，甚至意义和逻辑统统抛弃，他们创作的诗歌与在他们之前的诗歌没有任何相似。第一本这种"新新诗歌集"就是当时年仅二十一岁的阿赫玛德·礼萨·阿赫玛迪在一九六二年出版的《印象》。

阿赫玛德·礼萨·阿赫玛迪是个历史的幸运儿。他的幸运在于他的诗歌活动的开始，适逢伊朗全面西化过程中社会新阶层的出现，他的审美嗜好正好与这个新阶层的审美需求相合拍。在渴望建立新价值的社会需求下，需要非常先锋性的诗歌与之相适应，阿赫玛德·礼萨·阿赫玛迪的诗歌正是顺应这种趋势的产物，因此在当时深受伊朗青年的追捧。

应当说，"新浪潮"诗歌在诗歌形式和艺术手段方面做出的探索虽然很多是倾向于极端和荒诞的，但其中也有一些有益的探索是值得肯定的。这些有益的探索使"新浪潮"诗歌运动涌现出一些优秀诗人，取得了一些成绩。但是，"新浪潮"诗歌运动没有产生诗歌大家，最根本的原因在于"新浪潮"诗歌徒有其表，缺少内在精神。伊朗新诗史上的大家如尼玛、阿赫旺、夏姆鲁、福露格、塞佩赫里、纳德尔普尔等无一不是将西方现代主义诗歌的现代思维方式与伊朗文化传统和民族精神相结合，他们的诗歌充满了对社会、人生、生命的严肃思考，而"新浪潮"诗歌缺少的正是这些。

（五）传统苏菲神秘主义诗歌在现代诗坛的延续

二十世纪的伊朗新诗是伴随着社会主义思潮和现代化浪潮成长、发展、壮大、繁荣、鼎盛的。不论是马克思主义，还是以科学实证主义为基础的现代工业文明，都没有宗教神秘主义的生存空间。因此，苏菲神秘主义传统对于大多数伊朗新诗诗人来说，更多的是作为一种文化背景和文化底蕴，在他们的笔尖或隐或显地流露。隐匿的流露，主要表现为诗人们的某些词句某些思想意识流露出苏菲神秘主义的痕迹；显然的流露，主要表现为该诗人的诗歌从整体上来看不具有苏菲神秘主义思想，但其个别诗作中会流露出明显的苏菲神秘主义思想。也有一些诗人，苏菲神秘主义不仅仅是他们诗歌的文化底蕴，而且是他们诗歌的主要思想内涵。在伊朗新诗中，只有塞佩赫里的诗歌堪称宗教神秘主义的大海，其他诗人具有宗教神秘主义思想的诗歌只能说是一股股汇入大海的细流。

苏赫拉布·塞佩赫里是伊朗现代诗坛上的"隐身人"，一生远离诗坛各种事件交织的旋涡，但他的作品却是矗立在伊朗现代诗坛上的一座高峰，让人不能不仰视。

塞佩赫里是一位极具天赋的诗人，其第一部诗集《颜色之死》就引起诗坛的广泛关注。塞佩赫里是一位性格内敛的诗人，厌倦喧嚣与嘈杂，他的心灵一直在纷扰的尘世中寻找躲避之处，从第二部诗集《梦中生活》起，他开始关注以佛教文化为代表的东方文化，最后他找到了"佛陀的花园"，获得了内心的安宁，在静观中获得一种精神的超脱。塞佩赫里在六十年代伊朗全面西化的浪潮中游历东西方，对东西方文化进行了对比性的考察和审视，深深迷恋上了东方神秘主义文化，认为在西方工业文明的喧嚣中，唯有东方神秘主义文化才能使人拥有内心的宁静和灵魂的安详，才能使人的精神达到一种永恒的境界。由此，塞佩赫里创作了大量的神秘主义诗歌，表现自己对东方神秘主义的认识和体验。这些诗歌以深邃的神秘主义思想和纯熟的诗歌语言艺术在伊朗现代诗坛上竖起了一座神秘主义的高峰，并被翻译成英、法、德、阿拉伯、西班牙、土耳其、瑞典语等语种。

塞佩赫里的神秘主义诗歌可以分为两个时期：前期诗集为《梦中生活》《背井离乡的太阳》《悲悯的东方》，后期诗集为《水的脚步声》《行者》《绿色空间》《我们无为，我们观看》。前期诗歌主要表现塞佩赫里对东方神秘主义的一种探索性认识，后期诗歌主要表现诗人获得人生觉悟后对世间万物的一种圆融观照。

苏菲神秘主义作为伊朗宗教文化传统的核心，对伊朗知识分子的思想和人生观的影响是潜移默化且根深蒂固的。伊朗的知识分子或多或少地都具有苏菲神秘主义思想，在现代诗人们的作品中苏菲神秘主义思想也或隐或显地有所反映。塞佩赫里与其他诗人的不同在于：苏菲神秘主义对于其他诗人来说更多地表现为一种文化背景或一种文化底蕴，而对于塞佩赫里来说则是贯穿于其思想意识的人生观。

五、一九七二年至一九七九年：伊斯兰复兴主义诗歌的兴起

巴列维国王全盘西化的举措的确较有成效地扼制了社会主义思潮在伊

朗的传播。然而，他未曾预料到的是，正是全盘西化政策让他成了自己的掘墓人。在西方自由民主思想浸淫下成长起来的新一代人，对巴列维国王的君主专制更加痛恨。而且，伊朗社会的全面西化损害了伊朗社会中另一重要阶层——宗教阶层的利益，使宗教阶层站在了巴列维西化政府的对立面。从七十年代开始，各个阶层反对巴列维国王统治的斗争此起彼伏，宗教阶层逐渐取得了整个斗争的领导权，并于一九七九年推翻了巴列维王朝的统治，取得了伊斯兰革命的胜利，结束了伊朗几千年的君主专制政体，建立了伊朗伊斯兰共和国。

应当说，七十年代席卷整个伊朗诗坛的"使命诗歌"都是反对巴列维政府的，但真正对全面西化政策形成逆动的是"使命诗歌"中的另一支重要力量——主张复兴伊斯兰的诗人们，这个阵营中的代表诗人有沙菲依·卡德坎尼、内玛特·米尔扎扎德、阿里·穆萨维·伽尔玛鲁迪，可以说他们是伊斯兰复兴主义诗人阵营中的三驾马车，正如五十年代初，伊斯玛仪·沙赫鲁迪、瑟亚乌什·卡斯拉伊、胡尚格·埃布特哈吉是社会主义诗歌阵营的三驾马车一样。主张复兴伊斯兰的诗人们的诗歌与"使命诗歌"中的左翼诗歌一样，歌颂游击战争、歌颂游击队员、描写枪林弹雨、反对巴列维政府，但他们是以现代伊斯兰复兴主义为其政治使命，将西方意识形态作为伊斯兰意识形态的对立面，他们的诗歌表现出对西方的强烈敌对情绪。主张复兴伊斯兰的诗人们将倡导恢复伊斯兰传统作为自己的使命，因而他们的诗歌在歌颂游击队员的同时更抒发对先知、圣徒的崇敬之情，也表达自己对回归伊斯兰的理性思考。这是与左翼诗歌最大的区别。

沙菲依·卡德坎尼是知识界皈依伊斯兰宗教传统的先行者，浓厚的伊斯兰色彩是卡德坎尼诗歌的重要特征，在各本诗集中都有显著表现，因此他也是伊斯兰复兴主义诗歌阵营的最杰出的代表诗人，如同卡斯拉伊是左翼诗歌阵营最杰出的代表诗人。"卡德坎尼是卡斯拉伊政治性诗歌的继续者。后来卡德坎尼与苏尔丹普尔一起成为'森林诗歌'或'游击队诗歌'的奠基者、捍卫者和宣传者。"一九七一年初，爆发了"西亚赫库尔起义"，掀起了游击战争的高潮。同年，卡德坎尼的诗集《在尼沙普尔花园小径上》出版，"是完全意义上的'森林诗歌'代表作，也是七十年代最值得一提的诗集。"该诗集以革命性的内容，强有力的流畅的节奏，迅速地在知识界和广大群众中流传，其中的很多诗歌被谱写成歌曲，广为传唱。

六、一九七九年之后：伊朗伊斯兰共和国时期的诗歌

一九七九年，伊朗爆发伊斯兰革命，推翻巴列维王朝，建立伊朗伊斯兰共和国，开始了伊朗历史的新篇章。伊朗伊斯兰革命取得胜利仅一年多，伊拉克趁伊朗新政权立脚未稳之机，于一九八〇年九月二十二日向伊朗领土发起了大规模入侵进攻，并空袭德黑兰，两伊战争全面爆发。

毫无疑问，这场战争给伊朗的社会经济造成了巨大的损失。同时，也给伊朗人的精神世界造成了深刻而深远的影响。这种影响对于个人来讲既有正面的也有负面的，但在文学创作领域，这种影响表现为积极的能动因素。伊斯兰革命之后，伊朗国家意识形态发生了极大的改变。因适应不了新的意识形态，一部分作家移居海外，另一些作家则创作激情消退，基本上没有什么新作品问世，即使偶尔有新文字，也无足轻重。两伊战争使人们的关注重心从伊斯兰革命本身迅速转移到保家卫国这方面上来，使激越的卫国情怀、英勇无畏的牺牲精神、战争造成的人的精神创伤成为伊斯兰革命之后最重要的文学主旋律，催生了一批文学新人，涌现出以恺撒·阿敏普尔和帕尔维兹·北极为代表的一批反战诗人。

帕尔维兹·北极是诗坛以反战诗歌著称的诗人。他高中毕业即服兵役，在伊朗空军效力，二〇〇三年以上校军衔退役。之后进大学深造，获波斯语言文学学士学位。帕尔维兹·北极是伊朗伊斯兰革命后第一代诗人中的杰出代表，他的数首有关战争的诗被谱成曲，一旦有悲情事件发生，就被全国广播和传唱。北极受邀参加过伊朗周边伊斯兰国家的众多重要诗歌活动，获得十余种奖项。他至今出版的诗集有：《乡愁》《永远的史诗》《尘埃中的镜子》《那永恒的绿色》《花、抒情诗、炮弹》等。他最典型的一首反战诗非常简短，却十分强劲有力："M1 / G3 / F4 / RPG7/ 数字都被灌输了什么！" M1 是一种半自动步枪，G3 是一种突击步枪，F4 是美式轰炸机，RPG7 是一种反坦克火箭。该诗短短五行，借用五种武器的型号，将深刻的反战思想融于其中。

在伊朗伊斯兰共和国的诗坛，尽管与战争有关的诗歌占据了一大部分内容，但总体来说还是比较多元化的。诗人萨罗希在伊斯兰革命之前业已成名，八十年代进入诗歌创作的一个彷徨时期。一九九二年岁末，萨罗希在读了《一千零一夜》之后，创作灵感喷涌，在短短几个月的时间里创作

了大量诗歌，在随后的几年中又陆续创作了不少诗歌，这些诗歌当时发表在各种诗刊上，产生很大反响，后来在二〇〇一年结集出版，名为《一千零一面镜子》。这部诗集是萨罗希诗歌创作的巅峰，几乎每首诗都优美而深刻，体现出萨罗希在诗歌创作上的重大转向，走向哲理化，蕴含着浓厚的伊朗苏菲神秘主义文化传统，代表着伊朗宗教传统文化在当代伊朗诗坛的延续。

穆宏燕

巴哈尔
（一八八六年至一九五一年）

伊朗现代文学史上的元老，出身于诗歌世家，在很年轻的时候就获得了"诗王"的称号。

立宪运动爆发后，巴哈尔积极投身于斗争中，是文化界的领袖人物。他于一九〇九年创办了影响巨大的文学刊物《新春》，该刊被封后，又创办了另一份文学刊物《早春》。

在守旧派顽固而刻板地维护古典格律诗的情况下，置身于立宪运动中的巴哈尔已清楚地认识到古典格律诗若不进行变革，就必然被时代所淘汰。然而，深厚的古典文学造诣使巴哈尔在革新派中倾向于保守，他认为古典格律诗在形式上是完美的，只需在这完美的形式中装入新时代的内容。巴哈尔突破了古典格律诗一千多年以来一成不变的内容，用古典格律诗形式创作了大量具有新时代内容的诗歌，其中《达马万德峰》是此类诗歌的代表。

达马万德峰 [1]

啊，你这被缚的白色魔怪，

世界的穹隆，啊达马万德。

你头戴银盔，

你腰系铁带。

为了躲避世人的窥视，

你美丽的容颜掩映于云彩。

为了免遭野兽的蹂躏，

为了摆脱恶魔的割宰。

你同苍穹之狮立约，

你同吉祥之星结寨。

当大地被命运折磨得，

冰冷、沉默、倒悬、暗黛，

愤怒地向命运打出了一拳，

那只拳头就是你啊，你，达马万德。

你是时代巨大的拳头，

你的隆起经过了百年千载。

啊，大地之拳，向命运出击吧，

使雷伊 [2] 震骇。

不，不，你不是时代的拳头，

山啊，这比喻难表我的情怀。

你是大地忧伤的心，

因疼痛红肿了起来。

你因红肿疼痛一动不动，

---

1 达马万德峰：伊朗厄尔布尔士山脉的最高峰，也是伊朗的最高峰，海拔
   五千六百余米，位于德黑兰北部，被视为伊朗民族的脊梁和民族精神的象征。
2 雷伊：伊朗古都，毁于蒙古西征，位于现今德黑兰附近。

给你敷上的药膏是白雪皑皑。

迸发吧，时代的心脏，

莫让烈火在你的心中掩埋。

开口讲话吧，不要沉默，

放声大笑吧，不要悲哀。

不要再把烈焰憋在心底，

听听我这痛苦人的劝白：

假如你把烈焰在心中埋葬，

我发誓，它必将把你的心灵烧坏。

诡计多端的命运用枷锁，

把你的口紧紧地封盖。

一旦我挣脱锁链，

我就要把你嘴上的枷锁打开。

我心中的烈火将迸出一道闪电，

烧掉你嘴上的重重障碍。

我将做这一切，

但愿能使你喜爱。

自由地高喊一声吧，

像魔怪从监狱中跳起来，

从尼沙普尔到纳哈万德[1]，

你的喊声将使整个大地动荡摇摆；

从厄尔布尔士山到阿尔万德峰，

你心中射出的闪电将照亮全部山脉。

白发苍苍的母亲啊，

听听你痛苦的儿子的劝白：

撩开你头上白色的面纱，

登上碧蓝的宝座台；

像巨龙一样地飞舞翻腾，

1　尼沙普尔：伊朗东北城市，现译内沙布尔；纳哈万德：伊朗西南部城市。

像雄狮一样地愤怒澎湃。

创造一组绝伦的世界格局，

配制一剂无比的治世药材：

用烈火、瓦斯、硫磺，

用沸水、岩浆、烟霭，

用真主惩罚的烈焰，

用被压迫者呻吟的愤慨。

向雷伊上空送去一朵云，

降下恐惧和神秘的雨来；

打破地狱之门，

使邪教徒受到制裁。

就像暴风把死亡之火，

降落在麦地那阿德族[1]的住宅；

就像维苏威死神的火山，

把庞贝城置于脚下踩。

除掉这邪恶的根基，

斩断这孽种的纽带。

推翻这大厦吧，

把这压迫的大厦翻过来。

严惩那些卑鄙无耻之徒，

使聪慧的人们扬眉畅快。

1　阿德族：《古兰经》中阿德人不信真主，受到真主惩罚，为连续八天七夜的狂风所灭。

阿布·高塞姆·拉胡蒂
（一八八四年至一九五七年）

伊朗立宪运动中武装起义的领导者之一。一九〇八年十月策划并参加了大不里士的武装起义。立宪运动失败后，拉胡蒂被判死刑，受到通缉，他逃亡到了巴格达。一九一五年回国，一九一七年又流亡到土耳其，在伊斯坦布尔创办了文学杂志《波斯》。一九二一年又秘密回国，策划大不里士宪兵举行武装起义。起义失败后，于一九二二年初逃亡到苏联，再也没有回过祖国，在苏联创作了大量的波斯语诗歌。一九五七年在苏联去世。

拉胡蒂是伊朗新诗先驱，他于一九〇九年创作的《践约》一诗是伊朗诗歌史上第一首新韵律诗，由此拉开了伊朗诗歌改革的序幕。

践 约

敌人的军队仓皇败北疲惫技穷，
他们被勇士们打得狼狈逃亡，
道路打开了，大量的粮食和给养，
从四面八方不断地向大不里士涌。

不再吃马匹、树叶、野草，
意志坚强的人民已把困境摆脱，
一位为自由而战的妇女伫立在一座坟垛，
眼里充满泪水，裙里装着面包。

她伫立着，眼凝视着坟茔，
一动不动，一声不响，像一座铁像，
然后从裙子里把面包轻轻地放在坟旁，
出于愤怒，她像狮子一样轰鸣：

当你在战壕里浴血奋战时，
可不要怪我没有把诺言坚守，
孩子啊，向你发誓，我曾苦苦寻搜，
你的灵魂做证，没有一丝面包的气息。

因饥饿和伤痛，你闭上了双眼，
我向你发过誓，一旦面包到手中，
立即给亲爱的你送上坟茔，
起来吧，我给你面包，并献上我的生命。

别再担忧，我们胜利了，亲爱的孩子，

我给你带来了面包和胜利的消息，

你曾在我胸前吸吮母亲的乳汁，

你因坚守理想而牺牲，这是你的犒劳。

回到祖国

我为衰老的鸟巢心痛不堪
我们只有那名称还在
我悲痛欲绝，这是怎样的时代
我对这样的生活早已厌倦

我说过即使我没有翅膀
不能向草原飞翔
但我有爪喙有头脑有胸膛
我匍匐着也要爬向牧场

远远地草原出现在视野
我的膝和腰顿添劲道
我潮湿的双眼看见一个鸟巢
当我到达，我的心肝被煎烤
我发现这不是鸟巢而是陷阱盖
唉……
我被俘获仍心甘情愿

一九一五年四月

鲜花般的生命

夜莺啊，当你的鲜花离去
既别哭号，也别发出哀音
要显得从容，要顽强坚忍
别让头发蓬乱似风信子

你是神秘苍穹中的日照
是人中最杰出的英豪
是伊朗人的骄傲
你比所有人都更知晓
鲜花一生的生命只有两日

一九二一年十一月
大不里士

团结一致

须发蓬乱，面色焦黄

焦黄又形容消瘦

背着一张桌布，毛毯在头和肩上歪斜

他身上是褴褛的衣衫

脚缠着破布，因为没有鞋

在雷伊大道一端

几个哥萨克骑兵为追他尘土飞扬

双手反绑在后，徒步而行，还有病在身

要走这么多的路？

除非那信念坚定的男人对路了如指掌

分得清陷阱和道路

又累又饿，然而不求助帮

既不向谢赫[1]也不向君主

除了向工人和农夫，也不考虑归隐

武装的骑兵中一个开口说话

他对他心生同情

"喂，罪犯！"（他对他如此称呼）

"你犯了何罪，说来听听。"

囚犯因"罪犯"一词激动起伏

对他说："喂，好种

我的罪行是我来自受苦受难之家

我是苦难所生，劳作之手所养

---

1 谢赫：伊斯兰教长和宗教学者的称谓。

我这一代属于劳动者
我的问题是为何辛勤劳作属于我们
他人却拥有收获？
这个世界完全是依靠工农站住脚跟
而不是依靠吃白食者
除此之外，我不知别的罪行是啥。"

另一个说："大家说你挑起骚乱
反对法律和国家
与国王为敌，不信教，是个无神论者
到处惹事，将叛乱策划
揭开事情的面纱，别将实情包裹
跟我说实话
难道你喜欢被囚禁、鞭打、放逐？"

"你若知道，你会仓皇逃离我
（他如此答道）
这时代财富和宗教都是显贵的工具
受苦人，衣不蔽体穷困潦倒
那些话全是阴谋，但愿你能清楚。

"那些镀金的话全是谎言假语
将穷人们的道路阻拦
现在法律是什么，你对此可有所详？
我们受指控和审判
是为地球上所有的人获解放
从如此的残暴和苦难
受苦人的出路是团结一致。"

一九二四年二月
莫斯科

夏姆斯·卡斯玛仪

（一八八三年至一九六一年）

出生于亚兹德，婚后随丈夫到俄国经商。一九一八年随丈夫回伊朗，定居大不里士。由于在俄国时受革命思想的影响，卡斯玛仪夫人回国后支持大不里士的起义斗争，发表文章反对一九一九年的凡尔赛和约。在政治斗争中深入到妇女中朗诵自己的革命诗歌，其儿子在武装斗争中牺牲，拉胡蒂为之作《鲜花般的生命》一诗。一九六一年，卡斯玛仪夫人在默默无闻中去世。

无 题

我们在轮到自己的五天日子
看守过多少的耕田
幸运地采摘到果实一串串
前人用生命将它们种植

我们是过去的农夫一代
我们也将是未来的田垄
时而是采撷者，时而又慷慨赠送
时而昏暗，时而亮明
我们既是整体，又是散零
在自然界中存在即永恒
即使我们转眼即逝，也是一种存在

光荣的轨迹

只要金银还是人类的靠山
你就别对兄弟的诺言抱希望
只要还没有平等的力量
漠然对东方民族是一种危险

他们的眼睛盯着我们脚下
在我们脑后悄悄将贪婪之剑拔
抢夺太阳和月亮是他们的目标

我们的声音决不为哀求而发
我们的自尊永远是我们依靠的堤坝
伊朗人对自己的民族充满自豪

自然养成

慈爱、娇媚和抚慰的熊熊大火
这炽热、光明和烧灼
使我的思想之花园
四分五裂，分散零乱，真可惜
我独特的思想似枯萎的花瓣
失去了清新鲜活，毫无希冀

是的，我脚压着裙头枕着膝地坐着
半人半兽般被一片土地俘获
我既无行善的能力
也无作恶的勇气
既非箭也非剑，也没有尖牙
也没有逃跑的脚丫
因此我备受挤压在同类之手
我躲避尘世躲避热衷尘世之流
我相信我会从慈母的裙中抬起头

哈比布·萨赫尔
（一九〇三年至一九八五年）

出生于大不里士，一九八五年在八十二岁高龄时上吊自杀。萨赫尔是立宪运动时期的诗人，多用阿塞拜疆语进行创作，多写旧体诗。其波斯语新诗于一九四八年结集出版，名《新诗集》。

气息寒冷的夜

气息寒冷的夜似魔术师
在丛林里将千百首乐曲拨弄
月光澄净远看似天仙
湿润浅淡的光芒洒落在流水中

鸟儿在月光照耀下惊慌失措
一只只飞出苇丛中隐秘的窝
未闻听过的夜，苇丛中舒心的旋律
在流水中将月光帷幕撕破

月亮从神秘的帷幕后已升上来很久
夜已消失大半，乐曲美妙神奇
然而沉重的身体黑暗的心不懂
月光之夜和与情人结合之夜的价值

月光笼罩，夜莺们
逃出光华在阴暗处睡去
进入黑暗而遗忘的帷幕之后
好似记忆无痕全都忘记

一九四四年十一月

不停的消亡

花开的日子，杏子凋落的日子
渐渐进入傍晚伤感的阴暗
此刻灾难之夜的思想油然而生
正如道路因月光而明灿

月光与黑暗交融，笼罩世界
此刻忧伤和厌倦的尘埃落地
夜行鸟从黑色书页后面出来
在月光中翻飞，在小溪那边停憩

似我一样对生活厌倦的夜行鸟啊
在月光弦琴上弹奏着小夜曲
安静吧！瞬息世界已进入梦中
因夜晚伤感的乐手的故事

长久以来多少忧郁无助的心灵在夜晚
似我们一样因这悲伤的故事进入睡梦？
你可看见多少创新的思想美好的愿望
在夜尽时分因晨曦而成为泡影？

花开的日子，杏子凋落的日子
夜的黑色帷幕中，月光深处
此刻对那美人的思念油然而生
正如傍晚之手给夜罩上帷幕

一九四五年七月

贾法尔·哈梅内伊
（生于一八八七年，卒年不详）

出生于大不里士，立宪运动时期活跃在诗坛，创作了一些新诗，具有一定影响。

给祖国

每一天你都陷入一种血淋淋的景象
每一刻你的闪耀都是一种揪心的壮烈
对你的担忧使我的心之鸟日夜
以新的旋律将悲歌吟唱

憔悴的形容啊千疮百孔
暴虐的军刀的靶子，唉苦难的祖国
我放眼四周全是大军搭的帐篷
被敌人包围，而你似圆规的定托

被敌人包围，或是你自己，若我坦言
雄狮啊，你自己懦弱低声下气
出鞘的暴虐之剑才从四面挥向你
你要昏睡到几时，快睁开自己的双眼

站起来，展示雄狮般的狂怒
或夺敌性命或在这战场上将性命交出

冬

自然界的绚丽当数春季
清新、美丽、活泼、俊秀
光彩四射似美貌的少女
拭去了憔悴的心的绿锈

昼夜陶醉于激情和兴奋
时而兴奋得手舞足蹈，时而高歌一曲
为游玩铺开了地毯缤纷
把恩典降给所有人白白地

大自然的新娘当是夏天
浓妆艳抹，天香国色
从量到质都毫无缺陷
是个金光灿灿的戴王冠者

如此耀眼，神采飞扬
使大自然一时间徘徊不前
突然秋天远远地露出了脸庞
阴沉着脸，眯缝着眼

那美人即将与青春年华分手
变得憔悴、满脸愁容
心里充满愁苦，身体日渐消瘦
因内心痛苦而衣衫不整

当愁苦完全将她征服

衰老使她脸上皱纹显明

黑暗降临她熄灭的眼珠

把她如此拖入死亡的睡梦

这个时候冬天将珍宝抛扬

使她从头到脚陷入白雪羽绒

急忙奔向医院的病床

准备卧床休养在白雪中

轻轻将她在床上哄睡

对她如此说：喂，老母亲

好好休息吧，安心睡

若她离去，别怪罪我们

大自然就是这样运转

她度过一周周一月月

那白发老人进入雪棺

夜晚呼啸着寒风凛冽

在追悼会上墨色的松柏林

给她的灵柩把针叶铺上

月盘给夜晚冰冷的吻

传递祝福给吉祥的死亡

米尔扎德·埃希吉
（一八九三年至一九二四年）

　　出生于哈马丹。青年时期积极投身于立宪运动，一九二四年七月被反动势力杀害。有新诗五首。

月 夜

玫瑰初放，春意阑珊
我坐在一块石头上靠墙边
毗邻达尔班山谷，在山麓间
希姆朗的空气热气炎炎
　　　　　弥漫白天，充塞阿维因上空

太阳刚刚在山后落幕
雷伊城的郊外在远处很模糊
在希姆朗天色既不明亮也不黑乌
晚霞红的一半似军旗飞舞
　　　　　而黄的一半似金色帷屏

当太阳躲在了山的后方
从东方从树林后面升起来月亮
还没黑尽天空已点点灯光
月光充塞世界似雨水流淌
　　　　　使地面似新娘般洁白水灵

虽然通常晚上会黑幕降下
与平常夜晚相反，今夜却满是光华
你把一切美好的东西都叫作月牙
来吧，今晚有月，时代也将希望的色彩披挂
　　　　　在自己身上，在这银白的夜景

一九二四年

24

尼玛·尤希吉

（一八九七年至一九六〇年）

原名阿里·伊斯凡迪亚里，出生于伊朗北部山区一个名叫尤希的小村庄。童年时代是在伊朗北方安谧的山间度过的，跟随村子里的毛拉学会了读书写字，后到德黑兰圣路易中学进一步学习。

在诗歌创作上，尼玛受欧洲现代诗歌影响，率先冲破了伊朗古典格律诗的樊篱，创作出《阿夫桑内》《凤凰》《渡鸦》等现代新诗，被奉为"伊朗现代新诗之父"。尼玛一生创作了很多诗歌，但在生前未曾结集出版。

夜　啊

令人恐惧的不祥的夜啊
你要燃烧我灵魂到几时？
你或者挖掉我的眼睛
或者把帷幕从你脸上扯去
　　　　或者相安无事到我命绝
　　　　我已厌倦目睹这岁月

长期以来，在卑劣的时代
我常常满眼是泪珠
生命在暗淡无光和痛苦中流逝
直到把我残留的生命一并交付
　　　　厄运不让我和顺
　　　　夜啊你也漫漫无尽

你还要让我叛逆到几时
难道岁月的悲伤对我还不够大？
你夺走了我的心和安宁
每刻都以同一方式和神话
　　　　太多太多了　你化为严重的骚乱
　　　　好运之敌对和痛苦的源泉

你对我讲的这故事
没有故事比这更好
虽好却应该出自痛苦
大声呻吟并痛哭号啕
　　　　坐立不安已使我心碎

快让这神话一下结尾

那边花儿从枝上凋落
那边风儿敲打着房门
那边水面泛起涟漪
明亮的月光将它映衬
　　　　漫漫黑夜啊你可知
　　　　那边隐藏着何秘密？

充满泣血之痛的心还在
还有写满沮丧之悲的脸
还有很多充满希望的头颅
记得曾把行囊挽在身边
　　　　何在　那些呼喊和痛苦的呻吟
　　　　何在　忧伤的恋人们的悲音？

在那些树荫中有什么
竟对世人之眼隐匿？
那些不幸是人类的无能
还是尘世之真谛？
　　　　在你的行程中我的忍耐被消磨
　　　　从这景象最后能有何收获？

你是什么，令人悲伤的夜啊
你究竟在寻找何事？
无数时光已逝而你却依旧
以令人恐惧的身躯站立
　　　　你是前人的历史记闻
　　　　还是已逝者的泄密人？

你是岁月的持镜者

还是爱情路上的掀帘者？

或者你已成为我生命之敌？

夜啊把这奇妙之事撂搁

　　　让我在自身的状态中沉浸

　　　伴着忧伤的灵魂和受伤的心

让睡梦把我吞噬

每个方向都有风在吹荡

正当欢乐之时，时代却沉闷

清晨雄鸡一声长啼高扬

　　　星星一颗颗地隐匿

　　　要到何时再能见到你？

让我进入睡梦吧

把时光运转的厄运

让我一刻也别想起

在神话中我重获自由身

　　　让这双眼闭牢

　　　让这世界少对我微笑

　　　　　　　　　　　一九二二年秋

28

阿夫桑内

献给内扎姆·瓦法教授：

尽管我知道这首诗是件微不足道的礼物，但它将把山区人的淳朴和真诚全部呈献。

尼玛·尤希吉

一九二二年末

在漆黑的夜，一个疯子
他把心交给消退的颜色，
坐在寒冷而寂寥的山谷
像萎靡不振的草茎一棵
　　　　编织着一个令人伤心的故事。
停在最紧张不安的时刻，
他那有关谷粒和陷阱的故事。
从那讲过的与尚未讲过的
从那失落的心传来消息。
　　　　故事出于思绪飘荡纷乱：
"啊，我的心，我的心，我的心！
可怜、无助，都是我该承受！
尽管有这全部的善良、尊严和要求
最终我又从你得到什么，
　　　　除了悲伤的脸上的泪珠？……
究竟——可怜的心啊——你看到了什么
以至你把拯救之路切断？
喋喋不休的鸟儿，在根根
树枝和树丛中翩跹
　　　　落得渺小而卑微？……

29

心啊！你本能够得自由

若不是被岁月欺骗，

你之所见，只是看见自己而已

每时每刻，一条路，一个由缘

     以便你——醉者啊——同我抗争，

以便你伴着沉醉和安慰

喜欢上这《阿夫桑内》。

它使尘世渐渐远离，

它同你相处和美

     不会找到比你更深的着迷。"

阿夫桑内："着迷，像他那样

没见过谁在此路上失足。

哎！这个故事讲得太晚了：

树枝上一只鸟儿在飞舞

     把鸟巢留在了自己身后。

然而这整个的鸟巢

全落入了大风之掌。

这条路上有行人

在悲伤中，吟咏着悲伤……

     他也是行人中的一员。

在这鸟巢的废墟边

伴着这繁星和高天

你们长年在一起忧郁不振

因各种事件心碎成一片片，

     他亲吻你，你亲吻他。"

沃谢格："我们长年在一起忧郁不振

长年如同精疲力竭一般。

然而一个波浪惶惑不安地远去

一个关于你的故事挂在他唇边。

     嘴里讲着你，在那波浪中，微笑。"

阿夫桑内："我看见了那惶惑不安的波浪

是个慌慌张张的猛士。"

沃谢格："但是

我奔赴花似的美人的方向

她的发辫缠绕在一起如谜语,

　　　　就像那骚乱不安的旋风。"

阿夫桑内："此刻,从隐秘之路,

我使她成为泡影。"

沃谢格："哎!我从远方给她一个吻

在她脸上在睡梦中,——怎样的睡梦!

　　　　显出怎样的令人着魔的神态啊!

阿夫桑内啊,阿夫桑内,阿夫桑内!

你那挺拔的白杨啊是我的目标!

医治心灵的神丹啊,消除痛苦的良剂!

伴随着啊深夜的哭号!

　　　　与忧心如焚的我有何贵干?

你是什么?喂,隐于众眼光者!

喂,坐在十字路口之辈!

小伙子们把呻吟都挂在唇边,

你的呻吟全都出自父辈!

　　　　你是谁?你母亲是谁?父亲又是何人……?

当把我从摇篮中抱出

我的母亲,讲述着我的身世

向我描绘你的容貌

眼睛因迷恋你而微闭

　　　　我神志已失,入迷,消融。

慢慢地我开始学步

做着孩子的闹玩

每当夜晚降临的时候,

在山泉和小河岸边

悄悄地倾听你的呼声……

阿夫桑内啊！难道不是你

当我在荒野的时候

我奔跑似疯子，独自

我哭泣，泪珠哗哗直流

为我擦去泪水？

当我醉倒的时候

我任鬓发在风中飘荡

难道不是你在唱和

与我同哭泣同悲伤

把苍天掀翻在地？

在羊群旁，一个昏暗的夜

我卧地不起，病容憔悴

难道那征兆不是你

——那闪着火花的恐怖的漆黑——

我因惧怕你而尖叫？

有时，春天的笑容

伴随着溪流中的嫩草

在明媚的月光中

在山中岩石之脚

到处有你的盛筵和战争

可怜的夜莺在呻吟

夜晚，小草脸上结起露珠

那月亮的脸庞因爱情的炽热

似石榴花般泛上红晕

你将身世书写……

你即是我的身世——阿夫桑内啊——

谁忧郁悲伤神思不安？

是我深陷牵挂的心

还是泪珠喷涌的双眼？

还是从各个地方被赶走的魔鬼？

你是我充满冲突的心

默默无闻，如此陌生？

或者你是我的天性，从不劳神

追逐荣华和声名？

或许你是逃离我的厄运？

每个人都从自己身边将你赶走

却不知道你永远存在。

你是谁？——到处都被赶走的人啊——

你与我同行，充满友爱？

你是泪珠还是悲伤？

我记得是个月光明媚的晚上

坐在娄本山[1]头，

眼睛因心之忧伤进入睡梦

心从两眼的喧嚣中得救，

寒冷的风从山旁吹过

对我说：'喂，悲伤的孩子！

因为什么你离开了自己的家乡？

你在这里丢失的东西是什么？

孩子！花儿盛开，令人神往，

小黄花在这狭小的山谷。'

手伸进我的头发似梳子

温柔轻缓，充满爱意

与可怜又疲惫的我进行

孩子似的玩笑和游戏……

啊阿夫桑内！你是那寒冷的风？

你堆起多少的笑容啊

不论我的花儿美丽或丑陋

---

1 娄本山：伊朗里海沿岸山区中的一座小山名字。

啊，多少次你泪珠簌簌地走来

落到我身上、心间，我该承受

   你是野兽，还是美丽的天仙？

全然陌生！而你却无处不在

你曾与可怜的我在一起？

你曾时刻把我拥在怀中，

增加我的昏迷？

   阿夫桑内啊！你说话呀，回答我！……"

阿夫桑内："别再问了，忧伤的心啊

你说得太多，你弄得我满心是血

我确信你沉醉于忧伤

你要增加谁的痛苦，就只管增加！

   沃谢格啊！你认识我：

隐藏于没有喧嚣的心

我是上天的一个流浪者。

被剥夺了时间和陆地，

不论我是什么，都身在恋人之列：

   你所说的即是我，还有你所想的。

我是一个古老的存在，

被身陷困境的孤独者收养。

衰老的母亲把孩子们，

担心地颤抖地托付给我，在漆黑的晚上。

   我是一个无头无尾的故事！"

沃谢格："你是一个故事？"

衰老的母亲："是的，是的，

是一个坐立不安的恋人的故事。

没有希望，充满了烦恼不安

伴着忧伤和长夜难眠

   长年生活在孤独和痛苦中。

我是一个充满恐惧的恋人的故事

假如我恐怖似荒野中的魔鬼

假如山村老妪把我

叫作逃离人类的鬼魅

　　　　　我是世界骚乱不安的产物。

有时我是一位姑娘

娇媚动人

双眼勾魂夺魄，

是个有魔力的美人

　　　　　我走过来坐在坟墓旁

手握我的铮铮弦琴，

另一只手握着一只酒盅。

一首乐器未弹奏过的乐曲，陶醉，

夜在我的黑眼睛中

　　　　　迸发出一滴滴充血的泪珠

就在此刻，暗淡下来

在地平线，云的血红脸庞。

在大地和苍天之间

是各种浑厚的声音的合唱。

　　　　　轻烟从这帐篷中轻扬上升

睡意袭来我闭上双眼

酒杯和琴从我手中滑落

琴摔折，杯也碎，

我从心之手、心也从我得解脱，

　　　　　我走了你再也没有见到我。

多么令人恐惧啊夜晚

从云彩后面出现一影子

——不知道他是什么人，

以令人心痛和悲伤的声气

　　　　　在你耳根念叨我的名姓……

沃谢格啊！我就是那陌生人

那声音发自我的内心

我是世界上死者的外形。

一瞬间似闪电来临

　　　　我潮湿的眼睛的热泪。

在那群山中正做着什么

人们的手，并未沾上泥末？

然而遗憾啊！从那另一时刻起

居民们没有得到任何收获。

　　　　漫长的岁月接踵而去……

一头逃窜的麋鹿在那里

把树叶从树枝上啃得干干净净……

另外的一些声音逐渐清晰……

一座圆锥体的房屋孤零零……

　　　　几头山羊在草地上……

然后，年迈的牧羊人

在那峡谷中把家寻找

一个故事渐渐清晰，在那里

丢失了所有的标志和记号

　　　　在这路上从我这里得到解答……

何时心能知晓这秘密

谁，对着那猫头鹰也悲伤吟唱？

那激情之家已坍塌

除了遗迹什么也没留在地上，

　　　　所有一切，都在哭泣，除了魔鬼的眼睛！"

沃谢格："阿夫桑内啊！那都是些枯枝败叶

却把通向花圃的路封牢。

枯枝，面对百年风暴也不哭泣。

鲜花，遭遇一次狂风即病倒。

　　　　对你想说的话别遮遮掩掩……

你说吧用自己心灵的语言，

——似乎没有人欣赏它！——

可以在事情中运用计谋，

见解精辟者也会有疵瑕

        人们的话语总是有所遮掩。

这语言发自忧伤者的心

而非追逐鹊起的声名

似乎没有人把它往心里去

我们在这世界满怀激情

        追随着自己的话语：

何人能在那另外的棚屋里？"

阿夫桑内："除我之外别无他人，沉醉的沃谢格！

你看见了那激情，听见了那呼唤

从屋顶坍塌的房基

        从残垣断壁上……

在一座小木屋里，

在一座废墟那边，可还记得？

一个山村老妪

纺着棉纱，一边在抽啜

        夜黑暗又沉寂……

寒冷的风在外面号叫

火焰在棚屋中央燃烧

一个姑娘突然从门口进来

一边说，一边把脑袋敲：

        '我的心啊，我的心，我的心！'

叹息从疲惫的内心冒出

落在母亲身旁冷却

这样一位失落了心的姑娘

你可知道她是何等的哀怨和软弱？

        使人殒命的爱情，我就是爱情！

我是生命的收获，我！

我是世界之光明，我!

我，阿夫桑内，是恋人们的心，

若有肉身和心灵存在，就是我，我!

　　　　我是爱情之花，是泪珠的产物!

你可记起那座荒郊野外，

那夜晚，奥利夫森林

你列数着件件陈年旧事

亲吻着新的美人?

　　　　从那些日子起你就是我的朋友。"

沃谢格："那些日子，遗留在路上

如同驰骋荡起的尘埃纷纷⋯⋯"

阿夫桑内："快快驰骋，紧随她上路

旷野正好驰骋飞奔

　　　　这荒无人烟的野外正合适⋯⋯"

沃谢格："然而在她的笑声中，那位美人

醉吟着，飘飘然地前行

好在沉醉中认识她的伙伴

手握各地的酒杯款款而行

　　　　怎样的一个夜晚啊! 月亮在微笑，草地也温柔!"

阿夫桑内："啊沃谢格! 那时我是拂晓

天空的胸膛敞开而放明

大道上快乐的驼队

只留下其驼铃的哀鸣

　　　　炉膛中的火已冷却。"

沃谢格："山峰笔直地耸立，

山谷似小偷般蛰伏。"

阿夫桑内："是啊沃谢格! 全跌倒在地

失落了心的人们，惊逃四处

　　　　我的故事从那里留在记忆：

那里有骚乱、黑夜和仇怨，

人们就把人们毁没

在科坡沁山巅

山坡上有个地方燃起香火

　　　　一个弱不禁风的孩子来到世上……

直到我们成为知己密友

那简短的故事颇有亮点

在那角落，一个女牧羊人，立刻

把婴儿的脐带剪断。"

　　　　沃谢格："唉！

怎样的时光啊，多么温馨的时光！

是心中快乐的故事又重新回到心房……"

阿夫桑内："沃谢格啊！就像猫头鹰，它曾

对心之废墟耳熟能详。"

　　　　"是啊，阿夫桑内！一只悲伤的猫头鹰。"

沃谢格："今夜他们像过去那样不时

想起过时的猫头鹰，

站着，似乎站着

那美人在纳特尔荒郊中

　　　　手摸着手，泪水盈眶。"

阿夫桑内："来自圣陵

沃谢格啊！请将救治之路寻觅。"

沃谢格："带着自身的语言而来

讲着逝去者们的故事。

　　　　在这悲伤中将生者寻找。"

阿夫桑内："来了，还带来了酒，

沃谢格啊，酒已摆放妥当。

然而有何用，在这荒野

酒也将恐怖的牙齿大张。

　　　　这酒杯应该摔碎。

巧夺天工的画师啊！给谁

把又一幅画绘制，可能

在这帷幕中，在画上

你的忧伤将比原来大大添增。

　　　　　　白色在黑色中更加醒目。

那逝去的犹如甘冽的山泉

曾有过的日子也似今日一样。

奥义即此，寻觅闲暇，

宝藏在屋内，积郁的心房

　　　　　　因为什么？难道草坪不诱人动心？

那时候，山野梨

把树荫缓缓投在岩石，

云雀们在远处的树林中

啼啭，齐声合唱

　　　　　　其中有一只格外悦耳。

别再诉说愁怨，站起来看

冬天是怎样走到尽头

森林和山峦正在复活

世界已从黑暗无光中探头

　　　　　　展露容颜，似闪电欢笑

积雪已从中裂开

山峰全都变得黑白相间

牧羊人从窑洞中钻出

露出欣喜而信心十足的笑颜

　　　　　　又到了放牧的时节

沃谢格啊，起来吧，春天已到

细小的泉水从山里涌冒

花儿在原野冒出似火焰一般

浑浊的大河似暴风雨咆哮

　　　　　　原野被鲜花装点得五彩缤纷。

那一直在筑巢的鸟儿

在树枝上吟唱

喙上还挂着枯枝干草

绿枝条一刻不停地生长

      孩子们全都聪明可爱。"

沃谢格："在撒丽哈山，通往瓦拉重村的大路

狼鬼鬼祟祟地探脑探头。"

阿夫桑内："沃谢格啊！这是什么话？现在

狼（不见它的踪迹已很久）

      属于春天，那般地手舞足蹈。

金色的太阳照耀

在清晨的露珠上面。

露珠颗颗闪亮

好似金刚钻，水中鱼儿滚翻

      在浪尖上腾跃。

你也——可怜的人啊！——应高兴地徜徉

每个方向都有春天的饱满生机

这时节到处莺歌燕舞

你眼中的泪水要流到几时？

      亲吻吧，时光短暂

苍穹旋转把记忆抛在一边

山坡上面，快看

白色的和黑色的羊羔

铃铛的旋律，完全

      似放声歌唱的恋人的心。

在比夏尔草原上，此刻

一个可爱的孩子笑吟吟地坐着，

将各种颜色的小花

采集，捆成一握

      做恋爱者们的礼物。

下决心吧，他悄悄地

不时向你这边张望

沃谢格啊！若你喜欢黑色

此刻，他有黑眼睛一双

    倾述着喧嚣的内心的烦忧。"

沃谢格："去吧，阿夫桑内！这些都是鬼话。

心没有结合和欢乐的福气。

观看、激动和快乐

这样的空想和幻想多稀奇！

    快乐毫无消息，忧郁却是可见！

我的花儿没有绽开过笑脸

没有淋到过扎赫罗的雨！

我向市场里的商贩们

交出了一切，与此同时

    却丢失了岁月的快乐……

可惜啊，可惜，太可惜！

所有的季节都昏暗不明

当我想起往事

历历在目，我目不转睛

    充满了迷茫和郁闷。

蒙昧夺走了我的心并且丢失

我追寻着心，此刻坐立不安

然而昨夜酒的沉醉

使我头重晕眩

    我要再喝一口，以便获得解脱。"

阿夫桑内："这酒你要重新斟到几时？

可怜的沃谢格啊！"

沃谢格："若我不斟

心怎能够得解脱？

我又怎能开心地起身

    看那春天盎然的生机？"

阿夫桑内："此刻你快来，别管

生命的初始和终场。

对逝去的别再提起

世人配不上宗教信仰

　　　　走进你自己卑微的心。"

沃谢格："但是，做不到啊！这痛苦似我养的蛇

将精神的层层枷锁咬嚼

我因自身的痛苦而似蛇蜷缩

使骨瘦如柴的身躯更加瘦削

　　　　在这既定状态中我又怎能被迷住？

我的心是苍天的书信

是希望和心灵的坟墓

它的外表是时代的欢笑

其内心是隐藏的泪珠

　　　　我如何能弃之不顾？我又如何能逃避？

同路人啊！黑暗又一次降临

将我攫去，不管愿不愿意

星星还是那样闪亮

一张火焰般的脸在消失

　　　　强劲的风在呼啸

在那隐蔽的山丘下方

现在狐狸正放声歌唱

山峦和森林在这里好似

那狐狸们的舞场

　　　　每只鸟儿都在一树枝上沉睡。"

阿夫桑内："每只鸟儿都蜷缩在角落里

夜晚恋人的心已满是醉意……"

沃谢格："这尘世的厌倦者，阿夫桑内啊！

闭上眼睛，任睡梦将他攫去

　　　　带着另一种意识，将神志遗弃……

饶了我吧，放开我的心吧

它已梦见太多骚乱不安的梦

恋人、爱情、被恋者和尘世

所看见的一切都是出现在梦中

       我是恋人，我是睡者，我是懵懂之人！

花儿使酒坛内部充满温馨

热恋的夜莺是救人良医

没得光照的脸，未能遂愿地枯萎

坦言吧！这是怎样的喧嚣，有何秘密？

       一瞬间却是这么多的冲突！

放在一边吧，阿夫桑内啊！我要询问

这星星成千的故事

比如：那玫瑰是如何绽开？

又发生了什么？此刻它又有何怨气？

       在风的吹刮下，又是如何凋谢？

我所看见的一切都是梦境，

或是投影在水面的图绘。

爱情是病人的吃语，

或是醇酒佳酿之眩醉

       同路人啊！这是怎样的时刻啊！

在僻静的岸边，我们

相互追逐，十分欢喜

伴着清晨的气息，兴致勃勃

哼着欢快的曲子

       不去想分离的岁月。

族人带着我们迁徙，

我们，手举火炬，紧挨在一起。

山峦，戴着头盔的勇士们

高昂着头，相对而视。

       我们这群人走在前面。

火一直燃烧到清晨时分

风精疲力竭地呻吟着刮过

好像是在那狭窄的山谷

一部分远去，一部分留下

        在柏树和黄杨组成的墙里。

啊，阿夫桑内！我身体内有个天堂

就像有个废墟在我怀中：

它的水来自潮湿的眼睛之泉，

它的土来自我的灰烬一捧，

        使你看不见我沉默的容貌。

我见过很多，明媚的清晨

花儿在微笑，森林清新

多少夜晚悲伤的月亮在其中

驼队的铃声萎靡不振

        我的脚疲惫地踩在荒漠

我的眼睛停在病恹恹的人群

带着已经熄灭的灯

壁龛似的眼如同心上的伤痕

泣诉之声悄然进入耳中。

        墙的形状，沉重又沉默。

山峰犬牙交错

突然山洪咆哮

杜鹃丢失了巢穴

圃鸫还在繁华的废墟依靠

        对配偶的思念已从它记忆中消失……

谁能爱我

而不去追逐其中自己的利益？

每个人都在为自己奔波

没有人会不闻味就将花儿摘取

        不图享乐与收益的爱情是幻想。

那长期穿羊毛织品之人

哼着曲子，全都经久不息

恋人就是自己的生活

不知不觉中，披着神话外衣

　　　　欺骗着自己。

机灵的理智对此话发笑：

跟在这世界之后的也是世界一个。

人，是卑微的泥土的产物

依赖于内心深处的爱火

　　　　生命的魅力即是此言。

苦难的重负在头顶，百种苦难的重负

——若你想听诚实之话——

痛哭的伤心者的眼睛消失了，

他只有说话的舌头留下

　　　　以便将另一种的爱情诉说。

庇护者啊！这是怎样的诡计和谎言

舌头上怎能有美酒、杯盏和斟酒者？

你哭诉到永远，我也不相信

对于那永存的谈恋爱者来说：

　　　　我是属于那会消逝的恋人

我很惊讶！你我究竟是谁？

我们因哪口陈年酒缸而醉？

啊，多少的枷锁被我们砸碎

仍旧没能从幻想的枷锁突围

　　　　懵懂地傻笑，徒劳地哭诉。

阿夫桑内啊！请别再让我流泪

火吐着火舌将我的心灵烧灼。

再也控制不住泪水，

我是何乐器？除此外，没人教我

　　　　心灵的喋喋不休，灵魂的旋律。"

阿夫桑内："沃谢格啊！这些是你说的话？

可以讲无数的话！

可以像一股轻烟

在天空涂抹一幅不定的图画

        可以像夜晚般寂静。

可以像奴隶们，遵命地

倾听，恭恭敬敬，但是

爱情时刻在寻求飞翔

理智每天都看到不解之谜

        人类置身于这冲突中。

此乃奥义，但不排除这种情况：

在这件事情中我们是合作伙伴。

若从心里升起百幅图画

阴影依然落在墙面

        就如人们所看见所希望的那样。

起来吧此刻在路上，我们

没有掌握逝去者的任何消息。

为带来欢乐，我们可以一起

使这故事产生另外的作用。

      （或丑或美，皆是属于我们的特征。）

你要我，我也要你，

这是怎样的豪迈，怎样的调情，怎样的娇滴滴？

你用两脚驱使，用手使唤，

难道你的目的只是与我游戏？

        你在对我进行嘲讽？

初开的花儿啊！尽管如此

你很快就枯萎衰败，

对于如此充足的青春时光：

越是鲜活的东西，凋谢得越快。

        我与这样的鲜活息息相关。

在这陈旧的寰宇我打击

鲜活者的心，一直用手。

这花园的门现在已敞开

门用无数的荆棘捆就

　　　　　你的春天伴随你出现。

我的鲜花？花一朵，却隐藏

在荆棘丛的枝丫根部。

爱你的人，可以再次找到你

对你的爱使人情绪起伏

　　　　　不是每只鸟儿都认识你。

可怜的夜莺飞向你

迷恋你的恋人奔向你

你的天性全都是奇迹

寻求奇迹者奔向你。

　　　　　请你给恋人们安慰！"

沃谢格："阿夫桑内啊！我没有希望

我被采摘被喜欢……

我是山的孩子，由云带来，

把我放在山上的草丛间，

　　　　　我与春天相拥抱。

我不想有谁打击我的心，

我的心是另一颗心的归巢。

若从我的巢穴里无所收益

我相信在彼处收获能好

　　　　　迷恋和幻想使我感到快乐。"

阿夫桑内："沃谢格啊在所有的迷人者中

有一个最令人魂牵梦萦，就是我！

出现的一切都将变得陈旧

一个显得最陈旧的谎言，就是我！

　　　　　被理智者赶出之人，受你邀请之人，

在山峦的寂静中安家。"

沃谢格："就像我一样。"

阿夫桑内："像你一样因痛苦而沉默。

我让我所见的一切成过眼云烟。"

沃谢格："所以你找不到一颗心充满欢乐。"

阿夫桑内：

　　　　"他的痛苦已深入血脉肌肤……

沃谢格啊！让这所有的话语

都似金块般接受试金石的考验。

什么欢乐？什么语言？什么意图？

这树枝有朝一日会变得果实荡然

　　　　　但这溪水此刻就急流滚滚。

唯有一个真理屹立：

那就是必要即是存在！

四处寻路是一个骗局：

双眼紧闭，必要即是存在！

　　　　我们存在，因为我们正是如此。"

沃谢格："唉阿夫桑内！此话不假

若欺骗出自我们，是我们自己

若岁月存在机会

我们将更加置身于赤诚里，

　　　　同心同语，彼此和谐。

你是谎言，一个动人的谎言

你是愁闷，一个非常美丽的愁闷。

我的爱情和心无价。

我托付给你，爱情和心

　　　　你把你自己留给我。

谎言啊！愁闷啊！善恶啊，你！

谁对你说站起来？

谁对你说从这条路一直走，

就像花儿在枝头悬挂，

　　　　就像月光落在果园空地？

恋人们的心啊！阿夫桑内啊！

你啊给时代烙上印迹

你啊用自己的琴弦弹出

永恒的旋律

　　　　亲吻，亲吻，恋人的唇。

我们躲藏在云朵后

我的声音除了天仙

无人能听见在天上

没有人会读我写的这诗篇

　　　　除非读给心魂不安的恋人的心。

我的眼泪落在她的面颊。

我的泣诉驻扎在她心里。

我无名的灵魂在那里降落

哀恸从那里升起

　　　　激动的火焰从心中腾跃

喂！从这狭窄的山谷走到前面来吧

最好的安睡之地是夜晚

没有人从中有路可走

所以在这里每样东西都是孤单

　　　　我们在一起忧伤地吟唱……"

　　　　　　一九二二年岁末

凤　凰

凤凰，声音动听之鸟，世界的荣耀，
因凛冽的寒风吹刮而四处漂泊，
在动荡摇晃的树梢，
独自停歇。
在它周围的树枝上　众鸟。

它组合着迷路的哀啼，
用成百种遥远的声音的零碎线头，
在仿佛给山峰绕上一条黑线的云朵中，
将一座幻想的墙
营造。
那个时候太阳的金黄在波浪表面
暗淡下去，浪尖拍岸
豺狼嚎叫，山村男人
把房内封好的火拨燃。
红红地映在眼中，小小的火苗
在两只黑夜般的大眼睛里画出一条线
在遥远的地方，
人们行色匆忙。
它，那卓绝的旋律，消失即是存在，
从停靠的那地方起飞。
在那些纠缠交错的东西之间
伴着这长夜的光线和黑暗
穿梭。
一团火焰在前面
它观察着。

那里既无草木，也无气息，

纠缠不休的太阳在石头上崩裂，

这片土地和其中的生活并不令人神往

它感到鸟儿们的愿望也如同它

黑得似烟。尽管它们的希望

以及其明亮的早晨，呈现在眼中

就像谷垛属于火焰

它感到它的生活就像

其他的鸟儿，即使走到尽头

在睡梦和吃喝中，

也是种无法言说的苦痛。

那歌声嘹亮的神鸟，

在那地方从火中获得赞誉，

此刻，已经变为一座火狱，

它时不时地闭上目光，转动

锐利的眼睛。

在山坡上，

忽然，没有扇动翅膀

而是引吭高歌从痛苦而灼热的心底，

那些路过的鸟儿不懂得它的含义，

那时它沉醉于其内心的痛苦，

将自己投入熊熊大火。

狂风大作，神鸟在燃烧！

神鸟身体的骨灰在聚集！

然后雏鸟从它的骨灰内部诞生。

一九三八年二月

渡 鸦

傍晚时分，在群山的怀抱，太阳
带着金黄色其忧伤在帷幕掩藏，
一只渡鸦孤独地停靠在岸边，
远处水面
共长天一色，一株橡树
因秋天而发黄
在一块石头表面头倒悬。
从那远处
出现一个黑点。
那是个人在路上，
在寻找一个角落能躲避世人之眼，
能将内心隐藏的痛苦倾吐片刻。
当他寻找到一块理想的隐秘之地
凝视着洪水似的巨浪的渡鸦的眼睛
盯向他这方没有任何的不安
从那路口
会有什么降临，是幸福还是痛苦？
一种东西如同所有被看见之物一样被看见
一条画在路上的线落入他眼
烧毁的基座在远方
云彩落在废弃的岸边。

两个相互对视在这一瞬间
隔着遥远的距离站在各自一端
这是一只渡鸦和一个黑影
那是个人，随你怎么想，

丑陋的渡鸦在他看来是忧伤之源

它的名称意味着忧伤，将天堂之路掐断。

他坐下来，给忧伤再添忧伤

他沉思地出现在忧伤之门槛

他忧伤地将门向天地万物开敞

把存在的思想之屋摧毁。

嘴里发出呼喊从远方：喂，渡鸦！

然而渡鸦

超脱一切

眼光落在他身上

冷冷坐着，一动不动地待在原地

那些波浪簇拥而来又退去。

有东西隐藏着。

他们在寻找一样东西。

一九三八年十月

忧伤之鸟

在这忧伤之墙上，似轻烟飘到上方
一直停着一只鸟，伸展着翅膀
它摇晃着头，因头脑里有太多的悲伤。

它的爪被烧焦，
伸在灰烬里
它虽学会了笑
而悲伤却是它的根基。

没有食物，哪里有树枝就停在哪里
这只忧伤的鸟向路人发出叫声。
在破晓时分的黑暗中呆滞不动。
把它每一支忧伤的曲子从这世界带到门口
在这废墟中从忧伤的心获取消息。
一时间因痛苦而一动不动，尽管有羽翼。

没有人看它，也没有人知道它是何物。
在这废墟的墙头将何人喊呼。
除它外，在这条路上还有另一只真正的鸟居住。

这个悲伤的身影因悲伤而不停地哀叹
它看着我目光中的黑暗
在这黑暗中在路上将我寻探。

我发出忧伤的叹息，在这废墟，我。
我独处一隅，在自己的囹圄中，没有食粒，我。

蜡烛是何？飞蛾是何？每支蜡烛，每只飞蛾，我。

我对这墙平淡而拙劣的曲折
在那似夜漆黑的线条上
我手脚挣扎似已无声息的半死者

然后，在这忧伤之墙上，其所有地方都挤成一堆
我上上下下画着忧伤的图像
我发出忧伤的气息，也将忧伤描绘。

直到谁也不看我们，
夜的黑暗
沉淀在心中
我摆脱掉自己的颜色

我们为等着黎明而一起交谈。
我们用阶梯上黄色的尘土裹身。
我用手，它用呼声，做一些事情。

一九三八年十一月

塑像鸟

一只鸟藏在我家房顶上
另一只鸟停在松树枝上
这只鸟叫着，焦躁不安，似乎为我们
那只沉默着，象牙上的一缕黑烟。

它没有睁开眼睛，也没有张开翅膀，
头垂到枯瘦的脚上，一动不动。
它的喙火红，它的羽毛是金，
它看起来像一座塑像。

而另外的那只鸟，其所有的工作就是啼叫，
它的身体从头到脚都在颤抖。
它既没有停在那松树的树荫中的渴望
也没有从那伤心的地方得解脱的力量。

然而若你平静地审视那二者
啼叫者是一具死尸，除此之外不会是别的，
看起来在那地方一动不动的鸟儿
有着活跃的头脑，与生活中的努力密切相关。

一只鸟藏在我家房顶上
编排着一个奇怪的朦胧的故事
已从我们获解脱，但仍在我们的空气中
在这个故事中向我们啼叫。

一九三九年十二月

57

圃鸫先生

门上，墙上
屋顶上，在被征服的每一刻，风儿敲打着，
路上看不到它的身躯。
却一刻也不停歇，如同咆哮的海，
在它波涛汹涌的目光底部组成图案。
也像它一直曾是的那样
窗户内一个男人唱起歌：
"嘟嘟克嘟咔！圃鸫先生，你与我有何贵干？"
在这夜深的黑暗中，没有东西在自己位置上。

"路上没有人迹。
枫树招摇，"圃鸫说
"把你的窗户向我敞开吧
让我有勇气与你待片刻
让我有勇气为你唱歌。"
窗户内已不见了男人的踪影
他的影子在月光的运行中，不知是从哪个方向，落在墙上。
他每一句话的声浪还在，出自波浪，
然而出自大海的威严。

"为何我的朋友们都逃离我！"圃鸫说。
"黑夜有恐惧之包袱，或是沉重的幻想！"
随着窗户内的男人再次唱起歌：
"孩子们的眼中流着泪水
我从与我同在的温暖的监狱中逃离，
此刻如同寒冷，痛苦与我成为一种享受。

把你的窗户向我敞开吧，

让我有勇气与你待片刻

让我有勇气为你唱歌。"

窗户内男人的歌声从远处传来：

"嘟嘟克嘟咔！圃鸫先生！

全都离去了，我们脸上无光，

友情的痕迹如同久煮的沸水成为神话

岁月我们已失去了很多年。

从寒冷中伸出的新鲜的花枝已坐果。

不论它好与不好

这些枝条使死亡的预定沉底，

憔悴的心给过路的人们的脸上置下苍老。

你的心对唱歌不厌烦？

你的心灵不对之感到厌倦？"

在那唱的痛苦中，圃鸫依然唱着。

男人在窗户内用歌声与圃鸫交谈：

"用你所愿意的方式

嫩枝紧跟你在远处歌唱，

以它们所知的程度。

在你的毛刺的温床上寄寓着春天鲜嫩欲滴的花朵的希望，

你甚至不愿意看到并知道花蕾憔悴。

疲惫者啊你的心

依然还有唱歌的热望？"

但圃鸫依然在唱。

依然像最初那样又依次传来

窗户内男人的歌声。

门上，墙上

屋顶上，在被征服的每一刻，风儿敲打着，

路上看不到它的身躯。

却一刻也不停歇，如同咆哮的海，

在它波涛汹涌的目光底部组成图案。

一九四八年五月

入夜时分

入夜时分，在那孤零零的木屋，一位中国女人
头脑中萦绕着一些恐惧的念头，她想：
虚弱不堪的奴隶们在为都城修长城
每个人都在鞭子猛烈抽击下命丧
他的尸体埋在了城墙中央

中国女人无法摆脱这折磨人的思绪
她精神疲惫病体恹恹
中国女人精神疲惫病体恹恹地自言自语
在入夜时分：
入夜时分每家的门廊上方都挂了灯盏
每个人的丈夫都回到了家，除了我的丈夫
他离我很远，在干活
在都城的长城下。

入夜时分，远离众人，我也
在为人们的不安着想
就像那位中国女人
舌头念叨着一些折磨人的念头
让熟悉的曲子进入耳中
盼望孤独者们在家安然无恙的念头在我一刻未停
长城的整个身躯在我愤怒的眼睛面前不再显得巍峨

入夜时分
把这已灭的灯再熄灭
我走向光明之城的豁口

我要好好认识好好了解我的向导

我要把那些用黑暗画就的线条

投影在长城修建者的思想中

有时我读书到很晚

在无穷无尽的世界内部

在病人黑暗的心中

遥远的岁月已逝，被从中分开

被我们双手的力量，被我们的尘土

只有这无声的长城在上方蜿蜒

一九五二年

玛娜丽

我不知道出于什么考虑

他将一个男人的故事告诉我

向着大海进行疯狂的旅行

我知道这些，那位老爷

那个夜晚也向着沉重的大海开路

就那样，在其他晚上

寄希望于猎物落入网中

向着平静的大海驾一叶扁舟

那夜对所有的夜晚来说

是一个空寂的夜晚

他的肖像映在月光大道

云朵相互交织罩在他脸上

风踟蹰不前

大海沉默不语

穷苦的男人，可怕的夜晚的朋友

彼时他心里一片愁苦驾着船

在浩瀚大海的空寂之路上唱道：

　　　　"美人啊，美人！

　　　　有着小鹿身段的美人！

　　　　眼睛魔力无穷的美人！

　　　　美人啊，美人！"

然而没过多久

从夜晚及夜色中月亮的淡光

到沉重的大海

风不再安分，挣脱缰绳，这边那边奔跑

沉重大海令人吃惊的威严在头脑中

咆哮怒吼的念头渐渐平息

海浪一个接一个涌起

将吹响的号角

从身旁取下，一个浪退去另一个浪涌上

将男人像以前一样置于自己的摆布之下

对浪的涌落的恐惧已消失

他因波涛翻滚而内心激动

对他的活计他的思想陷入困境

自言自语道：怎样的夜晚

尽管月光十分明媚，对于我仍旧漆黑

这蓝色的眼睛

是怎样对我恐惧地大睁

我倒霉啊！可怜的我呀！

在这漆黑之夜的中央谁来守卫我？

在我活计中我的出路在哪里？

我手中空无粮食，真主啊，为何要将我

带到这叛逆的海洋

我有什么希望的光线在这里出现！

在落在后面的岸上，灯芯已灭的灯此刻在远处不再燃烧。

夜存在

夜存在。一个闷热的夜晚，泥土

失去了脸色

风，云的孩子，从大山胸膛

向我进攻。

夜存在。就像一个热得肿胀的身子站在空气中

正因为此，迷路者看不清他的道路。

以滚热的身子，漫漫的荒野

死者在墓穴中受挤压

留给我烧焦的心

留给我疲惫的身——正在肆虐的高烧中燃烧

夜存在。是的，夜。

一九五五年五月

穆罕默德·莫伽达姆
（一九〇八年至一九九六年）

　　出生于德黑兰。在德黑兰获得学士学位，一九二九年赴美国深造，一九三一年回伊朗，在外交部当翻译。一九三四年出版诗集《半夜的秘密，帷幕外的路》，一九三五年出版《雄鸡长鸣》和《回到阿尔穆特》，倡导现代派诗歌，是伊朗最早的现代派诗人之一。一九三六年再次赴美国深造，一九三八年在普林斯顿大学获语言学博士学位。一九三九年回国后在德黑兰大学任教。

烧毁一半的十二月

此刻　黑夜已过半
我身体已烧毁一半
另一半　留在脚上
也许将被烧毁　也许不会

直到半夜　我被焚烧　眼泪
流淌　在我脸上
我沉默不语　没听见有人
我焚烧自己为自己　没看见有人
似夜游者　一只飞蛾
从远处　飞到我身边　向我要光明
我的光明　烧毁了它的翅膀
炽热从我内部冒出

直到半夜　我很平静
静静地燃烧
直到另一半
我燃烧　发热　沉寂

古尔钦·吉朗尼
（一九〇八年至一九七四年）

　　出生于拉什特。在家乡完成了初级教育后，进入德黑兰技术学院。一九三三年到英国留学深造，获文学学士学位，后又转攻医学，边学习边在BBC（英国广播公司）工作。毕业后，定居英国，从事医务工作。古尔钦·吉朗尼是伊朗新诗创作的先行者之一，主要诗集有：《爱与恨》（一九四八年）、《隐藏》（一九四八年）、《送你一朵鲜花》（一九六九年）。

冥思的帷幕

窗外，夜行的风在叫喊

银白的雪在枝头缀满

傍偎着火盆

漂亮的佳人

轻轻弹着琴弦。

她纤细的手指轻动

真美，多么动听

真美，多么和谐一致

弦琴和佳人的影子

映在墙面。

红色的浪退去，上面有帷幕

小猫咪向帷幕跳扑

夜晚的宴会使酒杯见底

然而却漫溢着乐曲

我的小狗，眼睛光芒闪烁

我不知道它从火中看见了什么。

   红蓝的云气？

   灿烂的日子？

如同我的心房

我漂亮的佳人的手掌

张开，又合拢

我的心因美妙的乐曲而颤动。

我的双眼因冥思正浓而下沉

眼皮缓缓落下因睡意的光临

我灵魂出窍，插上音乐的翅膀

在一个纯洁又谐美的天堂

大地啊！与你告别！

大地啊！与你告别！

奔向一个新的美境

奔向光明

远离黑暗和夜晚

远离生活中的阴险

卑劣之苦难

岁月之暗黑

冲突，疯狂，倒闭，无家可归。

这里有安乐窝棚

纯洁的希望，孩童似的心灵

热血的希望，年轻的力量

这里有生活

远离魔鬼与真主的争夺

远离自由和监狱之墙

远离，远离深藏的忧伤。

远离？我说过"远离"？我说过"飞向幸运"？

那么为何忽然听到自己的小狗的声音？

我睁开双眼。哦，我看见

佳人已走

弦琴不留

那美妙的乐曲全从冥思的帷幕溜走

斧子砍在我古老的希望之树身

我新生的希望之幼树瘫软了根。

窗户外

银白身体的雪，仍然枝头缀满

醉醺醺的风，仍然撞着门和墙垣

我的血管中，忧伤之脉搏，拨动着琴弦。

帕尔维兹·纳特尔·罕拉里
（一九〇三年至一九九〇年）

出生于德黑兰。在德黑兰大学完成高等教育，获波斯语言文学博士学位，后在该系任教授，担任著名刊物《语言》的主编三十年，曾任教育文化部部长，伊朗文化基金会总会长。

罕拉里在波斯语言文学研究、诗歌创作和校注古籍等多方面硕果累累，是伊朗现代学术史上大师级的人物。他还精通法语，翻译了许多法语著作。

罕拉里也是位新诗诗人，但并没有完全跳出古典诗歌的窠臼，是新古典主义的代表人物。

月亮升起来

月亮升起来

快乐又兴奋

夜在欢笑

温柔又迷人

佳人微醉笑声荡漾

她的面颊是春天的洞房

头探出窗槽

向大海远眺

浪花的唇乐曲呢喃

亲吻着岸边

月亮沉默不语

花儿却耳朵竖立

一九四九年九月

夜的故事

夜，存在的一切都是黑色的
这充满了恐惧的生命
处在殒灭的消损的忧愁中
忽然，一首曲子……
悠扬地唱起，从疲惫的心擦去了忧伤
闪光的彩色的水珠滴落
在夜晚黑暗之酒杯

他说：清晨
气势非凡地从路上来临
太阳升起
使这黑暗的大地变得纯金一般
明天……

夜闪动着希望
干涸的大地的心渴望着雨

忽然，丁零声！
夜之鲁德琴快乐的琴弦断了
愿望之杯碎了，希望之酒洒了
沉寂……
          从那之后
夜，存在的一切都是黑色的
这充满了恐惧的生命
处在殒灭的消损的忧愁中

一九五一年

曼努切赫尔·希邦尼
（一九二四年至一九九一年）

出生于卡尚。一九四五年，考入德黑兰大学艺术学院。在艺术学院学习时，接触到左翼革命家，加入左翼组织，成为左翼诗人。后又在法国巴黎大学电影制作系深造。希邦尼是追随"尼玛体"新诗的第一人，在诗歌、绘画、电影制作、舞台设计、剧本创作上都有建树。主要诗集有《星火》（一九四五年），是伊朗第一部新诗诗集。

攻克柏林之际

北方
　　　堆满积雪的山峦上
　　　　　一顶钢盔表面
装饰在上面的十字架已折断
　　　站着一个女人和一个男人
一个：
　　　手握镰刀在远处
　　　　　好似手握竖琴的佐赫勒[1]
　　　麦穗从她的发辫滑落
另一个
　　　手握铁锤
　　　　　好似卡维[2]兴高采烈
　　　因为暴君已败，暴虐已灭
臂膀结实，胸肌隆起，钢铁一般
将那女人紧紧拥入怀中
就像铜和铁在铁匠的熔炉
　　　熔合
两个躯体熔为一体　　那也是铁
在两个熔合的躯体　　招展
　　　敞开的衣裳
目光盯向青蓝色的天空
　　　从无数丝帛般的云彩的间缝
　　　看向一颗
　　　　　红星

1　佐赫勒：金星，文艺女神。
2　卡维：伊朗古代传说中反抗暴君统治的起义军领袖。

女　仆

你那眼泪的珍珠
　　　　用钱币买不来
　　　　　　在东方的市场上
我神奇的国土姑娘。
编织着
用苹果的花朵
　　　　锁链
为何香料丝绸商们
　　　把你当一个女仆
　　　　对待
他们店铺中花篮上的鲜花
寻欢作乐的大人们的宴会上的玩偶。

他们闲扯瞎聊
　　　谈论天气的晴好
他们没有空闲
　　　从号码的攀升
　　　调转眼睛
　　　　　哪怕一刻
关注你的冰肌玉体
　　　美丽的大地

你脚步的节奏
　　　以胜利而致命的打击
　　　　　捣毁一切
在东方市场的兴旺时刻……

从乱石滩头

　　　　走向何处

　　　　　　纯洁晶莹的大马车啊

春天绿色的大道

　　　　直到拱顶彩色的大门

　　　　　　在你的前面铺展

　　　　　　　　而你却捣毁

震惊的星星之眼停在半路

天堂的神奇姑娘已消失

我看见

　　　　在你睫毛丝绒般的麦田的颤动中

　　　　　　天堂

可怕的沙漠中的迷路人

前方你看不见妖魔鬼怪

　　　　　　以五彩斑斓的海市蜃楼般的诺言

　　　　　　　　将你拖向四面八方

　　　　　　　　　　似女仆一般

在各种景象鬼魅般的舞蹈中……

被遗弃的沙漠中迷路的姑娘

贩卖香料丝绸的驼队的香息

但愿只有我一个

　　　你水银似的手掌

　　　　　在竖琴上将我千百首的乐曲

弹奏

　　　高擎起

　　　　　慈爱之旗

　　　　　　　直到银河。

为什么
东方市场里的商人们
用钱币买不到
你那眼泪的珍珠。

阴　影

在忧伤的不吉祥的夜晚
从水池平静的水的深处
怕爬出一片阴影
在雾霭弥漫的广阔的森林
开始跳起恐怖的舞蹈
似平静而神秘的低语，水面
开始唱歌

它那不吉祥的歌
　　　　萦绕在我之存在的每一微粒的深处
　　　　我活着
　　　　我还活着

我将我宫殿的青铜大门
咣当一声锁上沉重的锁
在每一窗户的彩色玻璃上
我挂上了彩色的帘子
我说：人们不让空想和疑惑平安无恙地钻进来
假若我在某著作中看到它的脚印
我会烧掉那本书
在关闭的门窗帘子里

沉香燃着
蜡烛亮着
琴弦颤着
银白的胴体在黑檀木床上辗转反侧地等着我

那时从一小姑娘双唇之泉

我欲望的灼热的焦渴得到平息

在春夜一般的发辫的青丝中

我凝视着愉悦的星星

我咬住红玛瑙的唇和小腿……

在那中央

我将遗忘之杯似灼烫的毒药

在我一节节的喉咙

      滴落

愉悦之舟在旋转的湖面跳动划行

在关闭的门窗帘子里

忽然

我鞭子的令人惊愕的哭号在身体上弹奏

当我放眼看去

      宫殿的青铜大门似纸做的叶片皱成一团

      我弓箭手的尸体在宫殿的石台阶上在血中翻滚

      窗户裂断，帘子撕破

月亮身躯的美人们

似千年的木乃伊以一种姿势堆在一起

那样子就像

聚集一起的丑陋人群

燃烧了一半的蜡烛已经死了

琴，弦已断了

遗忘之杯已碎了

阴影

在所有承受得住的东西上给予重压

并发出喊叫

      我活着，我还活着

                一九五五年

阿赫玛德·夏姆鲁
（一九二五年至二〇〇〇年）

　　出生于德黑兰一个军人家庭。夏姆鲁是一位自学成才的诗人，早期诗集有《遗忘的旋律》（一九四七年）、《短诗集》（一九五一年）、《铁和感觉》（一九五三年）。一九五七年，出版诗集《新鲜空气》，在诗歌创作上找到了自己的路子。一九六〇年，以诗集《镜花园》奠定了自己在伊朗诗坛的地位。之后，相继出版了诗集《镜中的阿伊达》（一九六四年）、《阿伊达：树、匕首和回忆》（一九六五年）、《雨中凤凰》（一九六六年）、《泥土哀歌》（一九六九年）、《雾中绽放》（一九七〇年）、《火中的易卜拉欣》（一九七三年）、《盘中匕首》（一九七七年），不仅震动了伊朗诗坛，也在当时世界诗坛引起很大反响，取得了巨大的成功。一九八〇年和一九八一年连续两年入围诺贝尔文学奖最后五位候选人名单。晚年从事《哈菲兹诗集》的校注工作和《波斯语民间俚语词典》的编纂工作。
　　夏姆鲁一生不仅诗歌成就巨大，而且在儿童文学、戏剧、翻译、词典编纂和主编杂志等诸多方面都成绩斐然，是伊朗现代诗坛上最具国际影响的一位诗人。

小　诗

来，我为你作一首小诗，没有韵律。
作这诗的人，不是诗人，连诗人气质
也无。只是在某天心中的痛苦折磨着他的灵魂，
他拿起笔在纸上写下这几首诗
然后告别世界。

不，没死……还没有死。也就是说他的心脏
还在跳动，他的手在纸片上写着一些小诗
没有韵律。似乎他的希望之船突然
落入漩涡破碎沉没，他不再
为拯救自己而手脚挣扎……

人们说他疯了。也许人们说得对，
他从那时起就与自己的希望和心愿
分手，他不在意人们的议论，也
不觉得不安。当他在一三二二年[1]
以爱国罪被投进监狱囚禁，在那里
在红军战士中间，对一位莫斯科姑娘
名叫高丽娅，心生爱慕。他的相思之痛
成为其他囚犯的笑谈，他们两个的爱情童话
被人们议论不休，一会儿说因爱情的煎熬
他病卧不起，一会儿又传言
从他的举止中已显出疯癫的迹象。

---

[1] 一三二二年：此处为伊朗历，即公历一九四三年。

我已分不清人们说的是实话还是

在说谎，只知道马杰农也是如此

失魂落魄地奔向荒野……然而有一天

滚烫的话从红军姑娘的舌尖冒出，击碎了

被囚禁的诗人的受尽折磨的心，使他燃烧的生命

全成了灰烬。那时，这第一首小诗

写成，然后，由于没有了希望，便与世界

告别。

并非是去死，不……他没有死。他仍旧

活着。他坐等着死亡在纸上将句子

涂抹，写着散文诗。事已如此，既然

没有了希望，他就将自己看作死尸。

这就是那火焰它从莫斯科姑娘的舌尖冒出

并将他的存在烧为灰烬。这就是那美妙的话

它使渺小的诗人在它的伟大面前消亡。

这就是诗人自己关于此事所说的话：

我说："姑娘！你可知你的爱，你具有毁灭性的伟大的爱，已将
我渺小的肉体淹没其中？"

她说："小伙子！你可知除了你软弱渺小的爱情，任何东西都不
能使我坚强而伟大的心颤抖，都不能使我的生命燃烧？"

我说："那么，来吧，告别莫斯科，和我一起待在伊朗，让我们
俩心里的创伤愈合。"

彼时，她以斯姆林科[1]英雄的自尊似的自尊向我哭泣，并以斯大
林的战士们的怒吼般的怒吼威胁我说："崩了你！……在你那

---

1 斯姆林科：二战时期苏联红军的著名英雄，红军士兵们的楷模和榜样。

俗世的爱情烧毁我的心之前，对祖国的神圣爱情已将我的灵魂烧成灰烬。"

一九四四年春
拉什特

遥远的岸

船上的白帆
不时地颤动，因风的吹拨
好似那懊悔者的心
再次想起自己的过错

在柔软的沙滩上，冷冷的浪
铺展胸膛，默默无语
如同恋人，当来到佳人面前
便失去知觉瘫倒在地

在落日浅淡的红霞中
遥远的岸落入我的眼眶
向着心中遥远的地平线
我的思绪之鸟张开了翅膀

它将我驮上肩
带着我飞来飞去
当劳累使它精疲力尽
便飞向我的月貌佳丽……

一只船远离了岸边
另一只船远航归来
依旧在岸上的冷冷细沙上
扑上来波浪的裙摆……

一个消失的影子，一个无色的影子

从我投下，月亮，在沙滩
仿佛这影子是我灵魂的图像
因痛苦而枯槁瘦弱不堪

岸上没有一丝声音传来
大自然进入了甜美的梦里
不……我在这里依旧清醒
我的思绪刚刚向"她"奔去……

一九四五年六月至七月
雷扎耶湖畔

给尼玛

我的花园中有棵歪斜的树
锯子斧头将不死它 [1]
狂风暴雨也对它无奈何
就别指望雨淋雪冻能对付它

一棵干枯丑陋歪斜的树
没有得到丝毫的培养
我的花园令人心旷神怡又美好
如若没有这歪斜的树在中央

这棵树在我花园里就如同
花容月貌者脸上的疤痕
或是一幅容貌恐怖者的画像
在镶有宝石的金质相框中装存

可惜啊可惜，这歪斜的树
使整个花园的景色变得丑陋
其丑陋胜过那种破坏局面
因一座大理石宫殿或一块砖头

为铲除它我想尽办法
我所有的办法都毫无效果
我对它用尽千方百计
我所有的箭都撞在石垛

1　此处"将"是象棋术语中"将军"之意。

这歪斜的树就像狗一样

你弄直它的尾巴，它却冥顽不化

你把它拴在木桩将它捆牢

它却挣脱木桩依旧歪斜着尾巴

这歪斜的树似布贾赫勒[1]

对它我办法毫无

假若它真是树，斧子就是培养[2]

然而斧子对它作用毫无

一九四七年三月四日

---

1 布贾赫勒：伊斯兰教史上的假先知，乔装先知迷惑世人，后被揭穿真面目。
2 意为对这样歪斜的树，用斧子砍掉就是最好的办法。

悼莫尔塔扎 [1]

糟糕的一年

刮风的一年

流泪的一年

怀疑的一年

日子漫长坚忍薄弱的一年

自尊心行乞的一年

卑贱的一年

  痛苦的一年

    悲悼的一年

普里流泪的一年

莫尔塔扎流血的一年

闰年……

1　一九五三年八月，伊朗石油国有化运动如火如荼之时，美国为了其在中东的利益，通过中央情报局用重金收买伊朗保王派军官，发动政变，血腥镇压了石油国有化运动，大量民主人士和人民党（共产党）党员或死亡或被捕入狱。该事件即伊朗现代史上著名的"八月政变"。被捕入狱者中很多人写了悔过书之后被释放，也有很多坚持理想的革命者宁死不屈。"八月政变"带给伊朗知识分子精神世界最为沉重的打击，使整整一代知识分子成为"失败的一代"而陷入迷惘和彷徨中。一九五三年相当于伊朗阳历一三三二年，是闰年，伊朗民间说法认为闰年不吉利。

夏姆鲁的好友莫尔塔扎是伊朗人民党（共产党）党员，"八月政变"时被捕入狱，面对严刑拷打，宁死不屈，英勇牺牲。夏姆鲁为之作《悼莫尔塔扎》一诗，成为伊朗新诗史上反映"八月政变"的经典名篇。普里是莫尔塔扎的妻子。

纳热里之死 [1]

"纳热里，春天已露出笑容，紫荆已绽放
家中窗户下，老茉莉已开花
不要再心存幻想
不要与可怕的死亡较量！
生存总比毁灭好，尤其是在春天……"

纳热里什么也没说
高昂着头
牙齿愤怒地咬在受尽折磨的肉体并陷了进去

"纳热里，快说！
沉默之母鸡，在巢中产下
悲惨死亡之小鸡的蛋！"

纳热里什么也没说
如太阳一般
从黑暗中升起，在鲜血中沉落

纳热里什么也没说
纳热里是星星
在这夜空中闪耀片刻，然后陨落

纳热里什么也没说

1　诗歌背景同《悼莫尔塔扎》。夏姆鲁的好友纳热里也是伊朗人民党（共产党）
　　党员，"八月政变"时被捕入狱，宁死不屈，英勇牺牲。

纳热里是紫罗兰

绽放

又凋落

是严冬将之摧残!

他走了……

纽　带

献给柏鲁扬尼斯和其他朋友

大海的颂歌啊！
在我沉默之愤怒的岸边
涌起波浪吧
点燃乐曲的星星
在我血液悲哀的惊愕中
大海的颂歌啊

三个喜讯，三个兄弟
在蒙瓦勒雷因上空
倒悬

那三个都是我
十三个蒙难者，十三个大力神
在雅典神庙的殿堂上
成为灰烬
那十三个都是我

三十万只手，三十万个神
在国王们宫殿的山丘上
在锁链环上成为一体
那三十万个
全是我

啊

我是三个喜讯，三个兄弟

我是十三个蒙难者，十三个大力神

而我现在

是三十万只手结成的打不开的结

大海的颂歌啊

请让在你呻吟愤怒的岸边涌起波浪

无数的珍珠在一个蚌

我是你模板上的一个字

大海的颂歌啊

一九五二年五月

海 鸟

睡了太阳，世界睡了

航标灯塔上海鸟依然

似母亲一般对儿子的死亡哭泣。

在夜的黑袍下哭泣，疲倦

大海向着我的死亡命运轻移。

寒冷的风断了头颅，夜宁静

从海水的黑暗中——在漆黑的地平线

随着野鸭的呷呷叫声

夜的旋律传入我耳中，然而

在夜之轻蹙眉头的黑暗中

我在追寻另外的旋律

从这边到增添忧伤的岸上

我沉醉于另外的一些旋律……

我用心接收到你的呢喃

大海！再一次沉默吧……

　　　　　　　　大海！

用嘴角边的哀号，今夜

你使我的腑脏充血……

　　　　　　　　大海！

沉默吧！我讨厌你

和你的夜晚的冰冷的叹息

你那充满泡沫的海浪的进攻

你那毁损生命的黑色的漩涡……

冷冷的绿色的撕裂的眼睛啊！
蒸腾的雾霭笼罩的夜晚
溺水者们被遗弃的灵魂
随着他们肿胀的蓝色的尸体
在你的波涛翻滚的海面跳舞……

伴随着夜晚悲伤的鸟儿的呻吟
这是毁人精神的野性的死亡舞蹈
从这些灵魂疲惫的颤抖中
显示出叛逆，反抗和愤怒

不快乐被说成快乐
厌倦，缺乏意志，愁蹙的脸。
从心里不停地发出喊叫
两只手不停地拍。

然而从眼睛里显现出他们的厌恶
从他们的歌声中流露出痛苦和仇恨
他们的舞蹈和快乐全在记忆中
没撩起欢乐却撩起了痛苦

满脸是泪地发笑
这看不见的怪相的笑容
在他们哀伤的脸上留下印记
像麻风病人的脸，恐怖！

他们笑得变形，眩晕，失去理智
就像母亲，在酋长命令下

对着儿子支离破碎的尸体发笑

然而牙齿磨牙齿！

沉默吧，海鸟！

让夜晚待在沉寂中。

让夜晚在沉寂中死去。

让夜晚在沉寂中到达尽头。

让囚徒们疲惫的喊叫

从黑暗的监狱中……（国王的花园）

在月亮寒冷而失色的光中

在沉寂中传入耳中

鸟儿沉默吧，喘口气

让头重脚轻的浪涛在水面，

这些已死的沉睡者除非在某天

从睡梦中发出喊叫

沉默吧，海鸟！

让夜待在沉寂中涌动

也许在沉寂中高烧会到尽头！

沉默吧沉默，在黑暗中

尸体们渐渐地有了生命

在绝对的沉寂中丑陋和邪恶

慢慢地谈论起痛苦……

放手吧，以便从夜之黑色的光中

出鞘的剑不再闪光

沉默吧，在沉默的心中

他们的歌将欢乐赋予心灵

沉默吧海鸟

让死亡在寂静中涌动!

旅　行

在落日的红色中
　　　　她们到来
从东边的山路，两个姑娘，到我身边
她们铜一般的脸颊
　　　　被晒得红扑扑的
在她们眼之夜的无底深坑里的金星的舞蹈
对于西边的地方来说
是她们的旅行纪念品
她们对我说：
"跟我们走向西边吧！"
然而，我依然那样唱歌
我没有回答她们
我唱了整整一晚
我用热情的歌填满了整个暗夜的空旷

在清晨的暴雨中
　　　　她们到来
从北方的路
　　　　两个姑娘
　　　　　　到我身边
她们的嘴唇似核桃
野性而充满裂口
她们的小腿
就如同
　　　　印度神庙里的大理石
她们对我说

"跟我们上路吧……"

然而我，

闭上嘴唇不再唱歌，从这片原野转悠到那片原野

直到我把我沉默的眼睛的沉重

放在她们喧嚣的眼睛上

半天，我沉默不语

在太阳挥洒的光焰下，一天逝去了一半，我沉默不语

在正午时分

从西边的羊肠小道上

　　　　　来了几个男人……

探寻的太阳

在他们的眼中闪亮

他们的额皱着眉头

如同长满苔藓的岩石

在巨大的沉默中用眼睛盯着我

我站起身来，迈步上路，在遥远的路上，我的歌一首接一首

我们的脚步

跟随着那充满跳动的节奏

然而，在一个地方，我的记忆

沉默无语地站着

跟在我们后面观看

就那样，我们的影子和我的歌

在尘土飞扬的路上消失

在空旷中夜皱着眉头

为自己的停滞不前和孤独无依哭泣

雾

荒野，从头到尾，被雾笼罩
村子里的灯看不到
热浪在荒野的血中
荒野，疲惫
　　　　嘴唇紧闭
　　　　　　呼吸不畅
在灼热的呓语中雾流着汗，慢慢地
　　　　　　　　　从每一缕

"荒野，从头到尾，被雾笼罩，"行人自言自语，
"村子里的狗不叫了
裹着雾我悄然到家，连古尔库也不知道
忽然看到我在厅堂里，她眼中噙着泪
唇上含着笑，说：
'雾笼罩了整个荒野……
我暗想，这雾，倘若
这样一直持续到清晨
放肆的男人们会从自己的隐蔽地
回来看望亲爱的人。'"

荒野，从头到尾，被雾笼罩
村子里的灯看不到
热浪在荒野的血中
荒野疲惫，嘴唇紧闭，呼吸不畅
在灼热的呓语中雾流着汗，慢慢地
　　　　　　　　　从每一缕

鱼

我认为
我的心脏从未
   如此

    温暖鲜红：

我感到
在这产生死亡的傍晚的最糟糕的时分
成千上万的太阳溪流
      在我心中
从确信喷涌而出。
我感到
在这绝望的盐碱地的每一边每一角落
成千上万的鲜翠欲滴的森林
       忽然
从地里长出。

唉，丢失了确信之人啊，逃避的鱼啊
在镜之水池中，你滑向你自己！
我是清澈的水洼，此刻！爱恋着黎明，
从镜之水池中寻找通向我之路！

我认为
我的手
  从未有过
    这样的宽阔和快乐：
我感到

在我的眼睛中
　　　　以红色的泪瀑
永不沉落的太阳吟出一首歌。

我感到
在我的每根血管中
　　　　　　以我心脏的每一跳动
　　　　　　　　　此刻
警醒吧，一支商队摇着驼铃

我的赤裸的夜从门进来
　　　　　　似水的灵魂
两条鱼在它的胸，镜子在它的手中
它湿漉漉的青苔味的发辫，似青苔交织。

我发出一声呐喊从绝望的门槛：
"啊，找到确信的人啊，我不会放过你！"

西亚鲁德[1] 的日落

夜之交响曲滴落
　　　　　缓慢地
在黄昏沉默的忧郁上

西边
　　被白天憔悴的火焰
无声无息地燃烧

带走了忧伤的旋律
　　　　　　南方的风
在空气的屋顶上哼唱
他口中无语
　　　　　然而，
其沉默中有深意

波浪不断涌起又跌落
如同蝙蝠移动的影子
　　　　牧羊人的吆喝声
　　　　　　　来自远处

蛇在爬行
　　那蜿蜒的路如同蛇一般
在河水喧哗的奔流中

1　西亚鲁德：伊朗一条河流的名字，意译为"黑河"。

从它的秘密之帐篷没有显现

叹息，召唤着

森林

以怎样的激情！

雨

那时，我看见我爱情之傲慢的女士
在长满牵牛花的门前
沉思着下雨的天空

我看见我爱情之傲慢的女士
在雨中长满牵牛花的门前
它的衬衫是调皮的风的玩物

那时，雨这傲慢的女士
在牵牛花的门前
从天空上困难的旅行中回来

初　始

不适时地
陌生地
在还没有到来的时间

我如此降生在野兽和石头的丛林
我的心
在荒无人烟的地方
开始了跳动

我告别了重复不变的摇篮
在一片没有鸟儿没有春天的土地上

我的第一次旅行是归来
从沙砾和荆棘的消磨希望的景致
没能用自己刚学步的没试验过的最初的步子
走远路

我的第一次旅行
是归来

偏僻的地方
不给予希望
颤抖
　　在新学步的脚
　　　　我向着灼烫的地平线站立

我发现并非好消息

因为其间是海市蜃楼

偏僻的地方不给予希望

我知道不会有好消息

这无边无际

是那样庞大的一座监狱

灵魂

羞于无能

在泪水中

　　躲藏

　　　　　　　　一九六二年三月至四月

第五支歌（二）

寻找她我没磨破脚
我的绞架绳索从中断开
就好像赦免的命令颁下
也是在那时候
    大地不再
        期望着我的解放
而我除了这
    复仇的可能之外
恶意地使我自己清白无辜

寻找她我没磨破脚
既非最初的爱情
        也非最后的希望
同样
我们的消息既不是微笑
也不是眼泪
就那样，我们相互间说起话来
所有该说的话全都说了
以至于其间已经没有什么
还能说。

约　定

在你身体的边界上方我爱着你

把镜子和渴慕的蝙蝠给我
把光明和美酒
把高天和张开成拱桥的弓
把鸟儿和彩虹给我
把最后的路
在你拉上的帘子中重复

在我身体的边界上方
我爱着你

在那非常遥远的地方
众肢体的使命总有尽头
而火焰、跳动的激情和愿望
　　　　　　　　　　　全部
平息下来
每一词义都将词语的模子留下
就如同灵魂
　　　把尸体在旅行的尽头
交给蜂拥的终结的兀鹰……

在爱情上方
我爱着你
在帷幕和颜色的那边

在我们身体的上方

请给我相会的诺言

一九六四年四月至五月

焦渴之都

一

太阳，毫不吝啬的火
而瀑布的梦幻
在每一目光的边线

在每一洞孔的门口
阴凉
是安宁之妓女
追踪我那巨大的阴凉，消除干枯的原野的焦渴

无论清晨还是傍晚
这里
半天
是"存在"的体现
燃烧的火没有色彩和信誉
可能之大门向雨关闭
沙出自河流的圣洁和干涸的覆盖着沙的河床
谈论着"曾经"的可怕
柽柳树丛徒劳地在僻静中寻找阴凉。

焦渴的夜啊！真主在哪里？
你白天是另一种形式
　　　　　以另一种颜色
与你
　　在你的创造中

　　　　不公正地消退
你是时间的绿锈

二

我离开你身边
在这颠倒的缺乏鸟儿运动的天空下
浑浊的新月，就像银色鱼鳞的死鱼
从它没有起伏的表面经过
我站起来重新寻找你
直到在焦渴之都
在另一次显现中
重新找到你

清澈的水啊！
我用焦渴的尺度来衡量你

在这小屋，是否
　　　　有焦渴之舟
　　　　　　　　无论如何把我载向你
或者是你的哼唱本身
而我不是走向自己
　　　　你的小曲
　　　　　　　将我向你自己召唤？

我的椰枣树，我的绿洲啊！
在你的庇护下泉水清凉
对它的记忆
使我赤身裸体

结合（在无边无际的静谧面前）

在无边无际的静谧面前
树叶的一点小晃动
就如同飞蛾一般

时间迈着急匆匆的脚步站起来
在彷徨中
　　　　　白白流逝

在干枯的花园中
结合的奇迹
　　　　是春天创造

焦渴之源头
成了一平静的水洼
亲吻之温顺的麻雀
使欢乐
在花园的枯败中
　　　　　　起舞

桥那边的路

我已没有了旅行的动机
我已没有了旅行的念头

半夜嚎叫着从我们村子经过的火车
天空不会使我的天空变得渺小
从桥背上经过的一条路
不会把我的希望
带到其他地方

人们，及其臭味熏天的世界
                     全都是
书中的一座地狱
我诅咒又诅咒地
            将之
                默背了下来
以便我找到
          隐居的崇高秘密
以及井的幽深秘密

由于焦渴在逞淫威
让空间与时间进入睡梦中吧
在村子里的桥的彼端
嘴张着打着永恒睡梦的哈欠
让寻觅之彷徨
         在自己的后背斜坡上
从我们矗立的棚屋中

         逃向
道路弯弯曲曲的远方

我已经
没有了旅行的动机

难以置信的真实
找到了不眠的双眼
生存的动人梦幻
在梦中脚踏在死亡之湿地上
在那之前，绝望的等待
又唱着最苦涩的一无所有的歌

人降临到
赞美自己的神庙

在我目光吃惊的范围内
在我双手吃惊的范围内
我是人的膜拜者

人以其所有的距离——超脱了远和近
不能被目光的角度捕获

全然陌生的自然界
使观众
      原本健全的目光
                 变成猜疑
为什么远和近
对它的伟大
      没有丝毫影响

而目光

它的观看

把从初始直到永恒的法则

扔在

　　地上……

人

回到了赞美自己的神庙

人回到了

　　赞美自己的神庙

修士已经

没有了旅行的动机

修士已经

不再有旅行的念头

夜色（三）

可惜啊苍翠的山谷苍老的核桃树

还有河水欢快的歌

伴随着村子

       在吟唱的河水的两侧

              进入夜的梦中

对温暖的身体的渴望

阻止

      耳朵去倾听每一棚屋内的声音

男人的激情和女人的羞涩

将夜之对话

转变为

      轻柔的低语

夜晚的鸟儿

回答着

      自己的

         喳喳回声

可惜啊，月光

可惜啊，雾

       在我们的视野中

将高昂着头的覆盖满森林的山峦

在朦胧的帷幕中

       在存在与非存在之间

             隐藏

可惜啊雨

　　　仿佛淘气地

将山谷

　　　细致而流畅地

在我们视野中

　　　　画出轮廓

可惜啊，过去那些不眠之夜的静谧

我们坐在山谷之榻上观看

知道黎明降临

天鹅绒般的稻田

如同一段遗忘的记忆

　　　　　一点一点地浮现出来

把自己的颜色软硬兼施地

从毫无耐心的夜

　　　　　夺回

可惜啊，巴姆达德[1]

　　　如此忧伤地

撇下绿色的山谷

　　　　回到城里

因为在如此伟大的时代

在餐桌上，也应当尽力地

　　　　　　把旅行

引向

名声的范围

1　巴姆达德：阿赫玛德·夏姆鲁的笔名。

一首在无能为力时的抒情诗

你温暖的双手
你怀中的双胞胎孩子
能对我说一些话
如果放弃对面包的担忧

一支歌紧接着一支歌
母亲基督啊，太阳啊！
你的生命对慈爱毫不吝啬
你那永不停止的手掌能为我创作一些歌
如果放弃对面包的担忧

五彩缤纷
你春天的彩色眉弓
把这座经秋[1]的花园的天棚揭开
能够为我画一些图画
如果放弃对面包的担忧

泉水在心中
　　　　瀑布在掌中
太阳在目光中
　　　　仙女在衬衣中
你这样的人
能为我创造一些故事
如果放弃对面包的担忧

1　经秋：经过秋天之意。

从笼中

我目光的边界
　　　　四面八方
都是墙
　　　很高
墙
　如同绝望
　　　　高耸
在围墙的内部
　　　　　是否有幸福
快乐
和羡慕？
风景
是这般的
　　　呈网格状
墙和目光
在绝望的远方
　　　　　　观看
天空
　　可是水晶做的
　　　　　牢笼？

泥土哀歌·叙诗

诗
是一种解脱
是一种拯救和自由

怀疑
　　最终
　　　　转向确信

子弹
　　为完成工作
终将
射出

向心灵之满足发出的叹息
出自心思的安宁

四脚凳稳定无疑
最终时刻
从脚垮掉
　　　　被废弃一边
身子之担子
在自我之整个体积的压力下
粉碎
这就是
灵魂自由
的最后之路

不曾有一只鸟儿把我指引到这国度：

我自己从这黑暗的大地

解脱

似自行生长的香草

不需园丁的干涉

在溪流的滋润中生长

就是这样

一些人如此看待我：

我吃食于他们的劳作

我用自己的臭气息玷污的东西

是他们草棚的空气

然而

当他们降临到这国度

那位

向他们敞开笑脸和大门的人

是我

哀 歌

——悼福露格

为寻找你
我在山口哭泣
在大海边和野草旁

为寻找你
我在风之渡口哭泣
在四季的十字路口
破败的窗框
　　　　给飘满云朵的天空
镶上陈旧的框

为等着你的身影
这空空的相册
　　　　要等到几时
　　　　　　　　几时
才能翻页？

接受风的流动
爱
是死亡的姐妹

永恒
　将其秘密
　　　与你倾诉

你跻身于宝藏之列：

完全应当，让人神往

　　　　　　　属于如此的宝藏

——把占有土地和宅地

　　　　　　如此地

　　　　　　　　变得令人心仪

你的名字是掠过天空额头的黎明

愿你的名字无人能及！

我们依然

周而复始

经历着昼和夜

依然……

晨　酒

飞翔

我早就对之表示怀疑

当我的双肩

　　　　　　因翅膀沉重的力

　　　　　　　　　　而弯曲

在灰蒙蒙的清白的孤注一掷中

贪婪而妒忌的蝙蝠

扇着翅膀。

飞翔

我早就对之表示怀疑

清晨时分

伟名[1] 的奶白色的清晨

　　　　　　　　在显现中

我对绽开的晚香玉说："你有拜谒真主的渴望吗？"

它没有回答而是唱了一首歌

把再生的疲乏

　　　　　带入

　　　　　　　到深沉的梦中

就那样

　　　伟名迷人地显现

怀疑

1　伟名：指真主之名。

在我弯曲的肩上

成为强有力的翅膀的栖息地

它不再感到

    需要

再一次

  飞翔

印　象

夜

四面八方

　　　　蟋蟀的队列

　　　　　　排到黎明

清晨

冷不丁的痛苦的寒噤

出现在我们生命的损失之中

森林从梦中睁开

其死亡之迷茫的睫毛

其叶片之激动的眼皮

锯齿花也发出呻唤

　　　　红色

　　　　　　在山谷期待的绿色上

　　　　　　　　倾洒

以便我们躲进夏天黄色的疲惫中

　　　　我伤心地

　　　　　　告别了大山

给走进阴影的光明男人的歌

瘦削而高挑
似一困难的消息
　　　　　　在词语中
双眼
充满疑惑
　　　　和甜蜜
扭曲的脸庞
因真理
　　　和风。
一个男人伴着水的流动
一个简练的男人
　　　　　只是自我的概述。

海虫以恶意的目光盯着你的尸体

在雷霆的愤怒把它击碎成灰之前
对暴风雨之牛百般折磨

夙愿的试验
在古老的面纱之锁上
　　　　　　　磨碎牙齿
在最偏僻的道路上
　　　　　　迈出脚步
不期而至的行人
每一树丛每一桥梁都听得出他的歌声

道路带着对你脚步的记忆保持清醒

你去迎接白天

尽管

    晨曦

        对你

在那之前就已出现

公鸡们

       发出破晓的啼鸣。

鸟儿在其翅膀上绽开

女人在其双乳上

园林在其树木上

我们在你责难中绽开

在你的匆忙中

我们在你的书中绽开

在捍卫你的微笑中

            确信不疑

大海嫉妒你从井中喝得的那口水。

获拯救者

在汽车沉重的哭号、宣礼声与爵士乐的混合中
我听见
一只小斑鸠的歌唱
从云与烟混合的帘幕之后
一颗孤星在闪耀

那里，罪犯们
以自己清白的繁重遗产
向着高高的殿堂
　　　　　将痛苦的前额
　　　　　　　　贴在门槛上
泪之没有结果的雨
　　　　　　落在地上
解脱和拯救
从大地宽阔的四方走来
　　　　　　　脚戴着锁链又迷失了道路
耳朵萦绕着对苛求的暴风雨般的喊声的恐惧和对不慷慨的记忆
两只斑鸠
　　　　在冷冷的垛墙上
　　　　　　　　相互把食粒放在对方口中
而爱情
　　　在它们周围
　　　　　　　是另一道围墙。

夜色（假如夜徒然地美丽）

假如夜徒然地美丽

为何而美丽

夜

为谁而美丽

夜

和星辰之没有弯曲的河流

冷冷地流过

长长发辫的忧伤

向着两个方向流淌

青蛙令人喘不过气来的颂诗

能对哪段记忆的回想

表示追悼

当每一黎明

被十二颗子弹共鸣的声音

打出

洞？

假如夜徒然地美丽

夜为谁而美丽

为谁而美丽？

夜色（对于我）

对于我

你

不是

没有缘由。

真的

抒情诗啊

　　你是哪一首颂诗的闪亮前奏？

流星雨

　　是对太阳哪一声问候的回答

从黑暗之小窗？

语言因你的目光而有了雏形。

多好啊频送秋波的人啊，你从头开始吧！

在你的双瞳之后

是哪一个囚犯的呐喊

用肿胀的双唇

　　　　　　抛出

　　　　　　自由的红花？

否则

这玩弄星光的人

绝对

　　不会是太阳的感恩者

你的声音使目光变得安宁

你是怎样虔诚地呼唤着我的名字！

你的心

是和平鸽

在血中扑腾

到痛苦的屋顶

带着这所有的东西

多么高

多么远地

飞翔

波斯图穆斯 [1]（三）

没有想到，没有察觉到。

你没有想到，没有察觉到

哈比勒 [2] ——你的血亲兄弟

已把路从四面八方

         向你关闭

           要你的血

他脸色苍白

      不是因愤怒

而是如此地

      出于忌妒。

你无路可逃不是因为无能或脚被缚住

而是因为如此的

      震惊

那时代已经逝去了

  ——你以激情的巫术

把每一片叶

      都变成春天

在青蛙的水泊上

秋天傍晚的微风

      铺展着金色的盔甲

你

---

1 波斯图穆斯：高卢帝国（二六一年至二七四年）的建立者，二六一年至
　二六八年在位。此处原文为 POSTUMUS。

2 哈比勒：《古兰经》中阿丹（亚当）的儿子，相当于《圣经》中的亚伯。

用叹息之剑

      收获安全

你的每一清晨就如同一句祷告

每一傍晚

      都以一声应允

给予快乐

  是多么的简单

      多么的容易

爱

多么驯服地

    多么迅速地到手！

对哪一种声音

对哪一种呻吟

   你会给予回答？

如果

   你不回答呼喊

那么回答哪一种呼声

傍晚的苍白

在恐怖的喊叫的沉寂中不断蔓延

你将回答

哪一种呼喊？

内在的寒冷

我的心和手
        所有的颤抖
                都因为
爱
        成为庇护所
不是飞翔之地
而是逃避之所

爱啊，爱啊
你蓝色的脸庞看不清

清凉的药膏
        敷在火烧火燎的伤口上
不是火烧火燎的激情
        敷在内在的寒冷上

爱啊，爱啊
你红色的脸庞看不清

镇静的黑色尘埃
        敷在懦弱的表现上
解脱的幽静
        敷在表现出的逃避上
黑色
        敷在蓝色的安宁上
绿色的嫩叶

敷在紫荆上

爱啊，爱啊
你熟悉的颜色
看不清

夜色（废弃的）

废弃的

　　　脆弱的草地

　　　　　　获得解脱

脚在溪水淘气的清凉中

蟋蟀

编织着声音的水晶之链

在夜的孤零中

你心中最后的恐惧

在对命运毫无知觉的情况下成为星星

你沉重的悲痛

　　　　草茎的苦涩挤压着牙齿

如同转瞬即逝的气泡

完美的形象是苍穹

青铜勇士

　　　被魔法变成伊斯凡迪亚尔[1]

流星燃烧之轨迹

　　　　在你眼中划出起程离去之线

在更加安全的你猜疑的角落

在一个乞丐虚弱的幻想中

---

1 伊斯凡迪亚尔：伊朗上古神话传说中的勇士，勇闯七关，其中一关是被魔鬼变成了"青铜人"，因此也被称为"青铜勇士"。本诗中是反用该典故。

你生命的水晶

　　　　悄悄地

　　　　　　粉碎

夜色（乃最美丽的景色）

乃最美丽的景色
当
  夜色
   风儿
从六方向你迎面扑来
从它那令人绝望的巍峨
仙鹤们傍晚的飞翔
    仿佛
     一直飞向月亮
尽管
  你心灵的深处
那感觉之伶俐回应的筝
     很久以来
已生了绿锈，毫无结果
仙鹤傍晚的飞翔
风儿的回荡
在你的记忆之墓上
    将碑上的尘土
      扫除
你隐藏的某中东西便显现：
某种你十分了解的东西
某种
  无疑
   你认作是
    非常遥远的时代的东西

苏赫拉布·塞佩赫里
（一九二八年至一九八〇年）

　　出生于卡尚。以优异成绩毕业于德黑兰大学美术系。塞佩赫里在诗歌和绘画方面都十分杰出，曾在世界很多地方举行过巡回画展，是伊朗现代主义画派的开拓者。塞佩赫里也是伊朗现代诗坛上最杰出的神秘主义诗人，倾慕东方神秘主义文化，创作了大量的神秘主义诗歌。其诗歌将各种不同的东方神秘主义思想融合在了一起，并表现出诗人自己对东方神秘主义的独到理解，十分博大精深。

　　主要诗集有：《颜色之死》（一九五一年）、《梦中生活》（一九五三年）、《背井离乡的太阳》（一九六一年）、《悲悯的东方》（一九六一年）、《水的脚步声》（一九六五年）、《行者》（一九六六年）、《绿色空间》（一九六七年）、《我们无为，我们观看》（一九七七年）。

病　人

目光凝视着某一点
在他深邃的目光中很显著
冷漠、绝望和沉重的悲哀
除此外我说什么都是错误

在这黑暗而郁闷的篷帐里
在一块陈旧的垫子上静坐
整个世界算得了什么，他
只关注这痛苦的角落

讲着模糊不清的话语
他憔悴的唇喃喃而动
故事全都来自生命的痛苦
他所寻觅的迷失的生命

经历了太多的辛劳和苦难
他的额头已皱纹累累
斗转星移他坐在那里
身体枯瘦似纺锤

除了孤独、沉默和痛苦
在这篷帐里他无人相傍
也许他所有的就只是这悲哀
即还远远够不到死亡

一种幽深的状态攫住了他

他微闭的双目
疲倦而一动不动地看着
他黑色生活的帷幕

他将目光放在唇中的香烟
让思绪从他胸中飘飞
绕成一个蓝色的圈
烟雾在他头的周围

生　活

老兵缩着头沉默不语

然而他的身体在与我对话

　　　　他说：生活，就是一场战争

生命流逝，我心中激情的火焰已熄灭

是啊，驼队从中经过的这驿站

　　　　建立在已熄灭冷却的火焰中

生活的苦难随时随地在发生

好汉是那把努力之衫穿在身之人

　　　　那撕破身上衣衫的人是孬种

生命流逝，留在我心中的

只是几点记忆的影子，在道路中央

　　　　对于远去的商队只寻得到尘土一捧

痛苦之洪水从我头顶流过

但并未熄灭掉我炽热的火焰

　　　　尽管这时代我已无力忍受苦痛

对于苦难之波涛理应毫无畏惧

尽管生活是一可怕的深渊

　　　　惧怕这深渊者是孬种

　　　　　　　　　　　一九四八年十二月

144

枕边之烛

晨曦已踏上山麓
夜色逃离了双瞳
在远离我视线的范围
光芒与黑暗相交融

在我枕边夜遗留下
从头到脚自我燃烧的蜡烛
我以作曲家无声的眼光
凝视着它的光束

蜡烛颤动的火苗中央
情人的面庞映入我眼帘
凝视着这火幕以幻想之色
将她的发辫在心中编织图案

她的碧眼水仙娇媚醉人
她与我倾述着内心的秘密
大路上一道目光向我奔来
这目光疲倦又充满希冀

她沉默的唇在颤动
比清晨的微风更柔和
然而沉静中伴有旋律
像那出自晨鸡内心的焦灼

她对心碎的目光毫无感知

火焰在我的灵魂中点着

我已燃烧到烛底，然而

是她教会了我燃烧

就这样我消融在自己的梦幻

还以为这不是幻想

我最终明白这作曲家

只有灵敏而无迹可循的幻想

夜已上路离去风儿吹来

火苗已燃烧得疲劳

他的梦幻在眼前消失

枕边之烛不再燃烧

一九四九年八月

黎　明

在遥远的点
黑暗的帷幕从中撕破
喜悦的晨脚步踏上了地平线之路
给夜的黑暗罩上了白袍

公鸡的长鸣
用指甲尖抓挠着寂静之躯体
黎明之天鹅，在轻轻活动
白色的羽翅擦拭着黑烟

黎明的血在夜的血管中行走
这具死尸的一举一动都依附在道路之躯体
并将它的躯体
黎明之手用白色的匕首剖开

一缕光从夜的黑暗中穿过
好像在黑烟垛子的中央
萤火虫以白色身躯发着光

光之词句在夜之书页上映现
白金如此照在黑檀木上

夜之大厦从根基倒塌
然而目光落在遥远的地平线
用白色大理石建起一座高高的宫殿

面向落日

落日身负重伤地

在山的身体上爬行。

像一头受伤的虎

愤怒与眼光的光彩混合

并且还在其中

把仇恨增添。

它的血从伤口滴在每块石头的身躯

然而蔑视痛苦的思想使它血管中

充满傲慢的颜色。

山峦沉默。

然而河水在喧哗。

留在这山谷中的，还有

一堆深蓝色

在落日尖锐的目光下影子仓皇而逃

石头与石头不相连接

疲惫不堪的白天上路离去

在失败笼罩下的寒冷中精疲力尽，

蔑视的神情犹如一个梦幻

在它的眼眸中显露出来。

出于对它的憎恶——

其身躯不与之结盟。

落日中每种颜色都使人伤感

墙垛上猫头鹰在叫唤

原野上

秃鹫们，在尖锐的眼睛的帮助下
向尸体蜂拥而至
眼中充满贪婪
浑身上下都呈现出饥饿
从空中一只只飞下来。
秃鹫们停在它的头上
用尖喙啄去它的双眼
它的前额下端
留下两个深蓝色的洞

白天从眼光之路上逃走
黑暗敲击着路面
秃鹫们在尸体头上忙着啄食
然而贪婪之齿断裂了
——它们与饥饿的躯体的联盟
由此解散。
原野渐渐沉静
动荡不安的故事，已经
行将结束

猫头鹰仍然在墙垛上叫唤
它的叫声是对落日威胁的一个嘲讽
当它停止叫唤
在它沉默的脸上
也现出嘲笑的色彩。
不一会儿寒冷接踵而至
看着白天徒劳地挣扎
为了追回那从掌中失去的东西
徒劳地使身体精疲力尽
事已至此，不会有何用处

那本该失去的东西必将失去
那本该存在的东西必将存在。

树枝枯萎了，
所有的东西都萎靡不振
河水在呻吟
猫头鹰在叫唤
伤感与落日的颜色混合，
寒冷的故事从我的嘴唇渗出
我的心在这落日时刻萎靡不振。

沉默的山谷

寂静挣开了锁链
落日破碎了笑容
生锈的白天出于对山谷的恐惧盘桓不去
向战败者发起攻击的念头
在犹豫不前的黑暗的头脑中隐藏。
山脊，似老虎般发怒
把云的胸膛撕裂。

微风在叶片的血管中悄悄奔跑
然而叶片并未晃动
树枝和树也未动
每块岩石后面都暗藏着讥笑，
一块石头后面一只蜥蜴探出头，
出于对沉默的山谷的恐惧
浑身哆嗦
看着道路，冰冷，干涸，痛苦，忧伤

似蛇一样在山的躯体上爬行
一个男人从路上经过
疲惫降临他的身躯。
又从身体之路奔向他的血管
从远方听见夜对白天的嘲笑。

想着山谷和黑暗
尘埃在他头脑中震动
这思想使男人加快了脚步

在这山谷的路上单身一人。

沉默的石头在他眼中

全都有了生命，向他发起猛攻

山体的每一裂缝

都有蛇爬出来

每一块石头后愤怒地

伸出荆棘的匕首。

落日渐渐离去

男人已经不走山谷这条路

在山的肚子上爬行

似蛇一样，夜的黑暗

黑暗的山谷内部

寂静挣开了锁链。

稀 罕

夜站在原地沉默不语
可怕的痕迹已除去
在石头上他严厉的目光紧盯在
我的窗户图案上
又冷又黑
一个问题从他头笼罩到脚
然而由于担心，在这寂静中千万别
任何方向都没有回音
给自己的问题之脚捆上锁链。

很久以来留下一具冰冷的尸体
在我房间蔚蓝的寂静中
这黑暗又堕落的身躯
从中绽开
每一部分都与其他部分远远分开——
就好像是一截将另一截
从自身赶开。
成百的裂缝在他身上十分恐怖
在他蔚蓝色的脸上
长有三块黑斑，就像那样
三座坟墓大张着，向着夜的黑暗，嘴
一种令人痛苦有毒的气味
一直弥漫到我思想遥远的边界
陨落的意象
画在所有的东西上清晰可见
在长了铜锈的瞬间的惊慌中

逝去的日子在那里再不会出现

我用指甲将这尸体

从中剖开

从一条充满贪婪和冲突的目光之路

我走进它的每一根血管每一根骨头里面

然而从那我曾追寻的东西里

没找到任何颜色

夜站在原地沉默不语

他的身躯动来动去，热衷于一场争论

它的目光还是那样紧贴在

我的窗户图案

它的唇体上凝固着图像

一个问题的图像。

苦涩的梦

月光之鸟
在啼啭。
云在我房间中哭泣。
眼中懊悔之花绽开。
东方的身躯在我窗户之棺木上移动。
西方在垂死挣扎
正在死去。
太阳的橙色植株
在我房间之死水潭中渐渐生长。
我醒着
别以为我在梦中
一枝采下的植株的阴影
渐渐使我入睡。
此刻我正聆听着
月光之鸟的旋律
我把眼中懊悔之花瓣瓣撕落。

漂泊者的地狱

我踏遍了夜晚，

为这采下的枝哭泣。

单独撒下我吧

漂泊者发烧的眼睛啊！

让我单独与苦难同在吧。别让我将自己的存在之梦片片撕落。

别让我的头离开孤独之黑暗的枕头

去悬吊在梦幻支离破碎的裙上

假黎明

在无阴影的柱子上夸耀。

看看我的梦之断裂的符咒吧

徒劳地悬吊在我眼睛之珍珠链上。

告诉他

醉态的地狱般的跳动！

告诉他：我已畅饮你双眸黑色的微风。

我已畅饮，却总是不得安宁。

漂泊的地狱！

单独撒下我吧！

神话之鸟

一扇窗在昼夜交界处敞开

神话之鸟从中飞出。

在清醒与睡梦之间

跳跃。

穿过无路的空间，

盘旋

在一水池边着陆。

它的跳跃与水池结合，

水池渐渐变得美丽。

一植物从中生长，一种黑暗又美丽的植物。

神话之鸟剖开自己的胸

其空空的内部像一株植物。

它用羽毛遮盖住胸上的裂口。

它的存在转变为痛苦：

它晶莹剔透的幽静变得浑浊。

为何而来？

在大地上展开翅膀，

越过无路的荒径

从一扇窗飞了出去。

男人，在那里，

一种期待在他血管中作响。

神话之鸟从窗户降落，

剖开他的胸

飞了进去。

他看自己胸上的裂口：

内部已变得黑暗又美丽。

与灵魂有一种错觉的相似。

他用自己的衬衣遮盖住胸上的裂口，

在空中飞翔起来

将房间单独撇在骚动的光芒中。

神话之鸟停在一消失的房顶。

一阵风从它旮旯角落刮过：

一株植物在它内部的幽静中生长，

从它胸上的裂口探出头来

它的叶消失在苍穹深处。

它的生活在植物的血管中往上走。

它高亢的声音响起。

植物从它胸上的裂口钻到外面

神话之鸟用羽毛遮盖住裂口

展开翅膀

将自己送上无路的太空。

一拱顶在它的目光下获得了生命

旋转起来

它从庙宇的门飞了进去。

空气中充满了无色的光明。

在拜位[1]对面

发现一个晃动的幻影：

拜位从它生活的全部的瞬间早已消失

它对拜位所有的梦幻早已沉寂。

它发现自己在一梦幻的边缘。

1　拜位：穆斯林在举行聚礼的时候，领拜人所站的稍微低于地面的凹陷区域，
　　一般呈方形。

落到地面。

一时间置身于遗忘。

抬起头：

拜位已变得美丽。

看见一道光在拜位的大理石上

黑暗又美丽。

看见陌生的自己惶惶然。

为何而来？

它展开双翅

将拜位撒在庙宇的遗忘中。

女人在路上走着。

一信息在她道路的尽头：

一只鸟降落在她的头顶上。

女人在两个梦幻中现身。

神话之鸟剖开她的胸

飞了进去。

女人在空中飞了进去。

男人在他的房间中。

一种期待在他的血管中作响

他的双眼从等待的走廊爬向外面。

一个女人从窗户降落

黑暗又美丽。

与灵魂有一种错觉的相似。

男人凝视着她的双眸：

她所有的梦幻都留在那深处。

神话之鸟从女人胸上的裂口飞出

它的目光落在他们的影子上。

仿佛影子是光的帷幕

——落在它的存在之上。

为何而来？

它展开双翅

让房间消失在一个梦幻的震惊中。

男人孤身一人。

他的形象落在房间的墙上。

他的存在在开始与结束之间摆动。

一股看不见的风刮过：

形象渐渐地变得美丽

结束了充满痛苦的摆动。

神话之鸟来过了。

看见房间空空。

发现自己在另一个地方。

难道形象

不是一个陷阱

——神话之鸟整个一生都曾落在其中？

为何而来？

它展开翅膀

在形象的笑声中把房间遗忘。

男人在自己的窗上睡着了。

他的存在如同一潭死水。

一棵树曾在他的双眸中生长

其枝叶充满了苍穹。

树的经脉

被一种消失的生活充满。

树枝上

神话之鸟曾歇息。

从它胸上的裂口看进去：

它空空的内部像一株树。

它用羽毛遮盖住胸上的裂口,

它展开双翅

把枝丫单独撒在陌生的苍穹。

一棵树在两瞬之间凋零。

房间到了自己的门槛。

一只鸟穿越过无路的苍穹。

一扇窗消失在昼夜的边界。

帷　幕

我的窗户开向空无
我变得荒芜
帷幕在呼吸

很长时间以来
在我的存在中扎下了根
在我和深渊之间
有道看不见的帷幕

刷了沥青的墙！
从中站起
苦难尽头一些夺人魂魄的声音！
倾泻下来

梦境的愉悦挤压着我
降下遗忘
帷幕在呼吸
我的梦境之花在凋落

在地狱被劈开之前
在影子变得无边无际之前
在我的目光得到解放之前
便要摧毁你的静止不动
穿越我的存在之边境
沉默的帷幕静止不动悄然无语！

琉璃花

光之雨
从走廊的棚上洒落下来
洗涤着琉璃墙上的一朵花
这花茎之黑蛇
在柔媚娴雅的舞蹈中生机勃勃

似乎舞蹈热烈的精髓
在这黑蛇的喉咙滴落
琉璃花生机勃勃
在一个充满秘密的世界
一个蓝色的深不见底的世界

小时候
在回廊顶梁的曲线中
在窗户彩色玻璃内部
在墙上的斑点中间
任何地方我眼睛不自觉地追寻某些不熟悉的东西
我曾见过与这琉璃花相类似的东西
每次我走过去采摘它
我的梦幻都片片飘零

我的目光固定在花茎黑色的经纬
并感觉到它血管的热气
我整个的生活在琉璃花的喉咙滴落
琉璃花有另外一种生活
是否这花儿

是长自我所有梦幻的土壤

认识那很久以前的童年

抑或只是我曾从它滴落，

             我曾迷失？

我的目光固定在茎易脆的经纬

只有它的茎可以悬吊

怎么能摘它

一朵在幻想中凋落的花

我手之影子往上爬

琉璃蓝色的心脏在跳动

光之雨停了

我的梦幻片片凋零。

回　报

奇幻的痛苦之草
我将太阳之毒芹
在沙漠之白色酒杯中渐渐饮下
在海市蜃楼令人难以喘息的镜子里
我每走一步见到你的形象都更加生动。

在我的眼中有什么样的光照不流淌
在我的血管中有怎样的焦渴不开花！
我走过来要吻你
你将你地狱般的毒液与我的呼吸混合
看在我这一路走来的迢迢之途的分上。

靛蓝的尘埃占据了夜晚
掠走了我梦之流动的尘沙的呻吟
是怎样的没有破碎的梦啊
是怎样的没有远离的近啊！
我在声音的线条上行走
其终点就在你那里
我来了我要吻你
你将你地狱般的毒液与我的呼吸混合
看在我这一路走来的迢迢之途的分上。

我的国土是沙漠的那边
对它的记忆在旅行之初就伴随着我
当它的眼睛落在正午第一道紫色帷幕
吓得变成了尘埃

而我成为孤独者

地平线的眨眼多么诱人啊却没抓紧我的眼光

木炭的火星是怎样的羊肠小道啊却没指示给我！

我走过来我要吻你

而你：奇幻的痛苦之草！

看在我这一路走来的迢迢之途的分上，

你将你地狱般的毒液与我的呼吸混合

看在我这一路走来的迢迢之途的分上。

金嗓音的鸟儿

风吹进我们的花园

我们的灯冒着烟

我独自一人在家

伴着夜晚之思

走进大房间

进入魔怪精灵的故事

进入月光的寂静中

我的眼睛进入睡梦

在梦境和呓语中

一只鸟儿飞进了回廊

它的翅膀是指甲花颜色

它的脚又白又黑

它的尖嘴似珊瑚颜色

它的尾是茄子色

我看是相识

我曾见过，在哪里：

在吊灯里

在花园的倒影里

在石镜里

在彩色的种子里

在雨滴里

在春天的露珠里。

鸟儿放开了歌喉

风吹来告诉说：

　　天上有金子降落

　　金子从空中降落！

鸟儿的声音即是金子

真主啊，多么动听的声音

我成了影子，匍匐在地

我进入月光中

它听见脚步声，飞走了

像梦一样飞走了，走了

世界一片漆黑

我双眼打开了泪闸

另一个夜晚我在花园中

我待在黑暗中没有灯

恐怖的夜晚啥也没有

除妖怪外啥也没有

我看见一只鸟儿传来消息

传来翅膀扇动的声音

鸟儿在黑暗中飞翔

在柳树枝上

开始唱歌

浇灭了心中之火

我曾梦见它

我曾听见它的声音

在大路上，傍晚

在小溪里，在沟渠里

在冬季的夜晚里

在水管的哗哗里

在冰雹的叮当里

在枝丫中，在叶片中

在故事中，在催眠曲中

在孤独之门厅里。

我举起手

穿过层层叶片

思想曾在，却飞走了

从柳树上飞走了

我去拿来了灯

我把灯拿进花园：

　　　　在草上有金子

　　　　金子在树枝上

我放开了泪闸

我告知夜晚

我打开了家门

找到了自己的路

我背负着行囊

走向沙漠

走进孤独、陌生

走进不幸的痛苦

我看见一块石头是黑色

黑色的是露珠

我找到一面镜子

在里面我睁开了双眼

　　　　金嗓音的鸟儿

　　　　你为何在镜子里

我摔碎了镜子

我走过去坐在石头上

我的眼泪流出来

哭泣中夜到了尽头

我身上的衣服缩了水

黑石头变湿了。

鹿

天下着火：烈日当空，炎炎烈日

没有尽头，没有尽头，我将变成死亡荒原

夜若降临，哪座魔术花园在我的路上会变绿？

喂，惊逃者，醉者，狂野者，傲慢者，骄傲者

不要与我有片刻的风之行径

已经没有了奔走的脚，我累了，累了

鹿啊，别让月光和阳光照着你！

我想起来：我迅疾如风的黑马死了！

它的饰品是用金子做成我的矫健的马

是银的，鹿啊，它的马镫

它将我渡过海水

它告知我冲向无边沙漠的敌人的信息

我在狮群的丛林中入睡

是它突然使我从梦中惊醒

鹿啊，别让月光和阳光照着你

鹿急逃而去

疾走如风的平息升腾的火焰的明星啊！

我将地上的七海、七谷、七山¹远远地抛在了后面

我不知道通向任何地方的路

我是这片土地的异乡客，发发慈悲吧，鹿啊！

我的城市，那有着指甲花颜色的墙的城市何在？

我的宫殿，那有着金色大门的宫殿何在？

那些身着铠甲的卫兵

还有那些女仆，那些步态轻盈美目炯炯的佳丽？

---

1 伊朗文化尚"七"之数，七海、七谷、七山均是虚指。

怎样的时光！

我曾是一个王子

请听我的故事，鹿啊：

一个热天，远离城市，在荒野

与骑手们一起忙着打马球

一只曲线花斑都很美的鹿走进我们的视线

我离开了伙伴们，我骑着黑旋风埋头追赶你

尘埃中我城市中的高塔城墙远去了

一眨眼工夫我穿过了山峦和荒野

太阳从正午走向那边

在一座山丘后，在旋风中从眼中消失

我停下来，只剩下荒漠，独自一人

我的马渴了，大汗淋漓，气喘吁吁，焦躁不安

我没向任何地方迈步，命运之向导将我如此引导

我孤零零又迷了路地走着

孤零零，鹿啊，举目无亲！我心急如焚

容我把这故事简短一下，鹿啊：

忽然出现了一条小溪，有荫蔽的树，草场

我将我的黑旋风放任在绿草中

我走过去，从我喝水的溪流中，我看见了一个姑娘的倒影

似十四的月亮在水中

当我抬起头，鹿啊，我看见枝丫上的一道光芒

一轮明亮的太阳，我看见，鹿的形状就像火、光、月、日！

火红的脸，龙涎香味的发，优美高挑的身材，苗条适中

可口的唇，乌黑的发辫，相接的眉

眼睛简直就是鹿的巴比伦巫术的典范！

容貌姣好，身体白皙

她的一瞥抵得上整个世界

我亲眼目睹却不敢相信，我揉揉眼睛说：

你是人，还是仙女，你是什么，我是在做梦？

她似醉态的孔雀从树枝上下来

用款款的步态，你说过，在黄杨的心中激起热血

啊，她是爱情草，鹿啊，在生命的小溪边

假若你梦见她，你会晕倒

彻夜不眠的修士若看见她

会将僧袍扔进火中

总之是个长长的神话，鹿啊！在那天

我穿过荒野

经历了各种各样的苦难

与牧人们交朋友

我向见到的每个人探询宫殿的标志

我连做梦也没梦见它

无数的日子来临

岁月逝去

生活是一个苦涩的神话，鹿啊，苦涩

鹿惊逃而去

天黑了，太阳光芒的尾巴从山峦消失。

一九五六年底

支离破碎

在瞬间的清醒中
我的躯体在咆哮的河边颤抖。
一只明亮的鸟降落
微笑着把我的眩晕掠去，飞走。
一片云出现
在它晶莹剔透的赶路中把我眼泪的蒸汽吸去。
一股赤裸裸又无尽的微风探起头
弄乱了我脸部的线条，刮过。
一株熠熠闪光的树
它黑色的根将我的躯体吞没。
一阵暴风雨来临
掠走了我的脚印。

目光垂落在咆哮的河上
形象破碎了
思路断了。

铃声回荡

在恐惧之河上我是一颤抖的叶
悬吊在你的根上。
我穿过声音。
我放过光线。
钥匙之梦从我手上失落。
我躺在时间之路旁。

星星在我血管的冰冷中颤抖。

大地颤抖
空气涌动。
草儿听见梦幻在我的双眸中凋落
你在我两只渴求的手之间生长，
你渗透到我体内。
我听见你身体的黑色的旋律：
"我不是声音
也不是光明。
我是你孤独的回音，
是你黑暗的回音。"

你听到我的沉寂：
"我将就像微风一样从自身升起，
我会吹开门
我会在永恒的夜吹刮。"

你睁开双眼：
夜降临在我身上。

沙苏撒 [1]

在一捧泥土旁

在遥远的地方，我独自一人坐着。

摇晃的东西都成了尘土

尘土在我的指尖颤抖滑落。

你与什么都不相像！

把你的面容带给泥土的冰冷吧。

我的高潮时刻已消失。

我害怕下一刻，害怕这开向我感觉的窗。

一片叶落在我手的遗忘中：菩提树的叶！

散发着一支遗失的旋律的气味，散发着在我母亲脸上晃动的催眠

　　曲的气味。

从窗户

我在我童年之墙上看落日

徒劳，徒劳。

这墙，在绿色花园的门上坍塌。

各种各样的金色游戏，各种各样的明媚故事

全都在这背井离乡中消失。

那边，我的黑暗清楚可见：

我站在草泥糊的穹顶上，像一个忧伤者。

我的目光撒向落日的热气。

在这些阶梯上，忧伤者独自坐下。

在这走廊中，有期待回荡。

"我"长久在这陶制的绿网中沉默。

1　沙苏撒：苏赫拉布·塞佩赫里的家乡卡尚城附近的一处山名，意为"梦中
　　情人"。

在树荫中——太阳在愉快的畏惧中观看这菩提树将太阳遮挡。

太阳在窗口燃烧。

窗户充满了树叶。

我随叶一起颤抖。

我没有结合的线索。

我畅饮自己的空气。

在遥远的地方，我独自坐着。

我的手指翻弄着泥土

把各种形象搅在一起，滑倒，进入睡梦。

画着一幅图画，一幅绿色的图画，枝和叶。

我在明亮的花园上飞翔。

我双眸所及，皆是青草。

我在枝和叶中飞跃。

我飞跃、我飞跃。

在遥远的原野上

太阳，炙烤着我的翅膀，我在可憎的清醒中落到了地面。

有人在我翅膀的骨灰中行走。

一只手抚摩在我额头上，我成了影子：

沙苏撒，是你吗？

你迟到了

从童年的摇篮曲，到这太阳的惘然失措，我一直等着你。

在绿色网络的夜晚，在清晨的河水中，在太阳的大理石光芒中，
　我呼唤你。

在这焦渴的黑暗中，我呼唤你；沙苏撒！

让这阳光普照的原野成为黑夜吧

以便让我找到丢失的路，让我的脚印从此沉默。

沙苏撒，黑色又赤裸裸地吹刮！

尘土笼罩了我的生活。

他的双唇缄默。

他的手指没有指向任何方向。

忽然，他的脸全皱到一起，风带走了脸上的尘埃。

我在泪珠涟涟的草地上行走。

在这草地中央我丢失了一个梦。

我的双手充满了寻求的徒劳。

"我"长久，独自，在这原野上漫游。

男人

网状的梦幻和菩提树的气息萦绕在他的手指间。

我行走在忧伤上。

我与夜色接近，我的黑色清楚可见：

在"那些时日"之夜，我拿着灯笼。

菩提树在灯笼的光芒中矗立。

它的叶在沉睡，像一支摇篮曲。

我倾听着我的母亲。

太阳与窗户融为一体。

我母亲的哼唱如同树叶摇动的旋律。

摇篮在摇晃。

在这墙背上，人们凿了一块碑。

你在听吗？

在两个空洞的瞬间之间，我进来又离开。

仿佛我向冰冷的泥土打开了一扇门：

墓地照耀着我的生活。

我童年的游戏，在这黑色的石头上凋落。

我听见石头：永恒的忧伤。

在坟墓旁，期待是多么的徒劳。

沙苏撒在黑暗之大理石上生长：

沙苏撒，像我的黑暗！

而我浸染着太阳。

把我变成黑暗吧，黑暗中的黑暗，把你的黑夜之躯注入我体内吧。

看看我的手吧：我的生活之路在你体内结束。

空无中的路，走向黑暗的旅行：

你听见商旅的驼铃声吗？

我与一堆噩梦同行。

路从夜开始，抵达太阳，而此刻已穿过黑暗的边界

商队已越过不深的河。

曙光洒在波浪上。

一张脸在银色的水中笑对死亡：

沙苏撒！沙苏撒！

在各种形象的雾霭中，坟墓在呼吸。

沙苏撒的笑容洒落在地上。

他的手指指着一遗失之处：一块碑！

石头摇晃着。

菩提树的花在我母亲的摇篮曲中开放：

永恒在树枝上。

在一堆泥土旁

在遥远的地方，我独自坐着。

树叶在我的感觉上滑动。

另一片土地

在目光与泥土之间，沉甸甸的茎毫无畏惧。

同行者！我们已与永恒之花结合。

把你眼眸的灼照洒向石砾和星星吧：

奥秘并不在目光之犁沟里播撒。

在这片土地上，阻拦不是畏惧的象征。

在湛蓝的上方，也不是什么神奇作用。

沉浸在鸟儿的声音中吧。

羽翼的振颤不会给你的形象罩上阴影。

在鹰的翱翔中

形象不会坠落。

黑色的刺不会横在眼与看之间。

更远处：

在光穗与太阳之间

对镰刀的恐惧已消失。

在微笑与唇之间

时代的匕首已粉碎。

使我们安宁的荫蔽，是我们自己

在两样的空气中，鲜嫩的脸庞凋零

来吧，让我们一起离开这阳奉阴违。

我们站在露珠边，降落在一片叶上。

我们如果看见脚印，让我们追踪这古老的行人。

让我们回转，别恐惧，在那岁月的走廊中，让我们饮下巫术之
　　饮料。

夜晚，让我们嗅着曲子的气息，丢弃自己的面目。

让我们从那边的窗户观看，让我们把门开向危险之抚慰。

让我们在惶惶然中振翅。

我们不悬吊，不逃向束缚，也不逃向庇护。

我们不匆忙，不赶向清楚的近处，也不赶向朦胧的远方。

我们为解渴走向泉水。

清晨时分，让我们认清敌人，让我们指向太阳。

我们停留在空无面前，我们在空无面前鞠躬，那么让我们的祷告
　　别打破门。

让我们站起，让我们祈祷：愿我们的唇耕耘在沉默之香气中！

我们的近处是无痛苦的夜，让我们远离。

我们的身旁是无激情的根，让我们拔掉。

让我们别颤抖，让我们脚踩淤泥，搅动死水潭。

让我们成为火，把喧嚣的芦苇丛烧成灰烬。

让我们成为水珠，激起大海的荡漾。

这微风，让我们吹，永远地吹。

这爬行，让我们弯腰，明显地弯腰。

这坑，让我们落下，无畏地落下。

让我们在自身扎帐篷，使我们安宁的荫蔽，是我们自己。

我们是岩石的吹拂，我们是吹拂的岩石。

我们是步伐的夜，我们是夜的步伐。

我们是飞翔，我们期待着鸟儿。

我们是水的流淌，我们期待着水罐。

在不适时的采摘水果中，采摘了不成熟的梦幻，瓦解了是否等待
成熟的犹豫。

来吧，让我们离开善恶的盐碱地。

如同溪水，让我们成为精神的镜子：照树，给树回答。

让我们每一刻都创造自己的两端，每一刻都创造出解脱。

让我们走吧，走吧，让我们哼唱广阔无垠。

拜　位

空空中有风。

黑暗中有星。

存在中有歌。

嘴唇上有祈祷。

有"我"，而那是"你"：

祈祷和拜位。

所有的形象啊

在我们房子中没有一曲哼唱，在我们的小巷中没有歌声

夜，掠走了我们窗户上的花瓶

我们的帘子在可怕的摆动中枯萎

这里，所有的唇啊！把世界朦胧的微笑扩散

我们灯笼的光芒，在半路上，在我们和存在之夜之间熄灭。

我们的一缕缕月光被思想的藤蔓吞没

这里是绒毯图案，那边是栏杆，将我们从我们的门外带到门口

所有的清醒者啊，怎样的花园没有被我们打开，其迷人的香气没
　　有倾洒进

我们隐秘的大厅？

所有的孩子啊！我们没有在什么样的草坪成长，忧伤的露珠

没有洒落在我们身上？

我们在从神话到太阳的路上沾满尘埃

所有的疲倦者啊！我们的羽翎何在，会从蝴蝶的轻盈翩跹中获得
　　启迪？

金星从地平线之井中升起

在我们的月光栏杆旁，一个孩子在风吹之悬崖边哭泣。

在什么样的国度，我们的泪水不会在月光的另一边滴落？

所有的形象啊！在另一太阳中，另一太阳。

善　哉

你独自观看什么？

上面，是整个白天的光之花。

下边，是风之黑暗。

别徒劳守护，夜不会从枝上滑落，真主之窗不会明亮。

从苍天之叶，星星之露珠将会飞走。

你将留下，还有巨大的畏惧。目光之柱，还有忧伤之藤蔓。

别徒劳守护。

起来吧，花儿的空想使大地成为夜晚。

成为路吧，鱼儿的游动，给自己留下悲悯的犁沟。

听听蟋蟀吧：一个多么令人悲伤的世界，没有一个神，又有一个神，而神……

时已迟暮，闻一闻，走吧，在另外的梦中梦见美丽之脸。

或　许

——是的，我们是一场梦的花蕾。

——梦的花蕾？我们可会开放？

——某天，叶片不再动。

——这里？

——不，在死亡之谷。

——黑暗又孤独。

——不，空寂是一种美。

——谁会来观看，谁又会来嗅闻我们？

——……

——花瓣随风翻飞……？

——……

——或许是另一种降临？

——……

津　渡

我从梦之泉回来，湿漉漉的水罐在我手上。

鸟儿在啼啭，莲花正盛开，我打碎了湿漉漉的水罐。

我关上门。

在回廊上坐下来观看你。

生存之词的运动

松树林后，雪。
雪，一群乌鸦。
路意味着独处。
风、歌、旅人，一点睡意。
藤蔓的枝，爬到，院子。

我，忧郁，这潮湿的玻璃窗。
我在写字，气氛。
我在写字，两面墙，几只麻雀。
一个人在忧郁。
一个人在编织。
一个人在数数。
一个人在吟唱。

生活即：一只欧椋鸟飞过
你因什么而忧郁?
高兴的事并不少见，比如这太阳
后天的孩子
那个星期的鸽子。

一个人昨夜死去
依然，小麦饼很好，
依然，水流到下面，马儿畅饮。

水珠在流动
雪花在寂静之肩
时间在茉莉花的脊柱。

朋　友

——悼福露格

我应该为另一种死亡而高兴

　　　　　　　——T.S·艾略特

她很伟大

她属于当今之人

她具有无比开阔的视野

她多么准确地懂得水和大地的语言

她的声音

表现为现实纷乱的忧愁

她的眼帘

把各种元素脉搏的运行

显示给我们

她的双手

把慷慨澄净的空气

翻阅

使温柔

向我们飘移

她在孤寂中

把自己最多情的时间曲线

对着镜子解释

她以雨的方式，充满反复的清新

她以树的风格

在光的安康中展现

总是像一个孩子呼喊着风

总是把话题

牵扯到水上

为我们，一个夜晚

把温柔的绿色膜拜

如此明白无误地执行

我们抚摸多情的泥土表面

如同一只水桶的语言我们变成新鲜的水

多少次我们看见

她带着多少篮子

去采摘福音之穗

然而没等

与清晰的鸽群面对面地坐下

她就走到"空空"的门口

在对光的耐心等待中躺下来

什么也不想

而我们在各各不相同的"门"的发音中

为吃一个苹果

多么孤独地留下。

在花园

多么广袤的原野！
多么巍峨的山峰！
花园中飘来怎样的草的气息！
我在这茂盛中寻找着什么
也许是寻找梦
寻找光、沙、微笑。

在白杨树后
是纯洁的淡泊在呼唤我。

我停在芦苇丛边，风吹来，我倾听：
是谁在同我说话？
一只蜥蜴在爬行。
我上了路。
路上有苜蓿田
然后是黄瓜园，彩色的花丛
还有被遗忘的泥土。

水边
我脱掉布鞋，坐下来，脚伸进水：
"今天我是多么的绿
我的身体是怎样的清醒！
千万别让忧伤从山后降临
什么人在树林后？
什么也没有，一头牛在垄上吃草。
夏天的正午。

阴影们知道是怎样的夏天。

没有斑点的阴影，

一个明亮又干净的角落，

感觉之孩子们！玩的地方在这里。

生活并不空虚：

有温情，有苹果，有信仰。

是的

只要丽春花还在，就应当生活下去。

在我的心中有某种东西，像光的丛林，像清晨时分的梦。

我是那样的急切，我的心想要

我奔跑直到原野的尽头，我行走直到山巅。

远方是一支歌，在召唤着我。

大海的那边

我要造一只船，
我要将之抛进水中。
我将远离这陌生的土地
这里没有人在爱之丛林
唤醒英雄们。

船没有渔网
心没有珍珠的希望
我就那样划桨
我不是要心系于水
也不系于海——仙女们从水中探出头
在渔夫们那孤独的辉映中
披散着她们头发的魅力。

我就那样划桨。
我就那样念唱：
"应当远走，远走。
那城市中的男人不拥有神话。
那城市中的女人连一串葡萄都不拥有。
大厅里的任何镜子，都不再现高兴的事。
甚至连水坑，也不映现火炬。
应当远走，远走。
夜已唱过它的歌，
现已轮到窗户。"

我就那样念唱。

我就那样划桨。

大海的那边有座城市

在那里窗户开向显现。

那里的屋顶是鸽子们的地盘，它们注视着人类智性的喷泉。

城中每一个十岁孩子的手都是神智之枝。

城中的人们如此注视着一道土墙

如同注视着一朵火焰，一场美梦。

泥土倾听着你的感觉之音乐

风中传来神话鸟儿翅膀的声音。

大海的那边有座城市

在那里太阳的阔大足够迎合早起者的眼睛。

诗人们是水、智慧、光明的继承者。

大海的那边有座城市！

应当造一艘船。

友人影子的颤动

有路通向郊区的村庄。
我们的眼睛充满了对故乡生机勃勃的月亮的阐释，
夜在我们的衣袖中

我们穿过干涸的臭水坑。
耳朵充满草儿们的话语，
行囊装着遥远的城市的回音。
大地粗糙不平的语言在脚下流淌。

我们咀嚼着悠闲的滋味。
我们的鞋——是一种预言——把我们随风儿一起从地上拔起。
我们的拐杖伸向永恒的春天的肩。
我们中的每个人在每一思想的间隙都有一片天空。
我们的手的每一次挥动都伴着清晨动人的翅膀歌唱。
我们的口袋发出童年之晨的叽喳声。
我们是恋人一族，我们的路
从熟悉的村庄边，伴着法格尔[1]
一直通向无边无际的清澈。

在一水池上方众人的头全都自动俯下：
夜在我们的脸上蒸发
友人的声音传到友人的耳朵。

---

1 法格尔：本意为"贫穷"，用作苏菲神秘主义术语，指物质一无所有而精
神富足。

美妙的孤独之夜

听，世界上最遥远的鸟儿在歌唱。
夜清晰，纯粹，开阔。
天竺葵
和季节的最热闹的枝丫，都在聆听月亮。

楼前的台阶，
手中的灯笼辉映
微风恣意吹拂。

听，你的脚步声在道路的远方响起。
你的眼睛不是黑暗的装饰。
动一动眼皮，穿上鞋，走过来。
走到某地，用你的手指提醒月亮的翅膀
让时间在大地上与你同坐下来。
让夜之赞美诗，如同一段歌，吸引着你的身躯。
一位虔诚者在那里将告诉你：
最好的东西是获得因遭遇爱情而湿润的目光。

观看章

誓以观看
誓以话语的初始
誓以脑海中鸽子的飞翔
一个词语在笼中。

我的话，如同一片草坪明亮。
我对他们说过：
一轮太阳在你的殿堂门口
你如果打开门，将照耀你的行动。

我对他们说过
石头不是山峦的点缀
就如同，金属，对镐来说不是装饰。
珍宝虽隐藏在大地之掌中
而使者们全都震慑于它的光照。
追寻珍宝吧，
请把每一瞬间都奉献给使命的牧场。

我用信使的脚步声给他们带去佳音
用白天的临近，用颜色的增添。
用宏伟之言的篱笆后面的玫瑰的旋律。

我对他们说过：
谁在木头的记忆中看见园林
谁的脸庞就将留在永恒的激情丛林的吹拂中。
谁与空中之鸟成为朋友

谁的梦就将是世界上最安宁的梦。

从时间的指尖采摘光之人

用一声叹息就打开窗户的郁结

我们曾在一株柳树下

我从我头顶上方的枝采摘叶，我说：

你睁开眼吧，你能找到比这更好的经文？

我听见他们告别对方：

清晨知道，清晨！

他们在每一山头都看见一使者

他们都背负着否定之云。

我使风降下

揭去他们头上的帽子。

他们的家中充满了菊花

我关闭他们的眼。

我使他们的手够不着智性的枝头。

我使他们的衣袋中充满习惯。

我用镜子旅行的声音骚扰他们的梦。[1]

1　此段化用《古兰经》6:110 经文。

永 远

傍晚
几只欧椋鸟
离开了松树的记忆轨道
树优雅的躯干仍留在原处。
纯洁的灵感洒落在我的肩上。

说话吧，允诺之夜的女人啊！
在这风的多愁善感的枝下
把我的童年交付我手上吧。
在这永远的黑色之中央
讲话吧，亮丽的完美的姐妹啊！
用恬静的智性充盈我的血吧。
让我的脉搏
呈现在爱情的急躁喘息中吧。
在纯粹的大地上
行路吧直到清新的神话之园。
在葡萄光芒四射的时机
讲话吧，驰骋言辞的仙女啊！
把我的忧伤在语言之遥远的入海口
抚平！
在整个慵懒的咸沙中
让水的通道畅通吧。

然后
把眼皮的宁馨的昨夜
在意识无波浪的草坪上
摊开吧。

直到清晨湿漉漉的脉搏

唉，在平面的奉献中有着怎样的庄严！
独处这高贵的癌症啊！
愿我的平面奉献给你！

一个人走来
他使我的手延伸到
天堂的肌体。
一个人走来，宗教的晨光
在他衬衣纽扣的中央。
他用古老经文的干草
编织窗格。
如同前天的思想般年轻。
他的喉咙充盈着
底格里斯河水的品质。
一个人走来带走了我的书。
在我的头顶之天花板画上和谐的花。
用一扇又一扇的小窗拓宽我的傍晚。
把我的书桌置于精神的雨中。
然后，我们坐下来。
我们谈论着不断派生的一分一秒，
谈论着一些词语——它们的一生在水的中央度过。
我们的时间在适宜的云下
如同一只身体眩晕的鸽子突然
有了一个舒适的空间。

半夜时分，因果实的动荡

果树的样子变得很奇怪。

我们潮湿的梦之线索白白浪费了。

然后

手给躯体的开始部分沐浴。

然后，在园中榆树湿漉漉的内脏中

晨来临。

激情啊，古老啊

清晨

节日程度的激情

给鉴赏力笼罩上阴影。

我的影子落在挂历的表面：

在那彬彬有礼的孩子气的弯腰中，

在流淌着的节日悠闲中

我喊道：

"真棒，多好的天气！"

在我的双肺中清楚显出世界上所有鸟儿的翅膀。

那天，

水，是多么的鲜美！

风固执地隐而不现。

我将我所有的几何练习

在地上收整好。

那天

几个三角板

沉没在水中。

我

感到眩晕，

我在地形图上的山峦上跳跃：

"喂，直升机救命！"

可惜：

口型在风掠过中合上。

激情的吹刮啊，最激烈的图形！

请把水杯的影子

指引向

这崩溃的真诚的焦渴。

很近的远方

女人站在殿堂门口
以永远的身躯。

我走近：
眼睛，成为转变的关节。
话语转变成翅膀、激情、灵感。
阴影转变成太阳。

我去在太阳下散散步。
在令人兴奋的暗示中我走远：
我走到孩子与沙的约会之地，
走到令人振奋的疑惑的中央，
走到所有纯粹的东西。
我走近如画的水，
在开满花儿的梨树下
亲临现场。
脉搏混合着潮湿的真实
我的惊讶与树混合。
我看见我在几平方米的王国。
我感到我有些沉闷
人，当他的心沉闷，
就会想办法。
我也去想。

我走到桌边
走进酸奶的味道，走进草的清新。

那里有面包，玻璃杯和慢饮：
喉咙在纯净的伏特加中烧灼。

我回来时，
女人站在殿堂门口
身上带着永远的伤口。
空罐头瓶
使溪水的喉咙
受伤。

沙砾的美妙时刻

雨
　　洗去了悠闲的边。
我与动身启程的潮湿沙砾
　　　　　　　　　　玩耍
我梦见到曼伽什[1]的旅行
我是沙砾自由的组合
我
　很
　　忧郁。

花园中
　　一张熟悉的餐台布
　　　　　　　　已
　　　　　　　　铺开。
餐桌布中央有种东西，就像
　　　　　　　　光辉的智性：
一串葡萄
　　　　覆盖了所有的瑕疵。
对寂静的修整
　　　　　使我眩晕。
我看见，树还在。
当树还在
　　　　显然应当存在，
应当存在

1　曼伽什：指由图画构成的仙境。

一直跟踪

故事的轨迹

到

白色的文章。

然而，

各种各样的绝望！

现在颜色遭贬谪

如同诞生之奥秘的分分秒秒
送别了
两扇眼皮之间的一年。
慢慢地，在会晤的湿漉漉的高度
光之修道院
被修建。
属于畏惧性质的事件。
畏惧
渗入到石头的结构中。
一只喉咙在风儿浓浓的凉爽中
吟唱着
一位友人的独处。
从雨之头
到秋之尾
流动着鸽子般的经历。

当雨停住
便是树叶的风景。
潮湿的阔地
喘不过气来。
彩虹在我们耐心之口中
化成水。

水之后

某日
知识在水边生活，
人
  在一个牧场美妙的慵懒中
    伴着愉快的天蓝色哲学。
想着鸟儿的方向。
他的脉搏与树的脉搏同跳动。
失败使丽春花的必然。
底格里斯河粗犷的含义
    在他言辞的深处汹涌。
人
  沉睡在众元素的内容中。
接近畏惧出现时分，
        醒过来。

然而，有时，
成长之陌生的歌
    愉悦之易碎的关节处
          萦绕。
上升的膝盖
    贴了地。
那时
完美的手指
    在悲悯之精确的几何图形中
        成为孤独。

这里曾有鸟儿

多么柔美的掠过！
让翅膀产生意义吧
以便我的智性之翅被嫉妒燃毁。

强烈的生命啊！
你的根从光的缝隙中
饮水
人——这忧伤的体积
在时间之洗脚池上
梦见到处是水池的日子。

稍稍超越一点真实吧！
伴随着本能的美妙的振动
各种图形的黑暗的遗产从你的翅膀上滑落。
散漫飞翔的贞洁
如同一条费解的线
在空中的轨迹中撒下奥秘。
我
是大地之毯的图案
和这水池的所有曲线的继承者。
那只铜碗的形状
曾与我同行
从本性粗糙不平的大地
走到今天良心被打磨。

运动的目光啊！

晃动的手指的体积

关闭了我的火焰之窗：

在这之前，在触及苹果时

我的手冒出了火焰。

在这之前，即是

人属于同一支部落的岁月。

那岁月，在智性之叶的荫庇中

在福音之宏伟的眼皮上

一个甜美的梦失去了知觉，

对星星的观看

使人的血充满了发光的锭子。

奔向前天吧！

以一跃从枝头跳到地上者啊

为生活的圣洁

制定草图吧！

在你走后，我在底格里斯河边

倾听

焦渴急匆匆的脚步声的呐喊。

你随时准备回答的翅膀

总是赶在苍穹的问题之前。

人是一轴漫长等待的长卷，

鸟儿啊！你只是

生命即兴一页上的一个痣一般的点。

这里永远是梯亚赫 [1]

正午。
神的起始。

贞洁的沙滩
竖起耳朵
倾听着水之神话的话语。
水如同投向智性空间的目光。
仙鹤
如同一个白色的偶然
停在水洼边。
把自己令人喜爱的身躯
在孤立的观看中洗涤。
眼睛
适时落在水中。
启示的纯洁的滋味
在对盐碱地的喜好中遗忘。

亲近之绿园
一个甜美的梦的纯净的脸
到达了盐碱地的何处?

就像
美丽的停顿

---

1 梯亚赫:摩西族人迷路的山谷名。摩西带领犹太人出埃及之后,在荒野中
迷路了四十年。

在亲近之草的禁园中！

在观看的哪个方向

任何亮丽之物

都会落下阴影？

何时

人

才会像馈赠之歌

在苍穹的语言中被发现？

美妙的初始啊！

被引诱的言语之地，空空如也！

穆罕默德·阿里·伊斯兰米·诺度山

（一九二五年至今）

出生于亚兹德。他的诗歌属于新古典主义流派，二十世纪四十年代至五十年代在伊朗诗坛具有一定影响，一九五〇年出版诗集《罪》。

分手书

我一路询问而来
找到了她的地址
我按门铃，门打开
我说请你让她来这里

我看见她从屋里出来
脚步迟缓咳个不住
畏畏缩缩似犯错的孩子
哆哆嗦嗦似受惊的小鹿

她的脸因害羞泛上红晕
双唇苍白冰冷沉默
双眼发烫令人怜惜
鬓发蓬乱在耳廓

我把信递在她手上
令人难受的讽刺说出口
拿着，这是分手书
我走了我走了真主保佑

一九四六年八月

最后一夜

最后一夜我奔跑而去
好让我能看她最后一次
我的手指在门上轻叩
惊醒她于深沉的梦里

一个令人忧伤的月夜
月亮缓移又从容
一点冷意一点惬意
秋风在吹动

她慌张地从屋内探出头
哆嗦迷糊还光着脚
用哀伤的声音说
你真的决意要走掉？

从睡衣里裸露出来
那白皙的胸和肩臂
在秋月光华的怀抱中
因冷风吹拂而战栗

泪水在眼眶里转动
她发烧的面颊映着羞意
紧紧地搂住了我的脖颈
忽然她裸露的双臂

痴痴凝视片刻沉默不语

她的目光固定在我的双眼

可惜我看见那目光在说

我们结合的纽带已断已断

我对她说亲爱的再见

然而她仍痴看着一言不语

她的发辫散开涌起波浪

其中隐藏着痛苦和爱意

一张脸紧贴着另一张脸

两颗心脏的跳动在增加

紧拥了一下双臂又放开

一颗泪滴落打湿了面颊

一九四八年八月

天生的焦渴

献给我的朋友莫尔塔扎·凯旺

我奔波一路又一路一程又一程
长年一边奔波一边打探
我走过条条道路片片沙漠
以期能找到那遗失的清泉

我独自走在没有边际的路上
病人总是寄希望于风的消息
想要那似泪珠晶莹的泉水
渴望那似蛇涌动的泉汁

我茫然地奔跑大喊战栗
如同山里受伤的豹子
我的焦渴已裙染鲜血
我的焦渴已牙浸毒汁

这就是我，压在焦灼的水肿大山下
这就是我，缠绕在永远的伤痛
我这一路没碰到口渴者好让我
从他获得无踪迹的泉水的迹踪

整个国土只是一个又一个的海市蜃楼
断脖子的山成了铺柏油的山麓
放闪电的手似淬火的剑
漂泊的男人在没有头颅的山上号哭

漂泊的灵魂，有罪的怀抱

其中充满欲望和无声的喊叫

沸腾的结合，受惊的希望

忘不了的记忆，跳动的火苗

在某处我有一遗失的朋友

泉水在他胸中似月亮的血

我很渴，我需要治疗痛苦的水

我必须在他的血管里寻这甘液？

一九五〇年八月

胡尚格·埃布特哈吉
（一九二七年至今）

笔名：H.A·萨夜。出生于拉什特，只受过高中教育。上高中时就开始写诗，早期以写情诗为主，而后转向关注社会的诗歌，是伊朗左翼诗歌阵营的主将，主要诗集有:《海市蜃楼》（一九五一年）、《晨曦》（一九五三年）和《大地》（一九五五年）。

晨　曦

快打开这扇窗户吧，我
已疲惫不堪在这压迫的夜
我邻居家的公鸡啼鸣已久
这愁眉不展的痛苦之夜
迟缓的脚步挤压着我的心

很久以来我在这黑夜的心脏
在这窗户后，清醒而沉默地
站立，眼睛停在路上
所有的眼睛，所有的耳朵
沉醉于那轻柔飘来的舒心的喊叫
那夜晚发光的星星的消失是在热烈燃烧
这晨曦之帷幕的朦胧正在变白

茉莉花

昨夜，那茉莉花串曾在
你令人愉快的胸膛沉睡
你说得对，是我的愿望
像那样做你颈项上的吊坠

以何等娇媚的微笑
以何等令人激动的甜美秋波
从颈项上拉开，送给我
那芬芳的茉莉花朵

想起你，我给了它无数的吻
我心儿出窍，我已沉醉
我激情荡漾地如此嗅闻
它芬芳的气味使我自制力崩溃

昨夜，直到黎明，我
将你的花儿放在枕边
让它在我身旁安睡散发馨香
我的卧床直到清晨芬芳弥漫

我震惊不已：这所有的气味
来自如此的花朵，真是奇异！
我茫然：这花儿的秘密是什么？
它竟如此使我激动不已！

啊，我懂了，秘密的花儿啊

你这令人沉醉的气息的秘密

只因曾缠绕在那串绳线

你那令人愉快的发辫上的青丝

海市蜃楼

我一生都在匆匆奔跑为寻找佳人
除了想与她结合，我别无希冀
抱着这想法我将癫狂的心交给风儿
这不是寻觅。

我四处奔波追踪那不相识的佳人
时而激动得大笑时而哭悲
而我自己竟不知以如此的坐立不安
是在渴求谁？

一张脸绽放似梦幻花朵，眼睛说：
这就是对我藏起脸的那精灵
很高兴我找到了，更高兴这脸没背转
在愿望的梦中……

……她拽着我跟着她四处漂泊
我这崇尚愉悦爱恋美丽的眼眸
成为这坐立不安的渴望的心的向导
牵住了我的手。

那丢失的愿望没地址无姓名
在远离我眼睛的地方显示
使我在思想的深谷醉态奔跑
陷入意乱情迷。

在远处诱骗我焦渴的心

像大海涌起波浪，似水颤抖

当我激情燃烧地奔向前去

却是海市蜃楼！

可怜啊我，在这一番追寻之后，依然

这着迷的心对我抱怨：佳人在何处？

那总是在诱惑我的东西何在？

你指呀，她在何处！……

　　　　　　　　　　　　　一九四七年一月

故　事

从来没有人知道这个故事
那夜她来到我家，静静坐着
低着头，不说话
她的目光躲着我的目光。
有段时间她已不再与我
情意绵绵
唉，这痛苦弄得我虚弱不堪
——她爱恋着另一颗心？
我眼泪涌出落在她裙上
声声叹息，依然
我的身体因思念她而颤抖
她用手摩挲我的头
在我身旁坐下
慷慨地给我吻
然而我知道
她的心与我的心已冷却……

一九五三年冬
德黑兰

珊　瑚

水下的一块石头
在蓝色大海的黑色深沟
孤零零地待在那可怕的坟墓
在心中冷漠，安静，沉默不语

它以自己的沉静
思念着某种失去之物在那黑暗的篷帐里
正午的太阳从来照不到它
夜晚的月亮从来照不到它

无数夜晚它发出呻吟，却无人
听见那呻吟
无数夜晚倾洒泪珠，发出呓语
在那蓝色的深沟

水下一块石头，然而那破碎的石头
是有生命的。在那隐藏之处跳动着希望
若能居于情人胸膛便是心一颗
若能在阳光下开放便是花一朵！

一九五四年一月至二月

德黑兰

大　地

在这之前，作颂歌的诗人——他们的眼睛
在星辰的运转与升起的凶吉中——
用无数优雅的论点和华丽的辞藻
歌颂这蓝色的苍穹
然而比世界上任何东西都博大的大地
更值得人的歌颂和尊敬
没有名气，不被熟知，不被感恩

母亲啊，大地啊
今天我要做你的歌颂者
我的根、血液、血管和咆哮都出自你
我是你知恩图报的孩子，是你的感恩者

多少岁月逝去，多少春秋更替
你却恒稳不移，广阔无垠
努哈[1] 时的大洪水也不能熄灭一火苗
——出自你永恒的熔化的火焰

每个英雄豪杰终将背贴大地
除了你，大地啊！在这叛逆的舞台上
你固守自己的地方
强壮、沉稳、坚实

满腹坏水的孩子，如果似违法者一样

1　努哈：《古兰经》中的先知，相当于《圣经》中的诺亚。

向你的圣洁发起攻击

你的心里也绝不会毫无母爱

对孩子全部的不感恩毫不在意

是的，大地值得歌颂和尊敬

在这辽阔宫殿上所有的一切都出自她

都由她的摇篮和衣裙养育

勇士苏赫拉布和国王苏莱曼[1]

多少闪电和大风血淋淋的鞭击

疼痛无比地纠缠

在大地的隆起处

多少愁苦的嘴角涌起泡沫的洪水

在这威严的大地上掀起可怕的沸腾

是那样的致命，正如你所想象！可惜啊

从此大地似乎永远地失去了生机

然而大地永远是那样脊背顽强

抽出身体

从每一灾难下面

向太阳的微笑张开怀抱

金光闪闪，慷慨大方，郁郁葱葱，兴致勃勃

就像大地一样吧

我穿过这卷起暴风雨的夜晚

那时以太阳般播撒珍珠的愉快的微笑

我将所有隐藏的宝藏都在你面前打开……

一九五五年六月至七月

---

1 苏赫拉布：伊朗古代传说中的勇士；苏莱曼：《古兰经》中的先知，相当于《圣经》中的所罗门。

伊斯玛仪·沙赫鲁迪
（一九二五年至一九八一年）

　　出生于达姆甘，在家乡完成初、中级教育后，到德黑兰边工作边学习，热爱上了绘画艺术，进入大学艺术系学习。毕业后，在《德胡达大字典》编委会工作，编撰了《穆因字典》中的艺术类词条。后到印度的大学里任外教，教授伊朗现代文学课。回国后在德黑兰大学工作。曾是伊朗人民党（共产党）党员，是伊朗左翼诗歌阵营的主将，代表诗集有：《最后的战斗》（一九五一年）、《未来》（一九五七年）。

他们何曾死去 [1]
——纪念一三三〇年四月二十三日死难的烈士

已经死了的他们并没有死
那天我们当中无人死去
敌人施尽了所有的暴虐
但并未因此取得胜利

那么多的血流在地上
那么多的愿望在胸腔掩埋
同志们中很多人英勇牺牲
然而敌人被我们打败

撤回来时，可惜啊
我们这整体中缺少了几位
同志们这个整体中有几个人
不见了身影当我们撤回

他们在敌人的子弹下流血
光荣地跌倒在地
在自己的征途上写下
以自己的鲜血，一个秘密

1　伊朗石油国有化运动（把英国控股的英伊石油公司收归伊朗国有）爆发后，一九五一年七月十四日（诗中所写的"一三三〇年四月二十三日"即这一天的伊朗历），美国派特使到伊朗，试图调解斡旋伊朗与英国之间的争端。人民党组织群众进行游行示威，抗议美国干涉伊朗内政，但被巴列维王朝镇压，多名群众死难。

一个交给历史的秘密
（人类受苦受难的历史）
打开了一条新的大道
献给迷茫的人民的步履

是啊！用鲜红的血书写
他们在那天写下自己的秘密
因此他们没有死也不会死
我们没有人在那里死去

仔细瞧

有一种花蕾也许永远不会

开放……

有一个战士在战斗

与谁？

　　　　——不认识

有一位恋人在夜中之夜从小巷

经过……经过……

有一个男人他手握斧子从远路

朝城里走来

　　　　缓缓走来……

有一支点燃的蜡炬已经熄灭……死亡……

有一脉清泉已经干涸……

亲吻已经干涸——

　　　　在一位女人的双唇

有一个亲吻已经干涸……

然而

　　人民啊！

　　　　　仔细瞧！

然而

　　人民啊！

你愤怒反叛暴动的花蕾我知道会开放

我知道会很快开放

花的芳香会让我沉醉

我认得你——敌人！

我反叛你

      （战士在进行反叛）

各个地方敌人在逃窜……逃窜

逃离你……和我……

男人的斧头从远处走来

（朝城里走来，

        缓缓走来）

挖掘你的坟墓——喂，敌人，你的坟墓……

现在熄灭的蜡烛又点燃

使我能从干涸的泉饮水

使我的唇能亲吻已死心的女人……

有一位恋人在夜中之夜从小巷

经过……经过

一位女人的双眼穿过窗户看着他……

              一九五〇年九月

永远的火焰

迷茫在生活之路上

我们处在时代的黑暗中

一点星火忽然闪现

我们看见了自己的路径

   在埃朗尼[1] 指引下

路盗们的头目在颤抖

因那令人振奋的光辉

为了他的生活能稳固

他将时代弄得漆黑

   将那星火灭掐

使受压迫者们的心受煎熬

希望从四面八方随风而逝

他偷取了我们的灯

带着快乐兴奋的记忆

   坐在自己的宝座上进行驭驾

虽已久但那邪恶不会长久

他挣扎的日子已阑珊

尘埃从路上升起

永远的火焰又出现

   带着快乐的颜色——似红花

一九四九年二月

---

1 埃朗尼：伊朗著名的马克思主义者，一九三七年曾召集一个五十三人的小组秘密集会，宣传马克思主义，被捕后死在监狱。"五十三人事件"是伊朗现代史上的重要政治事件。

胡尚格·伊朗尼

（一九二五年至一九七三年）

出生于哈马丹。一九四六年毕业于德黑兰大学数学系，一九四八年前往西班牙学习，一九五〇年在西班牙获数学博士学位。伊朗尼是伊朗现代派诗歌创作的先锋，其诗歌被称为超现实主义诗歌，但其诗歌内容具有浓厚的神秘主义色彩。主要诗集有：《灰色上的艳紫色》（一九五一年）、《灰色》（一九五二年）、《火焰燎了帘子》（一九五二年）。这里所选的几首诗是伊朗尼将伊朗传统的苏菲神秘主义与现代派诗歌结合的代表。

蔚蓝色

蔚蓝色的山洞在奔跑

手捂着耳闭着眼弯着腰

突然发出

一声紫色的尖叫

打哈欠的丛林

对洪水的沸腾

视而不见

摧毁废墟

黑色愤怒的火焰

撕下树皮

雄伟山峰上尘土

在老鼠牙齿的打击下

向山谷展开翅膀

一只又瞎又聋的蜘蛛

在一只老鹰的裸体上

吐着蛛丝

在它硕大的喙爪上

尘埃堆积

一九五一年初

De Profondis[1]

是她要我

她的美丽在召唤着我

我走向她

我明白我自身（若我能将空想献给现实）

在你的那方有位置

而我正寻求那方

我将会原谅你

走近一点，我的朋友

请原谅我脚步的沉重

（它们戴着记忆的锁链）

往事的记忆啊，放开我吧

她要我

我将与她结合

我将属于她

远得无法寻找的朋友

看在我向你迈出无数脚步的分上

你也请迈出更多的脚步

走近一点，我的朋友

此刻除了你的声音我听不到别的声音

帷幕全部升起

你那给人愉悦又使人毁灭的热气的吹拂将我淹没

1　De Profondis：拉丁语，意为"从苦难的深渊中发出呼喊声"。

你带来怎样的愉悦啊

就那样我创造了一个梦幻

我获得了美丽和力量

走近一点，我遥远的朋友

不要将我的无能归咎于

巨大的痛苦的疲惫将我掠夺

赶快吧

为等候你有力的双臂我已失去了存在

也许（在你那里获得庇护之前）

往事密集的波浪将她卷得无影无踪

她的远离与你仅是几步之遥

然而

唉，最后的步子迈得是多么沉重

走近一点，我的朋友

你寻觅之激情将生命的欢欣向我们显示清楚

然而，那时帷幕正升起

（这寻求的最后时刻）

多么可怕啊，你在等着观看

喂，未知的结局，帮帮我吧，让我再向你迈出一步

带去消息，你的伟大把焦躁不安平息

结局的到来激起对苦难的记忆

你空洞的眼睛将非存在之生命显示

你美丽的镰刀的光芒将锁链劈开

我最后的朋友，来我这边，抱住我

此刻只有你的声音召唤着我

你的消息使我获得解脱

向你召唤的呼喊我回应说好吧

我强有力的朋友

请给我安宁，请接受我

卡桑德拉

假若有一天那山洞（甚至那山洞也）

坍塌

人们将到何处避难？

这些浸透血的小人物

将把他们生活的琴弦拴在哪座坟墓的角落？

安静吧……遥远的底格里斯

安静吧

你还未失去那只彷徨的鱼的担忧的呆滞眼睛

敞开你的胸怀吧

请看

它们还在担心

安静吧……遥远的底格里斯

指甲的愤怒仍抓挠着世界

寻找着那应当在你身上蔓延的火

它还没有熄灭

那火即将变黑

将摇曳的芦苇

弄碎

砸烂

彻底毁灭

安静吧……惊涛骇浪

安静吧

在那时刻你放下了你行毁灭之手

这些戴面罩的碎片将会裸露

多么放肆的眼睛

即将卸去羞涩

安静吧……陌生的暴风雨

将把这些尘埃卷入底层

这些象牙尖塔将跌入漩涡

枯叶令人愤怒的舞蹈也将停止

隐藏在太阳中的

那影子不断靠近的巨大的脚

将从它们踏过

等待之火炉

在这折磨人的平静之下

叛逆的大锤再砸重一些

而你那闪着火苗的眼睛

      ——那眼睛将使卑劣和虚伪原形毕露

依然盯着岁月的悬崖

什么时候才能降临

什么时候才能降临

在这中毒的风的渡口

假若有一天那山洞（甚至那山洞也）

坍塌

人们将到何处避难？人们将到何处避难？

假若那翅膀的丁零声沉默

被诅咒的灵魂们

又如何能走完这黄沙漫漫的荒原？

安静吧……倔强的山鹰

安静吧

你的锁链将要断开

你翅膀的巨大影子会让面罩失效

安静吧……倔强的山鹰

那时刻将会来临

那时刻将会来临

失落之岛

"那里"也没有什么在等着我

那里也……喂，永恒的彷徨

没有什么在等待我

依然挤压着我……依然挤压着我

唉，没有尽头的逃跑

依然将寻觅者之手

从烦躁不安的大洋上空擒住

依然将被淹没的眼睛赶进蚌壳

这故事

（失落之岛的故事）

将不平静的大洋的浪拉向自己

尸体白色的眼睛

转向他那边

而那岸边将群山

（一个真实的故事）

崇拜

唉，永恒的彷徨

千万不要抛弃我

因为你

你的折磨

你令人痛苦的真实

你的愉悦

只是一个渡口将我从失落之岛

（向那真实的故事）

指引

就让大家都知道吧我

对你，唉，无尽的彷徨

对你那令人痛苦的美丽

和着那所有的激动不安，我崇拜

从你那烦躁不安的跳动

将我那失落之岛

（那个真实的故事）

寻找

就让大家都听见……就让大家都知道……

复　活

那时说了一个字

路到了尽头

腐朽的牙齿脱落

我将站起来寻找我失落的旋律

那时永恒战胜了瞬息

第三个统治开始

夜降临

我将被召见并将公布秘密

那时一切行动都被擦尽

所有的疆界都将不存在

所有的遮掩都将是徒劳

我将打破禁地打开众门。

沉默的叛逆

我的生命被无尽头的漩涡笼罩
虚伪和卑劣的折磨在任何一方都不让我安宁

寻觅之沙漠被蜃景之大洋吞没
空无之鳄鱼的眼泪将桥梁一一掀翻

然而，尽管如此，我将坚守不移
我将等着那伟大的时刻

啊孤独者之吟唱
啊拯救者的劳苦
我与你站在一起，也将与你倒在一起

让山的沉重永不要解放我
死者白色的呼吸平息暴风雨
让狮身人面像的魔法就那样不被破解
安提戈涅[1]的反叛在墓穴中消失

我将不会坐下
我将等着最后的时刻

啊孤独者之吟唱
啊拯救者的劳苦
我与你站在一起，也将与你倒在一起

---

1 安提戈涅：古希腊悲剧作家索福克勒斯的经典作品《安提戈涅》中的主人公。

艰难之谷

在地平线消失的那鹏鸟的翅膀的丁零声
将石头的波浪弄得不安宁

他靛蓝的忧伤
在坍塌跌落的汹涌中将避难所摧毁
那鹏鸟的影子更远了

遥远的树林的咆哮在召唤他
使人迷路之咒语在召唤他

青苔无声的哼吟趋于沉静：

没逃的却是该逃的
说了的却是不该说的
听见的却是不该听见的
去了的却是该存在的
没有寻觅到寻觅
没有寻觅到寻觅

对于他们和他（属于他们）
存在即逝去的绝不会逝去
永恒在断裂的微笑中
消失
彻骨的寒冷
将绿色的欺骗的
徒劳的印迹

从坍塌的山上擦去

空无之宁静

呼唤着愤怒的叛逆走向沉默

将未言的巨大的痛苦向他昭示

哦

可以是内部外部皆无边界

可以是存在在我之粉碎中显现

可以拿走存在之我

可以是非存在之宁静赐给存在安宁

哦

唉

在未寻觅到之痛苦中

回到自身

彷徨的珊瑚

从黑暗深渊的火舌

带到遗忘的岸上避难

那鹏鸟的影子注视着过去的一切

未涌起的波浪在等待着

时间与时间分裂

空间遗留在非时间中

那永恒的火焰

易卜劣斯[1]

苦难的主宰啊

孤独的主宰啊

你在你折磨人的深忧中对这卑劣的展览馆担忧

这些无能使你在神性的孤独中尝尽苦难

我歌颂你和你的苦难

易卜劣斯！

秘密的知晓者啊

引路的火光啊

你捣毁了虚伪的逃避之地

把面具从哈比勒脸上扯下

我歌颂你和你的苦难

易卜劣斯

存在之统治者啊

最后的避难所啊

你给被生命抛弃者笼罩上死亡之享受

向他们打开非存在之令人骚动不安的秘诀

我歌颂你和你的苦难

易卜劣斯

砸开锁链者啊

坏人们的接受者啊

1　易卜劣斯：《古兰经》中的大魔鬼。

你给峡谷中受诅咒的迷途者们指引道路
赐给漂泊的被审判者安宁
我歌颂你和你的苦难

易卜劣斯
丑恶之显示者啊
美丽之创造者啊
你让人类在醉态和无意识中认识到你邪恶的美丽
你把你永恒的敌人的声音窒息在你叛逆的咆哮中
我歌颂你和你的苦难

易卜劣斯
不屈服的骄傲者啊
毁灭一切的火焰啊
你将真主击败到永远的消失
使那黑心肠者的妄尊变成自卑
我歌颂你和你的苦难

易卜劣斯
地狱的征服者啊
使天空变低矮者啊
你用犹大的亲吻将诸神的诱骗嘲笑
在不熟练的蹂躏中使他们哀求
我歌颂你和你的苦难

易卜劣斯
永恒之光啊
黑暗之王啊

你在自己本质的显现中将曼苏尔[1]送上绞架

在寂灭之谷对夏姆士[2]除一滴血外什么也没暴露

我歌颂你和你的苦难

易卜劣斯

生命中激动不安的火焰啊

打开你孤独的闺房

显示你被诅咒的美丽

在你形象的显示中燃烧我们

在存在之寂灭中解放我们

阿门

1　曼苏尔：指曼苏尔·哈拉智（八五八年至九二二年），著名的苏菲圣徒，因在迷狂中自称真主而被视为异端，被处死。

2　夏姆士：波斯古代著名苏菲圣徒，是大苏菲思想家莫拉维（鲁米，一二〇七年至一二七三年）的知己密友，神秘失踪，疑被莫拉维的门徒所害，寻找他的人们只在地上发现一滴血。

逃

从岩石上方展翅而走
与岩石
　　——他以畅饮自己重量的轻柔热气
　　　忘记了群山和大海
告别
被遗弃的岩石亲吻着龙卷风和暴风雨
在它们颤抖的歌声中
把他寻找
　　——他曾是那样急匆匆地逃掉
在那时他从他的梦幻中飞回岩石
在巨大的痛苦中渐渐安宁
岩石又被凛冽的骚动弄得颤抖
在它无边无际的寂静中
痛苦和欢乐的秘密
全向他显示
而他从没有看岩石一眼
也从没听见岩石使人觉悟的召唤
从岩石上方展翅而走
将岩石留在陌生的阴影中
迷失的梦幻在旋风的黑暗中闪耀
等待着遗忘的跳动

忧伤之咆哮

快逃，寻求安慰的人啊
把那绽开的阴影
（它正为地狱的火焰唱着连续不断的歌）
弄消失

你绝不会向禁区迈步
你也从没有向禁区迈过步

消失吧，喂快乐的小孩
把那轻信的肮脏的奇迹
　　　——它从存在之边际吊在非存在之无边际
关闭
永远别把它们打开
它们也从未被打开

你梦幻的蓝色火焰向最后的避难所躲避
停住并滴落
时间战胜了绳索
每一次挣断都将空无之深渊弄得更加巨大
记忆的欺骗
使这最后的绳子也
将从中断开

漩涡旋转得更加深沉
巨大的消失者何时能点燃
被驱赶的渺小的逝者

那时远处把近处吞没
或许黑暗的消息会显现
或许渊深的洪水会从灵魂流过

非存在走向你，水池中的迷失者啊
假若你不能向彼方哭泣
假若你不能找到孤独之焦虑不安

你把你漂泊的瞳仁驱赶向大洋的沉醉
向黑暗寂静的门槛迈步
此刻秘密之雷霆对非亲者降落
此刻沉默之守护者跋涉过陌生者

暴风雨会迷上微笑永恒的一个崩塌吗？[1]
粉碎会折磨一个痛苦之安宁的一个喜悦吗？

---

1 此句用佛教"拈花微笑"之典故。

此刻我想着你，想着你们

一

永恒的独一[1]啊

这密集的祭品不是为你

这是行路者的所需，他在寻求太阳的热量

所有的另一种微笑另一种光芒都出自你永恒的微笑的光芒

熟悉的莲花啊愿你辉煌盛开

愿你辉煌盛开

二

我走过平原、大海和森林想重新找到你

找到你，火苗啊

古老的痛苦啊

讲述你无数的祭品的躁动不安

把你从他们畏惧的眼睛里饮得的寒冷和沉重公开吧

想起那些暴风雨——把你的崇拜者为你摧毁

讲吧，讲吧

最后一次、仅一次紧握熟悉的手的温暖

走开吧！使人迷误的尘埃

脚步声在你这里消失

他们拥有多少世纪的脚步声的流逝，我听见

1　独一：指真主。

这旋律的机密向前驱赶着沙漠的降临

把埋藏在沉默忧伤中的机密向那赤裸的半夜的光线书写

路对白天的陌生人已关闭？

走开吧！分离之帷幕

我也是夜晚的行路人

我要以一个太阳的热量穿过你魔力的夜

别逃！

这老相识在寻觅你，失去廉耻的人啊

平原、大海、森林都蹚过

在寻觅你中学会溪流的欢歌和被禁止的旋律

在梦幻的睡榻上云朵替代短暂者的脚印在闪耀

在虚伪之痛苦中焚毁的短暂者

在这雄伟的牺牲殿堂，那永恒的独一之脸，依然

那么近那么安详，看着尘世，他容颜的莲花

在大洋的波涛上铺展

你，伟大的行路人，你回归了自我，体会到未言的痛苦

然而你，你，唯一的来者啊……

沉默，无声的咆哮

你一口便喝下了大海

你越过了水域

徜徉在彼岸

"一带一路"沿线国家经典诗歌文库

（第一辑）

主编　赵振江

副主编　蒋朗朗　宁琦　张陵

伊朗诗选

下册

穆宏燕　编译

作家出版社

目　录

瑟亚乌什·卡斯拉伊

（一九二七年至一九九五年）

　　出生于伊斯法罕。伊朗现代诗坛上最坚定的马克思主义者，伊朗左翼诗歌代表诗人，在一九五三年"八月政变"后被禁止写作，但坚持以"库里"等笔名发表政治性诗歌，代表诗集有:《歌》（一九五七年）、《神射手阿拉什》（一九五九年）、《瑟亚乌什的血》（一九六二年）、《沉默的达马万德峰》（一九六六年）、《家养的》（一九六七）等。

筑路工
——给我的父亲

原野一片焦渴

铺满阳光的大路

热风在盘旋

步履迟缓的太阳

广阔的沉寂

一顶黑色的帐篷

滚烫的细沙

枯井般的双眼

几个男人的身影

映在尘土之帷幕

一只水罐，几只铁铲

疲惫不堪，仍工作

一九五二年夏

醉

我醉了
我醉了，我迷恋酒肆
你别为我指路
请掰开我的步子
这烧彻肺腑的酒盅别从我手中拿走

酒是我的郁金香，我的花园
酒是我的蜡烛，我的明灯
酒是我的伙伴知己，我的鼻香

色泽美丽，声音动听
跌入我的酒杯
别考虑其滋味是否苦涩
在我口中甘甜无比

在这火的岸上
我淹没在罪过中
我与你们不同路，制造偶像的人们啊！
我是一封黑色的信

救助者啊，在翅膀铺展的夜晚
在暴戾的阿黑里曼[1]的火中，赐给安全吧！
装满美酒的杯
还有陈年的葡萄藤

---

1 阿黑里曼：伊朗琐罗亚斯德教中的黑暗魔王。

那播撒金子的葡萄藤会给我金色的珠串
这满溢的酒杯
用陈年的酒从我心上擦去忧伤

尽管酒肆的门又被人们关上
尽管我们的酒罐被人们摔碎
尽管人们将忏悔从嘴边、酒碗从我手中夺走
对城里的督察官说：注意哟！
注意，我每晚都醉酒。

一九五六年三月

硬　币

我的记忆是喧嚣的大海
对你的记忆似银币放进这海水中

记忆是躁动的大海
大海的胸中充满了暴风雨的焦虑

我手触浪涛，眼望岸上
我的心是众心的宿营地

不在这平静的大海上也不在岸上航标灯
何时升上地平线我的太阳之高高的蜡烛？

好让我逗留片刻
让我稍稍平静一下
让我在这记忆之海浪中寻得纪念
可惜啊……
从头到尾都是海浪　漩涡或涡流
银币在海水中越落越深。

一九五七年六月

清　算 [1]

失败的头颅啊，希望被焚毁的诗人！
你保守秘密的唇的喊叫是神话？
在刑场上征服你的唇是徒劳
或许在你的大作中你的痛苦只是废话？

在你的手上**钢铁之花**已枯萎？
已随风而逝那所有的火红的花瓣？
收割之镰已落入野兽和巡夜人的手中
想把太阳之根从地里割断？

看啊，看如何在这黑火中
每个方面你的歌都拥有死亡之舞台！
所有友爱的词汇全都流浪而去
书本中一页页的羽翼被折断

你的春天**在篱笆旁**一片片凋落
只剩下光枝条，没有了**令人纪念的夜**
生活**在死亡的翅膀上沉睡**
死了的黑马失去了那高超的骑手

稻田已收割，夜降临在原野
你的小姑娘独自坐在石头上面
大路上，走了的工人们已睡着
色彩消失的眼睛的光芒只剩下苍白

1　本诗中标黑体字的是诗人以前的诗作名字。

库里！你花园中的秋天已来临
这落叶的季节的动乱正是时候
老园丁啊，在这凶恶的疾风中
你坐下来看一看花儿们的凋零

被诅咒者，似蝙蝠在夜之城中游荡
彷徨在自己的感觉之地狱中忍受吧
崇拜光明者啊，躲进黑暗中吧
似乎活着的人啊置身于棺材中睡觉吧

在夜之坍塌的宫殿上盘桓的猫头鹰啊
现在在自己的废墟上呻吟吧
现在诗歌的瓦砾堆脚下死去吧
在对以前的回忆的忧伤的旋风中消失吧

一九五四年九月至十月

钥　匙

众眼，阴云密布

众手，从中升起烟雾的易燃的树林

众口，全都是钥匙孔

口，全都是丢失的钥匙之锁眼

家养的

骨头从她斑斓的餐桌
扔向我们
使我们满足
我们奉承着远远地跟在某人后面奔跑
她的白裤子每天用熨斗熨好，
她的皮鞋闪亮
总是用她戴满戒指的双手
编织皮鞭和金把手

我们时不时地想跳起来向她攻击
发出狂吠
我们，然而没有挑起她任何的愤怒

实际上我们已成了她家养的
溺爱、做鬼脸、听话
这些腻在她厨房的人马
缺乏自由的精神和不羁的个性

我们已成了狗
狼该得狂吠病……

账　单

面包的价格不会一成不变在这市场上
人也不会只有一种价值

在我父亲年轻时
其餐桌上只有一曼[1]中一沙希[2]的面包
多少夜晚热情地
守卫
在国会直到清晨
以免立宪落入专制者手中
最终鲜血在地上流淌
献出了干枯的茎和彩色的羽
我父亲是自由班[3]中的一员
有无数的称赞给我父亲

在那激情咆哮的岁月过去不久
我父亲用胜利的报酬
给院内水池铺上彩色的摊子
倾听月亮的歌
和游方僧的弦琴
以及三两个好友的话语
存在之愉悦
使喉咙湿润
就是这样自由的唯一之花

1　曼：伊朗重量单位，不同地区的具体重量不一样。
2　沙希：伊朗货币单位，币值很微小。
3　自由班：军队编制。

没有圣洁与尊严的新根的花
在壁架上的水晶瓶子里干枯

渐渐地我父亲从路上远去
我父亲成为迷途者中的一员
知耻吧，被诅咒

老爷子此刻用虚弱的脚
颤抖的手
亲自去买烤饼，每个饼四个里亚尔[1]

面包的价格不会一成不变在这市场上
人也不会只有一种价值
天穹无数的伎俩不会变得单一
苍穹这魔术师无论怎么运转
朋友都会变得与你为敌
从敌人的需求
放弃仇恨，成为朋友

这家的女主人是谁，每天都重新
着手清算我们的行为
是花点缀在我们头上
还是我们的头点缀在绞架之花上？

---

1 里亚尔：伊朗国家货币单位名称。

希腊诗

我的心是一座监狱
地道连地道，彼此关闭
一朵花蕾由通红的铁做成
我的心是一个大锁由血做成

我的心是打烙印之地
自尊心，在那里受伤
被钉在十字架上的无辜者在其中
而勇敢在那里挨耳光
丽春花丛是刑场

我心中的伤口已发炎
从头到脚都是我的心，我的心
我跳动，我发热，我呐喊
蓝色的梨！
黑色的泡！
在这跳动中被怎样的空气左右

不是魔法钥匙
好让我在呐喊的城堡将之打开
不是寻觅的灯
好让我将这黑井般的坑向人指明
血溪从中流淌，除了血床
没有通向我的心的路

我的心是被埋葬的陆地

希望在其中只是个人形的影子

爱，没有香味，乞丐

愤怒，没有牙齿，在自身交织

仇恨，没有刀枪，头在掌中，丢失

畏惧，在高峰，眉脸不展是一种惩罚

唉，我的心是怎样的畏缩之地

在墙后我的心

是一片天空似绿色牵牛花

飞翔的翅膀在其间鼓噪

它的太阳在微笑

它的银河是夜晚的底格里斯

枉然的墙啊！无聊的墙！

我离光芒是多么的近又是多么的远

所有的夜都从夜中显露

忧伤的脸囚禁在狭窄的房间

啊自由！

我的家乡是我的心

我的心是一座监狱

纳德尔·纳德尔普尔
（一九二九年至二〇〇〇年）

出生于德黑兰。一九四九年前往法国深造，学习法国语言文学，学成后回国工作。一九六四年，又到意大利学习意大利语言文学。三年后返回伊朗，在文化部任职，后来担任伊朗国家广播电视部"今日文学艺术"组负责人。纳德尔普尔一生创作了大量诗歌，是新古典主义流派中最杰出的诗人，为伊朗新古典主义诗歌做出了很大贡献，其诗歌音律极为和谐优美隽永，在伊朗赢得了最为广泛的民众的喜爱。

主要诗集有：《眼与手》（一九五四年）、《贾姆姑娘》（一九五五年）、《葡萄之诗》（一九五七年）、《太阳明眼剂》（一九六〇年）、《不是草和石，而是火焰》（一九七〇年）、《从天空到绳子》（一九七七年）、《最后的晚餐》（一九七七年）、《假黎明》（一九八一年）、《血与灰烬》（一九八八年）。

从黑夜内部

给曼努切赫尔·昂瓦尔

你那黑色的眼睛啊用自己的光芒
在无数个夜晚把我的心照亮
把我在这死亡之黑暗中燃烧
把我从罪恶之掌中解放

真主啊，苍天啊，关上门吧
别躲避我无声的哀号
把我在星辰之井中倒挂
把我在银河之绞架上悬吊

真主啊，苍天啊，抛下帷幕
在星星的眼睛面前把我隐藏
把我的躯体在太阳之炉熔化
使我心灵纯洁灵魂高尚

真主啊，月亮啊，照亮脸庞
清洗我吧用你的清泉
使我与未如愿之泪水相识
用虔诚之泪水赐给尊严

砸吧死亡之手啊死亡之掌啊
猛烈地砸我的门吧让我把门开启
你打开了笼中鸟的翅膀
我要让这只笼中鸟展翅

猛烈地敲打门环吧，别说是谁

存在之监狱里有如我一样的东西

阿黑里曼的笑声

在沉默的夜的内部传入我耳里

我的夜晚已黑，越来越黑

太阳照不到窗户

夜晚，月亮的光芒

照不到这死亡之洞窟

是众神、星星和夜晚

见证我傍晚的哭泣

人们不了解这陌生人

我自身，目光也带泪光

高烧的灼热啊，将我在病榻上

燃烧，吐火舌吧，赐给光亮吧

让我从这混合着高烧炽热的颤抖中

真主啊，赐给我阿黑里曼般的享乐

命运之嗜血的手啊！

抓住我的衣领，把我放在黑暗中吧

把我捆在以斯帖 1 的翅膀上

把我从星星的翅膀上弄开吧

---

1 以斯帖：《旧约·以斯帖记》中的女主人公，犹太人，古波斯帝国国王亚
   哈随鲁王的王后。她在未受国王召见的情况下，冒着被赐死的危险，勇闯
   王宫，觐见国王，揭露大臣哈曼欲消灭波斯境内犹太人的阴谋。她的勇敢
   壮举受到犹太人和波斯人的共同崇敬。

把我在火星的牙齿下
轻柔地弄碎，一点点地撒落
把我在苍穹陈旧的磨坊里
碾成粉末，倒入罐的口腔

死亡之手啊，今夜敲我的门吧
谁也不会来探访我
我的暗夜没有光亮
你那黑色的眼睛啊，点起一盏灯吧

                        一九五一年三月初
                            巴黎

家　书

母亲！请原谅我生活中的过错
因为若这是我的过错，它出自你
我绝不是想责备你
然而你生我究竟有何益处？

别在心里说：我了解你和你的痛苦
永远别以你自己的方式猜想我
永远别被我平静的表情迷惑
永远别为我经常的沉默而头疼

我是火，在我自己心中燃烧，可惜呀
我是火，我的火花却没能在你身上点燃
我的痛苦不是你很快就能治愈的那种
你最好从此后别再关心我的事情

母亲！我是你从掌中失去的希望
——你无论怎么奔走都抵达不了它
早在我身体的死亡降临之前
我心的死亡就因百个希望的毁灭而降临

每个夜晚你把门向我缓缓打开
在你睡意蒙眬的眼睛里我读到你的责备
在对我说：为何又回来这么迟，这么迟。
别再呼喊真主，你的责备已成山丘！

我担心我会更加让你痛苦

我的脸向你堆起笑容，不回答你
母亲！又有何用处，我这样沉默不作声？
母亲！又有何用处，我戴上这面具？

你抱希望到几时——把路置于我心中
把你自己的目光与我沉默的目光相连？
要到几时我才能这样熟悉门环
让你脚步的旋律传入我耳朵？

母亲！我是你从掌中失去的希望
别问我的痛苦，原谅我的过错
你可知我所做的都是我命中的过错
那么请原谅我这不幸的命运之错

母亲！你很纯洁，我也无辜
然而值得我们存在的东西就在我们身边
而我们相互逃开，互不了解
这痛苦，是我们生活和岁月中的痛苦！

一九五四年八月二十一日

最后的诱惑

生活啊，如果你最后的诱惑不存在
现在我已经对你放手一千次
早在我走向自杀之前
把你在死亡之脚前奉献

每当我想把希望从你砍断
你都向我张开你温暖的怀抱
我明知你所做的一切只是诱惑而已
然而在这诱惑中，你置入了魔法

在帷幕后除了这欺骗你一无所有
然而你却给它的身子穿上千层衣裳
当对你的白天黑夜的厌倦占据我思想
你就让它出马，使我顺服于它

一天你将爱情之面纱罩在它脸上
让希望之光照亮我内心
一天你给它安上诗歌艺术之骄傲的名号
让我将头撞向太阳：我是诗人！

我在这诱惑之陷阱里已待了很久
我不再以新的借口原谅我的过错
生活啊，可惜，当我挣脱你
我会在你最后的诱惑中寻找自己的庇护所！

一九五四年四月二十一日

雕刻家

我这老雕刻家用思想的刻刀
用一个夜晚把你从诗之大理石创造出来
在你的眼眸之宝石刻上欲望之图像
我宠爱上千只黑眼睛的娇媚

你的身段总诱人想给它沐浴
我将月亮混有黑色的酒倾洒
好让我免受你恶眼的伤害
我从嫉妒者的眼睛偷得目光

我要使你的身条曲线动人
我的手随着需要四处刻雕
我向每一个女人提出雕刻身材的要求
我从每一身材掠得跳动的秋波

然而你似雕像一般对雕刻师看也不看
让我匍匐在你的脚前
你沉醉于傲慢之酒，一点也不想我
似乎你已了断对那造你之人的思念

小心吧！在这需求之帷幕后
那想入非非的雕刻家我闭上了眼睛
对你的爱情的愤怒一夜之间使我疯癫
让影子们看看我也打败过你！

一九五七年

目　光

玻璃上，柔弱的硕大蜘蛛

织出了一张网

你眼中的金刚石在玻璃上划出线

那玻璃在树的寂静中粉碎凋落

你的眼睛还在，还有月亮

这二者凝视着我的眼睛

一九五九年四月

月亮花

"这落在我们脸上的不是裂痕。"

                          镜子说。

"如此苍老……"

          你说

          "……你的相貌！"

他哽咽难抑，在他清澈的眼中迸裂：

"我们额上的田垄都出自因你而生的痛苦！"

你转过脸，你的忧伤滴落在脸颊

你哭泣的眼睛落在墙之脸上

一块心状的碎石从他的胸膛跳出来

跌落在你的脚前，失去了活力：

"唉，墙……"

          你说

          "……我那影子怎么了……

……夜晚月亮使它在你的脸上舞蹈？"

"非也，可惜啊！"

          头害羞地垂下

月亮无故的笑容没使他笑起来

你转过脸，你的形象落在水中

生命之池塘！"是谁？"

                你问，而他什么也没有说

"你认识我吗？"

          你又问，而月亮……

……消失，云来了，将你的形象全都掩藏！

你的热泪滴落，洒在脸颊……
其中藏着欢乐和痛苦的热泪
寻找着你的"水""镜"和"墙"
我的心因迷恋你而不知所措

你看到了一切，我的名字从你的记忆中消失
你读到了一切，你把我的形象从心中赶走
我是精灵，我被怒火焚烧
你把我的一捧骨灰愤怒地撒在水中

如同月亮之花，波涛之掌将它撕成一片片
你记忆之花蕾零落成碎片坠在地上
我的心，是一面镜子，填满了你的形象
这充满你形象的镜子，已碎！

一九五九年十一月

塞鲁斯·帕尔哈姆
（一九二八年至今）

笔名：S.P·米特拉。出生于设拉子。是一位新古典主义诗人，在二十世纪五十年代具有一定影响，出版了诗集《秘密之海》（一九五一年）。之后，主要从事诗歌评论，是一位著名的评论家。

秘密之海

我说过你已忘了很久
那两只眼睛已不再闪光
你那内疚的醉态的眼睛
不再将迷人和秘密的眼泪流淌

我说过你的希望再一次
没在我身上沸腾没牵扯衣裙
那曾燃烧我生命的目光中的火焰
别再向我发出怒愤

我说过那双令人产生幻想的眸子
似炳照夜晚的蜡烛不再燃烧
我没向你伸出需求之手
你睡着的眼睛不再撒娇

我说过你那双会说话的眼睛
将你内心的秘密向我倾诉
在那双大海般颜色的双眼里
记忆的波涛已经睡熟

我说过在遗忘的国土里
我要寻找一片静土来歇息
我要逃离你那魅力四射的目光
给我忧伤的记忆一点悦喜

唉，我思想之裙已烧毁

唉，丢失的爱情又重新回头
唉，疲倦的手吊在你的裙
又重新涌起了希望和需求

你浅蓝色的眼睛似大海一般
秘密之海，沉默的广场
我淹没在这漩涡深处
我如何能进入遗忘的口腔？

你的眼睛向我打劫
将年轻时的记忆丢失
你的目光在我身上再次将那扑灭
那内心枯涩的悲戚

在你眼睛浅蓝色的深处
逃离的路对于我的心太狭窄
这靛蓝色的天空
不论我走到何处都是这种色彩

诺斯拉特·拉赫曼尼

（一九二九年至二〇〇〇年）

出生于德黑兰。毕业于德黑兰电信学校。十九岁起开始在报纸上发表诗歌，一九五三年之后其诗歌创作走向成熟。主要诗集有：《迁徙》（一九五四年）、《盐碱地》（一九五五年）、《披肩》（一九五七年）、《淤泥中的约定》（一九六七年）、《风之火灾》（一九七〇年）、《收割》（一九七一年）、《情人般的笔剑》（一九九〇年）、《酒杯又转一轮》（一九九〇年）。

拉赫曼尼的诗歌因喊出了城市浪荡子青年们的心声而一鸣惊人。他的诗歌充满了市井词汇和诸如污血、淤泥、尸体、死亡、棺材、坟墓之类的黑色词汇，并以此著称，被称为"黑色诗歌"。

萨　姬 [1]

打碎酒瓶，萨姬！我悲伤得要死
把碎玻璃片放在我唇上，让它变成黎明
锁上酒吧的门，我担心，浪荡子
得知我伤口灼热的痛！
　　　　　　得知！

萨姬，用衬衣将酒吧的窗户蒙上
别让四处乱看的眼睛看到我的情况
我连自己也不信任，萨姬啊，剪掉辫子
用它使劲将我的手脚捆绑

萨姬！用我胸中的血画一幅无头女人像
在那只剩下柱子的空空的大缸表面
在那肖像下用无法辨认的字体书写：
被赶离朋友之路，留在了敌人一边

用你眼睛的锥子给我牙齿打孔
在上面穿上线，在胸前挂上一道咒语
如果某天一个自由者问道：诗人怎么了？
不要说他因悲伤而死，要说他因仇恨而死。

1　萨姬：酒肆里的斟酒人，多为美貌姑娘或俊俏少年。

沉默的城市

一座城市在沉默中，城中的墙壁
成了我这酒醉的浪荡子的依靠
我对自己喃喃而语：
那非存在是存在，抑或那存在是非存在！

一天傍晚，吻的印记在我唇上
是烙在我心上的伤疤，我们相识了
她与我用一个眼光订立了誓约
她并不认得我是谁！然后我们各奔东西

一座城市在沉默中，一只乌鸦的羽毛
飘落在被遗弃的棚屋的房顶
弯曲排水管上的猫一动不动
一个男人在路上死了，一个男人逃跑了。

一九五三年九月至十月

往 事

懊悔和痛苦：时光是迅疾如风的马
把我送进烦恼的深谷而它自己却逃掉
因我生活中一时间犯下的罪过
苍天把我在堕落的十字架悬吊

幸福只是神话，如同凤凰的故事
我所到过的每一个地方都没有它的踪迹
在每一扇关闭的门后，有说话声传出
但当我打开门，屋内却空无一人

柔情是骗局，希望是蜃景
在这蜃景和骗局中，唉，我将生命浪费
夜是女人的神话，夜是朋友的故事
在这故事和神话中我也遭受损害

一天我徒劳地想把敌人之路阻挡
他们似流水穿过我，大笑不止
有何益处，我的躯体，一具优美的躯体！
忠诚的朋友并没看见

一九五三年九月至十月

嫁 妆

太阳，将光芒倾泻在小巷沉默的心
我目光之鸟飞向她的家
邻居女人抖动着一块旧地毯
尘土奔跑进小巷的嘴

门，被打开，几个摆盘子的人进来
摆在镜子、地毯和烛台上
胡琴动听的旋律响起
女人们，浓妆艳抹，兴致勃勃地唱着小曲

芸香燃尽，她在小巷拐角消失
在干涸的水道一只狗已死了
我烧毁了那些她给我的信，愤怒地
因为我纯洁的爱情已从记忆中除去

接近黄昏，太阳已到墙根
将自己的身子躺在墙缝上
太阳，把白天的锁链从脚上解开
把自己在黑夜之大地上拖曳

我看见玛利赫[1] 把我的《迁徙》放在胸口上
白色网状的头巾罩在头上
眼睛停在眼睛上，眼光漫游全身
一滴泪沸腾而出，再也看不见我

一九五五年三月至四月

1　玛利赫：诗人姐妹的名字。

没有歌咏的大海

安详的大海啊
今夜你的口中空空然没有歌咏
在岸上石块骄傲的额上
今夜可以歌咏你的命运
属于风暴的命运
属于安宁的命运
今夜在岸上礁石的血脉中
血已冻结成冰
努力之血
礁石和浪涛之血
敞开怀抱吧
今夜船夫将向你疾驶

你，衰老的渔夫啊
沉默的男人啊
点亮小船上的灯笼吧
打开你双唇的困倦之锁吧
把漠然的灰尘从你眼皮上擦去
把隐居的绳结从膝上解开吧
驶向大海吧
把胸中酝酿好的歌咏倒空

坐在渔港的人们啊
船夫啊
沙滩啊，天鹅啊，茅屋啊
今夜　安详
我胸中的大海

厌 恶

风不再吹断楹梓的枝条
猫不再从墙脚板跳到路灯
手指头不再敲击大门
光芒不再从蜡烛落在走廊

炉子已结冰灰烬埋藏在心中
已死的黑色老乌鸦在白杨树上
厌恶之门的旧门闩别在了喉咙
灰尘落在筛、盘、锅上

拱顶的石膏线上，灯的油烟
还留在上面，然而灯已没了热度
彩绘帘子旁，柔软的靠垫上
该是你头待的地方却空荡荡，没有一丝热气！

素馨花瓶从窗上跌落
就是你走的那个晚上
暖气罩上你绣的花
没有灵魂，却绽放，还唇边带笑

熄灭的茶炉上茶壶已冷却
你朱唇的颜色还留在茶杯边
床上的被子因你身体的气味而昏厥
防风灯在阳台上沉默地睡去

钥匙孔中不再有看护我的眼睛

小巷中行人不再唱歌

这房间中的每件东西都沾上了猫头鹰笑声的气味

滚蛋吧死亡，你不知道我的价值！

黑石头

男人深邃的心胸是一块黑色的石头
在那石头上画有一个女人的草图
一柄锋利的短剑扎进那草图
剑锋上染上了污黑的血

一块黑石头，可惜啊，那石头
落在了井底，那井
成了一个陌生男人的墓地，那男人
用叹息声点燃了太阳之谷垛

井是男人的埋伏地，每个那样的女人
都想把名字刻在那石头上做纪念
她石头的运动落入井口
男人在上面写下百般耻辱的故事！

唉，都是些什么样的女人啊，在那井的黑暗中
号叫挂在嘴边，眼睛被血浸泡
男人，撕裂了胸，饮下血
唇边挂着微笑，说：另一个女人！

时间的车轮碾过，到了枯涩之夜
一个吉卜赛女人脚踏上井边
她身子的草图画在了那石头上
当男人伸手去摸石头……突然——

锋利的短剑从石头的心脏冒出

把那男人的五指从手割断
男人，在那井中，在男人沉重的石头下
那女人的笑声从井中响起

我这黑色的心是块黑色的石头
人们在那石头上画了一个女人的草图
一柄锋利的短剑扎进那草图
剑锋上染上了污黑的血

戴着枷锁铁链的流放

市政官员们将正式的尸衣裹上身
他们的礼物？
是金质的锁！

你我尸体的气味
父辈们和男儿们尸体的气味从后面传来
官员们说：
新的一代正在形成。
尸体们发出嚎叫：骗人，骗人
死亡在演习中！

鱼儿们知道
每个水池的深度与猫的爪子相当

大地乃坟场
而时间
苍老、笨拙、又聋又瞎
在战壕后，牙齿已没有话说，没有
很久以来每个喉咙都长出铁链
舌头在口腔中
腐烂变臭！
若我们张开唇
会流出毒和血

俘虏们啊，有谁还巍然挺立？
有谁？

这真的不是诽谤

让我们说：我们是受奴役的金童？

我们不想知道我们是卑微的哨兵？

展翅的后生们！

曼努切赫尔·内斯坦尼
（一九三六年至一九八一年）

出生于克尔曼。一九五五年考入德黑兰高等学院，获波斯语言文学学士学位，在诗歌创作、文学研究和翻译方面都有建树。主要诗集有：《幼芽》（一九五四年）、《老朽》（一九五八年）、《昨天，一段距离》（一九七一年）。

内斯坦尼的诗集虽不多，但仅靠《老朽》和《昨天，一段距离》这两部诗集就奠定了自己的诗坛地位，尤其是《老朽》的反传统精神在广大青年中赢得了热烈的反响。内斯坦尼的诗歌多以口语入诗，平白晓畅且易上口，在青年中流传很广，有些诗句成为青年们的口头禅。

劝　告

老苦行僧！走回头路吧
不要再念叨"真主啊真主"
为我的小巷拿一盏灯来吧
在这小巷中月亮早已死去

不要在此路上徒劳耗费脚力
不要将祷词和咒语念个不停
由于害怕为黑暗的毒针所伤
蝙蝠也不在这里飞行！

谷垛只剩下一堆灰烬
老苦行僧啊，走回头路吧！
灰烬总是在风的手中
对影子的摇曳也害怕

你要与风抗争吗？算了吧，
我的谷垛连尘埃也没留下！
好好拽紧你的黄色僧袍吧
以免风儿将它刮走！

给我的小巷拿一盏灯来吧
别在我的小巷中似蝙蝠穿行！

一九五五年五月初

德黑兰

老家伙

古琳姨妈！你总是兴冲冲地四处奔波
似乎一年到头都在准备年货
老猫和玩儿的乐趣？——都不正经。
你已经过时了！

你的面容因昼夜之脚步的敲击
古琳姨妈！如同泥泞的小巷
布满了坡坡坎坎和精疲力尽
青春已逝去，却增添了疲惫！

在小院的角落，依傍着炉子
将烟卷的烟雾吞入胸膛
已到衰老的季节，唉，应该丰富多彩
把世界的面目比得更加暗淡

在房间的角落，依靠着炉子，是啊
打瞌睡吧
读读故事书
算算命运如何
——用你手中的那本旧书——
古琳姨妈！死亡可是存在的苦果？
那旧书上可写有关于死亡的话？

你已经过时了。
我的心并不在此时，也许
"人民的女儿"会再次姗姗来迟

门厅的淡影在等着我们！

她说："我们这愚昧中有着快乐。"
我说："那是毒药，尽管我也与之息息相关！"
直到我双眸中的烛光熄灭
我也无法从这无益的愚昧中获拯救

古琳姨妈！不，
"六十几岁"的小姑娘尚能
说笑、找乐
对于我，这"二十几岁的老人"，开恩吧
如此在小院角落坐着哀号！

一九五七年初
德黑兰

费里东·莫希里
（一九二六年至二〇〇〇年）

生于德黑兰。毕业于德黑兰大学波斯语言文学系，是新古典主义流派的代表诗人。主要诗集有：《暴风雨的焦渴》（一九五五年）、《海之罪》（一九五六年）、《稀罕之物》（一九五八年）、《云》（一九六一年）、《云和小巷》（一九六六年）等。

稀　罕

你说：
　　　　"我要似太阳，向你展开翅膀，
我要似月亮，夜晚探进头从天窗！"
可叹，你成了太阳
　　　　　　时已黄昏！
可惜，你成了月亮
　　　　　　时已清晨！

福露格·法罗赫扎德

（一九三四年至一九六七年）

出生于德黑兰。十四岁开始写诗，十六岁结婚，一年后生子。但因叛逆和桀骜不驯的性格，以及对诗歌的强烈热爱，福露格执意与丈夫离婚，儿子被法院判给丈夫，福露格被剥夺了对儿子的探视权。

福露格是伊朗现代诗坛上最杰出的女诗人，是伊朗女性主义诗歌开创者，为伊朗现代新诗的发展做出了重大贡献，在国际诗坛具有较大影响。

主要诗集有：《囚徒》（一九五五年）、《墙》（一九五六年）、《叛逆》（一九五八年）、《再生》（一九六三年）、《寒季虽临我们当心怀信念》（一九六五年）。

影子的世界

夜晚在潮湿的路面
我们的影子似乎在逃离我们
远离我们在坡道上
在月光不吉利的尘埃中滑倒
冷漠而沉重地罩在葡萄藤蔓上
向着彼此轻缓地向前移动

夜晚在潮湿的路面
在香气弥漫的土地的沉默中
不时性急地彼此拥抱
我们的影子
就似花儿醉于昨夜的露水之酒

似乎他们在逃离他们因我们而受的苦难
把我们从不唱的歌
把我们带着愤怒
驱逐到沉默的胸中的歌
带着激情在嘴角吟唱

然而远离影子的地方
对他们相互倾心的故事一无所知
对他们的结合和分离
我们疲惫的肉体在停滞中
赋予生活一种形态

夜晚在潮湿的路面

我不停地问自己：
生活真的从我们的影子内部获得色彩？
抑或我们只是自己影子的影子？

就像蝙蝠
白天黑夜地逃避光芒：
别把我的影子照到地上
在我黑暗的屋子里我用颤抖的掌
关闭了通向窗口的路
我孤独地蜷缩在角落

成千迷惘的灵魂啊
在我周围滑倒在黑暗的波涛中
我的影子何在？
恐惧的光在我无声的喊叫的水晶中闪耀
我的影子何在？
我的影子何在？

我不愿意
让我的影子与我有片刻分离
我不愿意
他在远离我的地方滑倒在渡口
或疲惫而沉重地跌倒
在过路人的脚下
他为何必须
正视自己的寻觅之路
以大门紧闭的双唇？
他为何必须摩擦身体
在每撞房子的门和墙上？
他为何必须因绝望

而踏上冰冷又陌生的土地？

唉，太阳啊

为何要使我的影子远离我？

我问你：

黑暗是痛苦还是快乐？

是监狱之躯还是自由的沙漠

夜之黑暗是什么？

夜

黑色灵魂的影子是谁？

他在说什么？

他在说什么？

疲惫、彷徨、迷惘

我在无尽的问题之大道上奔跑

夜　魔

睡吧，睡吧，我的乖宝宝
闭上眼睛吧，夜晚已来到
闭上眼睛吧，这黑色的魔鬼
手攥着血唇挂着笑来了

把头蜷伏在我的裙上吧
听听他脚步的嚎叫
他折断老榆树的腰
把脚放在上面踩踏

别出气，给各扇窗户
我都拉上了帘子严严实实
他带着两百只充满火和血的眼睛
一点点地从窗户探进头

他喘气的火星燃了起来
牧羊人在原野中央敛息无声
哎呀，这醉乎乎的钟声轻柔些
他在门后偷听你的小曲

我想起魔鬼就似一个孩子
折磨自己疲惫的母亲
夜魔从黑暗的内部
悄无声地来到，把小孩掠走

窗户玻璃在颤抖

他正嚎叫着想进来
他大叫道：那小孩在何处？
听吧，他正用爪子抓挠着门

别进来，滚开，你这坏蛋
滚开，我讨厌你的脸
你怎能从我抢走他
只要我在他旁边没闭眼

忽然，房间的寂静被打破
夜魔发出喊叫：哎哟
行了，女人，我不怕你
你的裙子已染上罪恶，罪恶

我是夜魔，但你比我更是夜魔
是个不贞洁的母亲！
哎哟，从裙子上抬起他的头吧
纯洁的孩子哪里睡得安宁？

叫声渐消失，在痛苦之火焰中
心似铁般熔化，而我
呻吟道：夙愿啊，夙愿
行行好，请把头从我裙子挪开。

一九五四年冬
阿瓦士

少女和春天

少女独自坐在窗边说：
喂，春姑娘，我嫉妒你，
你的馨香、鲜花、小曲和沉醉
我以所有的对真主的祈求向你购买

在枝叶繁茂的嫩枝上
娇羞地睁开两只闭着的眼睛
云雀用银水般的唾液清洗着
那疲惫而美丽的薄薄的羽翼

太阳露出笑脸，从它欢笑的波浪
在白天的脸上奔跑着迷人的光亮
一个波浪轻盈地伏下，和风对它的耳朵
倾吐秘密，波浪轻柔地从它逃离

园丁笑了：春天终于来了
我种的树已开花了
姑娘听见，说：从这春天有何收获
喂春天啊，够了，我却没有过春天

焦渴的太阳在天空那端
好似在血管中坐过一般
白天消失，她仍沉浸在奇怪的沉思中
姑娘曾忧伤地坐在窗边。

一九五五年春

德黑兰

战斗之歌

伊朗妇女啊，只有你还囚于
暴虐、灾难和厄运的枷锁
你若想这枷锁被打破
必须寄希望于顽强

永远别屈服于暴力的言辞
不要听信甜蜜的承诺
在憎恶、愤怒和痛苦中变作洪水
铲除暴虐的沉重的石头

是你温暖的怀抱哺育了
这傲慢又伟岸的男人
是你愉快的微笑赐予了
热情与力量给他的心脏

由你一手创造的那人
他的优越感和超人一等对于你是种耻辱
女人啊行动起来吧，一个世界
在等待你，并且支持你

从这受奴役、屈辱和厄运中
你睡在黑暗的坟墓也比这更幸福
傲慢的男人在哪里？告诉他
从今后必须匍匐在你的殿堂

傲慢的男人在哪里？说：站起来

这里有个女人已站起来与你战斗

她说得不错，在权利之路上

绝不要因懦弱而流泪

坦　白

只要我再次对你隐藏
这纷扰的心思的秘密
轻柔而严紧地将睫毛之面罩
对充满娇媚的目光扯上

心陷入耗神的愿望中
我向真主寻求解救之路
虔诚地在你的面前
谈论着修行和忏悔

唉……你绝不要以为我的心
与我的语言志同道合
我说的一切都是假话，假话
我何时向你吐露过心之所愿

你向我唱起小曲
你的语言隐含着一种魅力
好像我的梦你的歌
都具有另一个世界的印迹

也许你听说过，女人
在心中说"是"而口中说"否"
不会袒露自己的柔弱
拥有秘密，沉默有心计
唉，我也是一个女人，一个

心在你的天空中振翅的女人

我喜欢你，精妙的幻想啊

我喜欢你，不可能的希望啊

迷恋忧伤

我愿是秋，我愿是秋
我愿是沉默倦怠的秋
我的希望之叶一片片枯黄
我的双眼之太阳变得冷漠
我的胸膛之天空充满痛苦
忧伤之风暴突然抓住我的生命
我的眼泪似雨下
给我的裙子染上颜色

啊，多美，如果我是秋
狂野，激动，多彩
一位诗人在我眼中吟诵绝美的诗歌
在我身旁恋人的心燃烧着火焰

在内心痛苦的火焰中
我的歌
似断断续续的微风之歌
向疲惫的心倾洒痛苦之香水
在我前面
是青春之冬的枯涩的脸
头脑中
是一见钟情之夏的骚动
我的胸膛
是忧伤、痛苦的猜疑的宿营地
我愿是秋，我愿是秋。

梦 幻

带着热切和令人振奋的希望
带着沉醉和梦幻的目光
一个少女在读童话
半夜三更在孤独的角落

无疑有一天从遥远的路途
来了一位骄傲的王子
他那疾如迅风的坐骑的蹄子
敲击着城中小巷的石铺路面

太阳光芒铺洒在
他那美丽的王冠上面
他的衣袍织着金丝经纬线
他的胸膛掩盖在一串串的珍珠之下
风……将他头盔上的羽毛
时刻随自己吹向某个方向
或是将他那黑发圈
吹到他那光洁的前额

人们都在悄悄耳语：
啊，他是这样的骄傲、强壮、有力
在世界无与伦比
无疑是个高贵的王子

姑娘们都从窗户探出头
她们为这偷看羞红了脸颊

胸襟颤抖，充满喧哗
为这偷看的激情而狂跳：
"也许他想要我。"
然而似乎漂亮王子的眼睛
看不见她们渴望的眼睛。

他从这一芬芳的花丛
连一绿叶也不采摘
就那样平静，毫不动情
兴致勃勃地赶自己的路
他那疾如迅风的坐骑的蹄子
敲击着城中小巷的石铺地面
他的目的地……他那美丽的心上人的家

人们彼此悄声问道：
"那么，这幸运的姑娘是谁？"

忽然，家里响起敲门声
我高兴得似乎长出翅膀向门奔去
是他……是的……是他
"啊，王子，梦中的情人啊
我常在半夜三更梦见你来。"
他像孩子一样嘴唇上慢慢浮现出微笑
以热情而充满激情的眼光
挡住了我眼光的去路
"啊，你的眼睛是通向美丽城市的光辉大道
啊，你的目光是珐琅酒盅中的醇酒
啊，赶快吧，你的唇与原野中亮丽的郁金香的血红色一样
啊，太遥远了
然而，在这条路的尽头……是充满光芒的宫殿

我把脚放在他坐骑的脚镫上，沉默不语

蜷伏在那胸膛和怀抱的阴影里

我晕厥了

他仍然平静而毫不激动

他那疾如迅风的坐骑的蹄子

他那疾如迅风的坐骑的蹄子

敲击着城中小巷的石铺路面

太阳光芒铺洒在

他那美丽的王冠上面

我跟着他告别了这个伤心的城市

人们都惊讶不已

嘴角喃喃地说：

星云的姑娘……！

寂寞之忧伤

窗外下着雪
窗外下着雪
在我胸中的孤寂中，手
播种着忧伤的种子

头发最终成了白色，啊雪
让你如此看见了我的结局
洒落在我的心中……真遗憾
而不是洒落在我的坟头

像一株虚弱的幼苗般颤抖
我的灵魂由于寂寞之寒冷
我的心蜷伏在黑暗中

再也不会赐给我温暖
爱情，啊结冰的太阳
我的胸膛是绝望之荒漠
我已疲惫，对爱情也感到疲惫

你激情的花蕾也已干枯
诗啊，施魔法的魔鬼
这充满痛苦的梦的结局
我的灵魂已醒，已醒

在他之后，我转向任何事
我看见魅力是一蜃景

我所追逐的一切
倒霉透顶，只是一场梦境

真主啊……向我打开吧
地狱之门一瞬间
我要在心中埋藏到何时
那地狱炽热的悲楚？

我看见过很多的太阳
在黄昏时分接连凋落
我的永无黄昏的太阳！
痛苦啊，在南方！凋落

在他之后，我还会寻找什么？
在他之后，我还守望什么？
我坠落的是冰冷的泪
我安抚的是热情的坟
窗外飘洒着雪
窗外飘洒着雪
在我胸膛的孤寂中，手
播种忧伤的种子。

空　洞

你的眼睛在忧伤之框中
冷冷而沉默地
睡着了
未说出口的话更快地
以目光之语言说出

从我和一切隐藏在我身上的东西
你逃离
你解脱
我想起某天在这路上
你性急地将我往你跟前
拖拽
拖拽

最后的朋友
最后的一次
最后一次相见的苦涩的一瞬
我看世界是彻头彻尾的空洞
风在呻吟，我在倾听
秋天落叶的沙沙声

你再次召唤
你再次驱赶
再次把我引到槭木床上
再次把我拉进波涛的口腔

尽管在绸缎上我仍悲哀

多年来，你生活在我心中

唉，我从来不知道爱情啊

你是什么

你是谁

一九五七年九月至十月

行路人

一个不速之客
从每个殿堂赶他，他顽固不去
子夜从路上来临，身体疲惫，风尘仆仆
头靠在瓷砖彩色的胸上
                我在多年以前

每个夜晚我都用柔软的丝线缝纫到天明
我脑海中成千个梦幻的图像缝在上面
当我沉重而炽热的眼皮熄灭地合上
在我甜美的梦幻的池塘中长出一绿草
从天空之原野似乎有光之尘升起
太阳之花吊在我黑色的发辫上
手温暖的微风轻柔地摇晃着指环
                在我白皙的手指上

此刻不速之客
从每个殿堂赶他，他顽固不去
他向他们挤压他睡意浓浓的眼睛
唉，我必须将他责备之毒药的苦涩在我身上抚平

                        一九五六年八月二十三日
                                罗马

鸟只是一只鸟而已

鸟说："怎样的气味啊，怎样的太阳，
啊，春天来了
我要去寻找自己的配偶。"

鸟从回廊口飞走，如同一消息般飞走了

鸟很小
鸟不会思考

鸟不会读报
鸟没有债务
鸟不认得人类

鸟在天空中
在危险的灯的上方
在未知的高处
疯狂地体验
水的瞬间

鸟，唉，只是一只鸟而已

上弦的洋娃娃

比这些更多，唉，是的
可以比这些更多地保持沉默
可以长时间地
用如同死人目光般的目光，凝滞
盯着一支香烟的烟雾
盯着一只杯子的形状
盯着地毯上褪色的花
盯着墙上想象的线条
可以用干枯的手掌
将帘子拉到一边观看
小巷中正下着暴雨
一个孩子拿着他的彩色风筝
站在一处拱顶下
一辆破烂不堪的马车从空荡荡的广场
急匆匆地吵吵嚷嚷地离去
也可以留在某处
在帘子旁边，然而又瞎又聋

可以喊叫
用非常虚假非常陌生的声音：
"我喜欢。"
可以在一个男人强有力的臂膀中
做一个漂亮正常的女性

伴随着如同一张皮革桌布的身体
伴随着两个……十分巨大

可以在一个醉者，一个疯子，一个流浪者的床榻

玷污一份爱情的纯洁

可以聪明地蔑视

每一个奇迹之谜

可以独自解决制定规章

可以独自发现快乐心灵的无用的答案

无用的答案，是五个或六个字母

可以一生都跪着

低垂着头，在一座冰冷坟墓跟前

可以在一懵懂无知的坟墓中看到真主

可以用一微不足道的硬币找到信仰

可以在一清真寺的小房间里腐烂

如同一个衰老的唱念祷告之人

可以如同一个零在加减乘除中

总是保持一个相同的得数

可以在他的愤怒之笼罩中将你的眼睛

想象成一只旧鞋上褪色的纽扣

可以似水在自己的坑中干涸

可以将一瞬间的美丽随同羞涩

如同一张滑稽的黑色快照

隐藏在柜子深处

可以在整天都空无一物的盘子里

挂上一个被告者的像，或一个失败者，或一个被吊者

可以用面具将墙的缝隙遮挡

可以与一些更加空洞的图像混合在一起

可以如同一个上弦的洋娃娃

用另只玻璃眼珠看自己的世界
可以在一呢绒盒子里
拥有一个装满稻草的身体
长年在网线和金属片中沉睡
可以用手的一次胡乱按动
毫无缘由地叫喊说：
"啊，我非常幸福。"

穆罕默德·若赫里
（一九二六年至一九九四年）

出生于沙赫萨瓦尔，一九四二年移居德黑兰。获得波斯语言文学博士学位。一九四五年起发表作品，主要是文章和短篇小说。一九五一年开始创作诗歌，他的诗基本上属于新古典主义，后期转向象征主义，在二十世纪五十年代诗坛具有一定影响。

主要诗集有：《岛屿》（一九五五年）、《古拉耶》（一九六六年）、《夜记》（一九六八年）。

烧焦的土地

被春天遗弃
这烧焦的土地
渴望着雨的亲吻
从哪一片路过的云能灌饱喝足？
从哪一片路过的云能焕发朝气？

云降雨在原野
雨水充满种马的脚坑
溪水在山里沸腾
云的汁浆填满了土坑
然而这里在天上太阳的炙烤下
在对云的亲吻的焦渴中熬煎
一块烧焦的土地受着夏天的灾难

云啊，遥远的云
你是拯救者，你翅膀湿润的阴影下便是出路
你的手能将与死亡之履景相连的干渴治疗
你的哭泣能将纠结的重重困难解开
最终逝去了，这些植株被缺水笼罩
无法将一麦穗作为秋天的礼物
唉，被燃烧！

被春天遗弃
这烧焦的土地
渴望着雨的亲吻

从哪一片路过的云能灌饱喝足？

从哪一片路过的云能焕发朝气？

一九五五年一月

德黑兰

衰老的鱼鹰

衰老的鱼鹰
忧郁的影子在石头上停息
将头伸进疲惫的翅膀，紧紧地
将自己的一只脚收在身子下
以这种方式来消除疲劳
然而年轻的鱼鹰，不知疲倦，搏击着波浪
欢笑着，高歌着

衰老的鱼鹰
时不时伸一下头
以忧伤的语言放歌一曲：
"可惜啊！我已经再也不能同波浪搏击。"
然而它的自尊，使欲望变得热烈：
"你仍想似年轻的鱼鹰能劈波斩浪
使山岳旋转滚动滑向水中！"

衰老的鱼鹰
带着骄傲把头交给死神
在蓝色穹隆间展开翅膀
大海涌起惊涛骇浪
浪涛似重兵接踵而至
然而年轻的鱼鹰，不知疲倦，搏击着波浪
欢笑着，高歌着

衰老的鱼鹰
从天空高处搏击着波浪

却软弱无力，波浪之手强壮有力

浪似破碎的瓦片扑在它脸上

淹没在大海傲慢的苦涩的口中

衰老的鱼鹰

一九五五年十月至十一月

德黑兰

阿赫旺·萨勒斯
（一九二八年至一九九〇年）

　　出生于图斯。一九四七年，毕业于马什哈德工艺学校。一九四八年，来到德黑兰寻发展。一九五三年"八月政变"之后被捕入狱。一九五六年出狱后把伊朗象征主义诗歌推到了一个高峰，是伊朗现代新诗史上最杰出的诗人之一。鉴于他卓越的诗歌成就，人们将他安葬在图斯城郊区的菲尔多西墓旁。

　　主要诗集有：《寒冬》（一九五六年）、《〈列王纪〉的结束》（一九五九年）、《从这本〈阿维斯塔〉》（一九六五年）、《狩猎》（一九六六年）、《狱中之秋》（一九六九年）、《在狱中秋天的小院里》（一九七六年）、《火狱，然而却冰冷》（一九七八年）、《生活说无论如何应当活下去》（一九七八年）、《我爱你啊，古老的乡土》（一九八九年）。

像一只焦渴的水罐

充满了虚空
溪水时刻在流淌

如同一只焦渴的水罐在梦中梦见水，在水中看见石头
我分得清朋友与敌人
我把生活视为友
把死亡视为敌
但是，可惜啊，我该向何人诉说？——我有一个朋友
我想将他带到敌人处避难

溪水时刻在流淌

死　水

这不是那熄灭火焰的水
我告诉你，领口敞开的浪荡女啊！
我给我忧伤的记忆进行灌溉
用那令人激动的苦涩的晶莹
火焰般纯洁的塔克扎德[1]

沉浸在默默无语中
犹如一个裸体女人在顺从之榻的中央，然而已死去或是在梦中
笑容收敛、愁眉不展地放松了身体
广阔的死水

没有跳动、平静
已死去或在睡梦中，乃死水一潭
在它身上看不任何东西
波浪状的乳峰，漩涡状的肚脐
我坐在这没有流动的河岸之榻上
我的口中发出咒骂的底格里斯河般的咆哮
走向真主，他所有的信使，每一个都从各个地方
架起了各种各样的口信之桥

每一呼吸都是我生命的一部分，犹如金色的一滴水
滴落在这吞没生命的死水的口腔
它那不吉的永不餍足的嗉囊每一刻都在向我要求食物
依然那样，永远，它的喙如同山洞

1　塔克扎德：一种葡萄酒的名字。

我将自己生命中的每一瞬都变作死尸

如同鱼儿般扔向它

然而这吃鱼的老家伙何时能饱足？

依旧说："再来点食物。"

这就是那无比可怕的喙

如同那没有如愿的渔夫，每个晚上都疲惫而忧伤地

将网拿在手中

网中空无一物

走过长路漫漫

将围墙在忧伤中围起来

你依旧会看到他在清晨又返回

——网拿在手中，网中空空——

直到他再一次将爪子伸进海里

进行毫无根基的运气试验

如同这个渔夫

我也每个晚上

对很晚才注意的机敏基督徒萨姬

说："再来一杯。"

她给了一杯之后，又是："再来一杯。"

用那令人激动的苦涩的晶莹

火焰般纯洁的塔克扎德

每一合适或不合适的时刻

领口敞开的浪荡女

给自己忧伤的记忆进行灌溉

也许金色鱼鳞滑溜的鱼儿

能使食鱼者的眼睛一时疏忽，将一瞬时间从这死水的口腔里抢救出

一九五六年九月

德黑兰

日　出

窗户开着

看得到天空

干净的云一朵朵地在透明的水的晶莹中

一直蔓延到最高的屋顶，如同水晶梯子，清楚可见

我的目光如同早起的麻雀的新的飞翔

一级一级无畏地飞翔到遥远的顶端

我的愉悦就如同养鸽人的愉悦

窗户开着

天空在瞭望的窗框中清楚可见

如同深邃的大海

其水娇美，似蓝色天鹅绒般的睡梦

进入到其深处

一片片的云如同雪做的阶梯

我的目光如同这大海中的不安宁的热情的鱼

就在那时，邻居家的男人

他的胸腔因不时的哈欠似大锤敲击的铁砧，睡眼惺忪

像往常的黎明时分一样来到房顶

轻轻地无声息地在房顶漫步

在烟囱旁静静地站立片刻

他努力使他的耳朵警觉，眼睛警醒

不让莽撞敏捷的猫从墙后进来

窗户开着

看得到天空，房顶越来越清晰

就在此时，睡梦已从头脑中飞走、心神清醒的男人

打开了鸽棚的门

那些驯养的多彩的精灵之子

在宽阔而简陋的房顶

咕咕咕咕地叫个不停

神气又欢快地舒展羽翼

在清晨的兴致中振翅

然而昨夜的睡梦害得它们依旧疲倦

使它们忘记了展翅高飞

使它们迷恋于懒散迟缓

此刻，男人赶它们飞翔

把它们赶向纯洁又巍峨的天空

如果有懒散者将它们带到地面

他便用一面黑色的可怕的旗子——一根头上绑着黑布条的木棍

惊吓它们，驱赶它们

让它们收起迷恋低劣地面的情怀

而天空，这水晶似的穹顶是那样遥远

将它们召唤到自己的绿色牧场

窗户开着

看得到天空

如同一座魔幻般的高塔，其墙壁是绸缎

波浪起伏，富于光泽，湛蓝

一片片的云，如同高塔上的阳台

那些飞翔的鸽子在高塔的空间中

如同月夜中几只闪烁的灯盏

在宽敞的草泥糊的屋顶的上方

在空空的棚屋的旁边

男人倚靠在墙上

不急不慢地点燃香烟

沉浸在甜美的享受中，观赏着这飞翔

多么美好啊，那飞翔和这观赏

围着房顶这朋友转绕

渐渐地到达高潮，这些会魔法的精灵之子

哦，此刻我的愉悦一点也不少于那男人

怎样的绕行，怎样的飞翔啊！

只愿它们纯洁无瑕的庄严远离猎人们的咒语

它们的翅膀毫不知疲倦

在它们的抚慰下，忧愁永远被抛弃

在它们具有魔力的转绕中，那些鸽子

从我的视线中消失，又再次回来

我的心也在扑腾，如同拔掉羽毛的尚未断气的鸡

充满了

惶惶不安而懵懂的等待

我看见男人握着扑腾的鸽子脚

用熟悉的口哨声

召唤到自己的房顶，让它们停下来

它们的翅膀红彤彤的

哎呀，难道遭遇了什么不幸？

窗户开着

看得到天空

置自己的人类朋友的哨音于不顾

鸽群在遥远的高空，沉醉地飞翔

它们的翅膀红彤彤

由于在它们可以看到的遥远的山巅

升起了一片

太阳的光焰万丈的血红的珊瑚<u>丛</u>

一九五七年九月

二弦琴之歌

夜晚时分，离我几步之遥
墙附近——大多数夜晚他都倚靠着那墙
男人带着自己的思绪坐在那里弹琴
他的乐曲的低潮与高潮
似一只魔力之拳在夜之空中展开
我清楚地看到疲惫的一群人，如同流放的灵魂
在宁静的黑暗中从这边走向那边
他们的状态显露出疲惫，然而谁也没说什么
沉默而忧伤地移动
蹒跚颠簸地，大多数都弯着背
在毫无结果的倒霉的命运之重负下精疲力竭
犹如众仙子把这创造之委托
随同苦难、流放、奴役
一起携带
我清楚看见，毫无疑惑，从他的二弦琴
从他忍耐的灵敏的手指下
那些痛苦的黑影钻出来

主啊，够了，琴师啊，别弹了
你的乐曲可怕又悲伤
每根手指从容所到之处
在伴着痛苦的熟悉的音阶上
仿佛你在用手掌抓挠我的肺腑，就是如此
我无法平静地聆听
就是如此

琴师啊，在你这老二弦琴中藏着谁？

哪个痛苦者的灵魂

在那狭窄的堡垒中囚禁？

告诉我，漂泊的可怜人啊

你的老琴究竟弹的是什么歌，什么信条

琴师说：这不是歌，是诅咒

一个漂泊者他的歌或像哭丧或像出自坟墓的呻吟

出自这遥远的黑心肠的时代的坟墓

就是这里

你怎能知道，这就是

我们族人戴孝的灵魂

带着自己族人的漫长的各种各样的痛苦

当乐器把秘密隐藏

火中却有歌儿呈现

这是我们族人受伤的灵魂

从很多世纪的恐怖的大屠杀中跃出

受尽折磨疲惫不堪

很久以来在这痛苦的角落，找到一个避风港

时而可看见知心的拨子和共患难的手指

忧伤而绵长地

唱起他钟爱的信仰和他的时代的挽歌

这时琴师沉默了片刻

那时又唱道：

"去吧，行动吧，真主啊，给山区

降雨吧，真主啊，降雨吧

从大汗中的大汗，真主啊，挑选首领吧

我有满腔的幽怨，真主啊，凄楚不堪的心啊

我被焚烧，真主啊，我被焚烧

我的六位青年，真主啊，遭了乱箭

春天的云啊，真主啊，别降雨在山上
请降雨在我心上，真主啊，长满郁金香的心啊。"

别弹了，真主啊，你让我昏厥
我在你的二弦琴中又听到了自己哭泣的声音
我听得出，这是我哭泣的声音

漠然对我
琴师依然埋头于他的事
那阴影和影子的驼队
依然在行进中

一九六二年五月至六月

信　息

我如同一棵树在冬天没有云朵的寒冷中
我所有的树叶所有的果实
所有的春天的遗产和盛夏成熟的辉煌
我所有的回忆和纪念
全都凋落

我如冬天里的一棵树
看起来从未有过也将不会有春天
现在可还会有老鸟或瞎鸟
在我如此浓重的光秃秃中筑巢？
可还会有进行装饰的工具
寄希望于将来绿色的日子
将我这边那边地修整？

我是冬天里的一棵树
已凋零了很久
我曾有的一切记忆，我曾有的所有树叶。
记忆随着温柔煦风如同病人祷告的火焰般颤抖
而叶片如同聋石头般一动不动

永远在路上的春天啊

西敏·贝赫巴哈尼
（一九二七年至二〇一四年）

　　伊朗现代著名女诗人，出生于德黑兰。大学毕业后在中学任教。其诗歌多描写社会底层人物，如妓女、小偷、盗墓者、流浪汉等。她的诗歌不是以旁观者的角度来描写这些底层人物，而是深入到这些底层人物的心灵深处，具有强烈的震撼力，是伊朗现实主义诗歌的代表。

　　主要诗集有：《脚印》（一九五六年）、《吊灯》（一九五七年）、《大理石》（一九六二年）、《复兴》（一九七三年）、《出于速度和烈焰的文字》（一九八一年）、《阿尔冉平原》（一九八三年）。

流浪的吉卜赛人

吉卜赛人在占卜。他的占卜给出时间期限：
"三十天……
　　　三十个星期……
　　　　　三十个月……"
　　　　　　　"三十个瞬间我哪里还有耐心！
吉卜赛人，你没有一根神草把我救出爱情的痛苦？
从生长，为得拯救，吉卜赛人有很多灵药。

"吉卜赛人，你没有咒语？也许可以打破符咒。
吉卜赛人（舅舅说过）有化解困难的辟邪符。

"吉卜赛人，请问他话，在他温柔的胸中
可有一簇火焰——哪怕很小——出自我的爱情，或没有？

"他同寝室的室友——我可以向城里人炫耀
其耳朵可听过爱情这样优美的音调？

"吉卜赛人，我有一颗被挖出的心，从我这里带走它吧
想想办法吧，在你们的部落里也容得下陌生人

"我优美的诗，轻柔的，吉卜赛人
我拥有的这类商品在那里价值几何？

"吉卜赛人，你没回答我，你只是模仿别人所说
对我这样的人厌倦，这嘲讽和玩笑是否合适？"

吉卜赛人就是我，唉，是啊！这里除了我别无他人：
呈现出吉卜赛人的图像，我的脸映在镜中……

曼努切赫尔·阿塔士

（一九三三年至二〇〇五年）

出生于布沙赫尔。在布沙赫尔完成初级教育，后到设拉子上中学，高中毕业后在家乡任教。一九六〇年进入德黑兰高等学院英语系，获学士学位。阿塔士是伊朗诗坛"纯诗"潮流的倡导者，但他本人的诗歌多浪漫主义色彩，多描绘伊朗南方的风情，被称为"南方诗人"。

主要诗集有：《另一种旋律》（一九六〇年）、《泥土之歌》（一九六八年）、《相见在黎明》（一九六九年）、《红玫瑰属性》（一九九一年）等。

灰　烬

可惜啊，冰冷的房间啊

你曾是她躯体的火炉

你，热恋的床啊

也曾一夜落入她网中

我曾盼望着怎样的夜晚啊

门把手一下把她抛入我怀中

这里，每个气息恹恹的人都会从她胴体的芬芳中获得气息

这里，每个似我一般心因于牢笼的人都快乐地挣脱

地毯上的花意欲钻进她的裙

我的吻将她笑颜上旅途的灰尘洗去

我病恹恹的憔悴的目光重获生命

这目光曾痴停在房间，

每面镜子都留下了她羞羞怯怯的样子的痕迹

可惜啊，冰冷的房间啊

就像黑暗的山谷

你的心里没有清晨时分温暖的火焰之花

你，乱糟糟的床啊

似你胸中的云已冰冷，胴体温柔的月光

不再缱绻缠绵。

如果她是降临房间的晨，此刻，

可惜啊，我这里则是没有星星的夜

如果她是每座房子中的温暖的火

我这里则是灰烬。

匕首、吻、誓言

一匹狂野的白马
在马厩里趾高气扬
遭厄运的内心向往着原野
脑中是骄傲，心中却是遗憾的创伤
新鲜青饲料的芳香吸引不了它

野性的白马——山谷中的洪水
像极了大石头在斜坡上滚翻
将庞大的鹿群惊跑
像极了大石头从山顶上滑落
将傲慢的豹群赶跑

野性的白马带着银色的蹄
在长长的路上写下无数的故事
从阳台上掠走无数的姑娘

太阳一次次在自己温暖的路口
从山顶降落到它的臀部
月光一次次在充满微风的清晨
因它蹄子的嗒嗒声从梦中醒来

野性的白马此刻披散着鬃毛
怒气冲冲地站在马厩中
蹄击打地面
饥饿的麻雀在它的脚前
穿梭

想起它挣脱缰绳

在烧毁的城堡开拓道路

不驯服的白马

愤怒的鬃毛向着骑手散开

寻找它失落的抱负

用热烈的场景的嘶鸣探询它

用羞涩太阳的讽刺燃烧它

然而没有给心碎的骑手留下什么

既没有爆发也没有睡着，剑死了

剑折断在墙身里

荒野中男人的伟大抱负枯萎了：

狂野的白马！不要如此打败我！

你眼睛之血淋淋的匕首不要捅我

不要烧毁我黑色愤怒的根

放手吧，让它在自己的红色梦中入睡

我的饥饿之骄傲的狼。

狂野的白马！

敌人拔出了狞笑的有毒的匕首

敌人用媾和的盟约藏起仇恨

将毒药与友善的亲吻之糖搅在一起

敌人隐藏在钱币之箭头后。

旷野的白马！

我以怎样的抱负才能成为一个战士

我将与哪个男人在泥里扭成一团

我将对哪一柄剑举起盾牌抵挡

我将使你在哪一个战场驰骋

狂野的白马！
剑已死亡
战壕里已没有了铁马镫
每个友好地握我手的人
其袖筒里都藏有狡诈的蛇

狂野的白马！
在城堡中红色的酒杯之花绽开
在手掌上银币之花绽开
钢铁的心已生了绿锈
男人们给手臂缠绕上恐惧的符咒

狂野的白马
在丛林中我的眼睛在追寻着什么？
那里没有尘埃，一枝花从水源头长出
那里没有猎豹，一个女人在泪中入睡
那里没有炮台，一缕哀愁萦绕着梦之路

狂野的白马！
他们的剑之果实即温暖的心脏
将不再会生长，在我的衣袖里
那些姑娘们她们的身躯似母鹿
你再也看不到我离开马镫

狂野的白马
高兴吧，有自己新鲜的青饲料
想念棕红色的母马和飘散的鬃毛
嘶鸣吧，不要焦虑不安

狂野的白马！

就让我在自己的冷静的思想之马厩

将头填满欲望的腐臭的沉香

不再有力气把你扔到山上

不再有胸膛发出怒吼

狂野的白马！

高兴吧，有自己新鲜的青饲料

狂野的白马，飘散着鬃毛

惦念着烧毁的月光城堡

饥饿的麻雀从它的马厩四周

飞来飞去

想念它那挣脱的缰绳

在烧毁的城堡中开辟道路。

亚德安拉·鲁亚依

（一九三二年至今）

　　出生于达姆甘，在家乡完成初、中级教育后，进入德黑兰大学法律系学习，获学士学位。精通法语，在诗歌创作的同时，翻译了很多法国诗歌。鲁亚依是形式主义诗歌的代表人物，也是"新浪潮诗歌"的主将，主张为艺术而艺术，是一位杰出的诗歌理论家。

　　主要诗集有：《在空荡荡的路上》（一九六一年）、《海里的》（一九六五年）、《忧郁》（一九六七年）、《我爱你》（一九六八年）。

在空荡荡的路上

道路空空荡荡

没有脚印的尘埃，原野

从夜之躯体的伤口轻盈地流出

（生活在星星的悲痛之中）

空无之荒原中溅起尘埃的跳舞者啊

歇息片刻吧！

让这充满图像的飞扬尘埃和裸体的踢踏舞消停

虚弱的步子驱使我的苦涩的歌

在你所知的永恒的浅醉中更加虚弱

歇息片刻吧！

赤裸的踢踏舞者啊！

空无之荒原中溅起尘埃的跳舞者啊！

跳踢踏舞的赤裸者，从他们踏脚溅起的尘烟中

发出一声出自空寂的灰色的日子的喊叫

（从犁地一样的目光，想要复仇，学习去爱）

海里的（三）

静谧是一束花
在我的喉咙中
岸之歌
是我的亲吻之微风，是你的睁开的眼帘

水面上风之鸟
在声音之巢声音杂乱
水面上
鸟儿，没有耐心

湿漉漉的雷声
光，闪电湿漉漉的光
划在镜子般的水面
具有了出自大海火焰的光的框

亲吻之微风
你的眼帘
风之鸟
都成了火和烟
在我的喉咙中
静谧，是一束花

海里的（四）

二十四座明亮的驿站
让光的身躯
在秒之黄血中通过 [1]

白天来了
仿佛，人的神态
停留在水冰冷的身体上
那时岸
——一面觉悟的镜子
人——形象之树
话语，所有的花和水果

白驹过隙。

---

1 黄血指金黄色的太阳光，这段诗讲的是一天二十四小时，光影在分分秒秒
的阳光中流逝。

忧郁（组诗选）

十四

风
当它教给树枝错误
当鸟儿在风中
将错误的摇篮摇晃
抛掷在我的双手间
隐去
我思考着石头

我思考着石头
在我手中关联隐去
在我手中——抛掷的巢
抛掷是一种关联
当我思考着石头

十六

在我们的谈话中
你的茶杯是一座山
当它赋予你的吻以意义

当我们的吻有了外形
你的双眼将其几何学的灵魂
隐藏在山中
你的双眼具有几何学的灵魂

当你的茶杯是一座山

从你的左手跌落的吻

落在我的右嘴边

在我们的对话中

那时岩石的目光停留在羽毛之目光

他懂得飞翔的正方形的边

伊斯玛仪·努里·埃拉
（出生年月不详）

二十世纪六十至七十年代伊朗诗坛上十分活跃的"新浪潮"诗人、评论家、阐释者和捍卫者，偕同其他几位"新浪潮"诗人一起创办了新奇出版社及同名诗歌杂志《新奇》，专门出版和介绍"新浪潮诗歌"，极大地推动了该诗歌流派的发展，是著名的诗歌理论家和政治活动家。

主要诗集有：《关着门的房间》（一九六六年）和《与夜晚的人们同在》（一九六九年）。

其出生年月从未公之于众，直到二〇一三年还公开出席和主持过诗歌活动。

伴着鲜花的一年

去年春天你送我一朵鲜花
奇怪，还在桌上的花瓶中饮水
难道在这两春之间，没有秋？

星星之雪落在我的屋顶
我听见木材融化成水的声音
大地像一朵花在太阳的晨曦中绽裂

烟蒂多得如同星星的数量
头缩在衣领中是因为害羞？

在我身上有种痛苦生生不息
那是去年春天
你送给我的生日礼物

结 合

困难并不在于历史不是用我们的语言书写
困难在于我们没有书写历史的语言

如果每一种语言的词汇都比内容和意义更加丰富
我们将如何去表达简单的话语？

这些日子——我们话语和笑容的遗产
在陌生的语言中，在比意义更丰富的词汇中
人们只从日历上需要你

阿赫玛德·礼萨·阿赫玛迪
（一九四一年至今）

出生于克尔曼，在家乡读小学，在德黑兰技术学校读中学。毕业后一直在青少年思想教育中心工作。阿赫玛迪除了诗歌创作外，还创作青少年读物和电影剧本。他是伊朗诗坛"新浪潮诗歌"的奠基人和代表诗人，其诗集《意象》（一九六一年）标志着伊朗"新浪潮诗歌"开始。

其他诗集有：《印象》（一九六二年）、《玻璃做的报纸》（一九六四年）、《灾难的美好时光》（一九六八年）、《我只为马的白色而哭泣》（一九七一年）、《我们在大地上》（一九七三年）、《到大海还有一千级台阶》（一九八五年）、《韵律在风中丢失》。

纸　鸟

我的鸟儿是纸做的
用了两张纸
我给它穿上的衣服是白色的
鸟儿挂在那两枚银币上蒙骗吉卜赛人

我的鸟儿是纸做的
很小巧
会动
认识各种颜色
还展示给我看
每个清晨都有一种颜色在它胸膛上做客
第二天晚上就与那颜色翻脸
颜色对它的跑、走、站、飞、讲和与翻脸很满足

我的鸟儿是纸做的
小巧
在风雨中与天花板做朋友和玩伴
在阳光中与太阳的孩子逃跑
第二天它的歌声是金色
太阳的孩子很忧伤而且是哑巴
纸鸟加强了太阳孩子的语言
把它的语言对男孩们隐藏
太阳孩子用风筝的纸为姑娘们做房子
脑子里想着

　　　　婚

　　　　　礼

我的纸鸟很小巧

会跑

会笑

树林、花儿将它视作陌生者

树林从来不租赁给它房子

树林将它纸做之身视为罪过

罪过不在它

罪过在向我尸体上抛撒鲜花的那位姑娘

纸鸟认识小巷

同邻居的孩子混得很熟

邻居小孩说他已经同太阳孩子翻脸

太阳孩子在发光的游戏中作弊

纸鸟同邻居孩子每年秋天

就准备好了夏天的方案

夏天对于鸟儿们来说是繁重的彩衣

它们在冬天穿上繁重的彩衣

欧洲城市由于眼红它们的衣裳而将受苦受难的鸟儿们的画像显示

纸鸟受逼迫不得不将它的衣裳挂在春天的墙上

从我的视线进入某人的家

那人发现我

夜在那房子里有作坊

夜在那作坊中制造锁

纸鸟的歌声是夜之锁的钥匙

纸鸟与邻居孩子翻了脸

用它的歌声

它看见邻居孩子辱骂那棵果实是贝壳的树

还对那个花儿是珍珠贝的琉璃花瓶动粗

在着了雾的橙子表面长了琉璃

交易了需要的距离

它最后的朋友是我的侄子

我侄子在光明之蜂房中来到世上

把洋囡囡叫作新娘

比纸鸟小两岁

我兄弟的孩子称呼纸鸟为小孩

当纸鸟把"小孩"一词挂在我侄子身上

我侄子说：我不是小孩，我是光明的，大地也变得亮堂

两个都用"小孩"一词装点并大笑。

纸鸟

我侄子

大地上所有孩子的图画都贱卖给了欧洲城市

为他们自己只留下一幅图画

所有的笑声、愿望、拥有或不拥有黄色的土地和蓝色的天空

花儿靛蓝的碗状叶片是那图画的眼睛

所有的声音，另一种歌，男人们声音的宽阔，女人们声音的嘈
　杂，鸟儿们的叽喳

孩子们的声音的彩色版在那幅画的嘴里编织

我侄子

纸鸟

那图画在我眼中萦绕

在我的眼睛中，黄色的河流，流出红色

而这红色不是血

我侄子哭着寻找纸鸟

纸鸟变成了哑巴

纸鸟变成了萦绕在我眼中的图画的罩子

风、雨、日晒、翻脸、讲和

都不会袭击它

我侄子对纸鸟的唯一记忆是它的歌声

不笑也不哭，在图画后唱道：

人们再一次找到我时，是找到了

另一个人也找到过的东西

假如种子死去

别挖掘我

别挖掘我

我现在已是颗正直的种子

让我附着在光之溪沟

用我的手指为孩子们做彩色铅笔

请给我耳朵，让守卫我声音之花瓣

把我的眼睛做成钩子，钉在期待着童年记忆的墙上

请在我的脑中播撒慈爱的种子

以便孩子们对字母厌倦之时，在我的草地上玩耍

别挖掘我

我曾是个单词

现变成了句子之链

我写下一段话好让其他人轻缓地诵读

我现在已是一颗正直的种子

挖掘我吧

请把我种植在坚实的土地

而非森林里在树林的阴影下孱弱生长

我的位置在窗边

信差们

年轻的信差们来得晚去得快

没看见在一所医院里的等待

　　　　比死亡更容易

年轻的信差们来得晚去得快

没看见道路上上弦的汽车

　　　　将行人抛在身后

　　　　杵在路边

　　　　在陈旧的土地上成长

有着高大身躯的行人

在上弦的汽车中没有位置

年轻的信差们来得晚

从低矮的墙上爬上去

钉上钉子

将自己的麻绳绑在钉子上

一根没有腐烂之必然的绳子

一根否认所有的绳子具有腐烂之必然的绳子

被判决者在这必然的荫庇下都将绞架之绳看作丝绸做的

年轻的信差们来得晚

将道路之词当作自己的新娘

抢劫了道路上的东西

他们成了强盗

而将其他的强盗称作小偷

年轻的信差们来得晚

从低矮的墙上爬上去
他们否定高墙
而今天每个人都跨越高墙
大家都说：小偷
           而不是强盗

年轻的信差们
来得晚去得快
以免成为博物馆中的古董玩意儿

来得晚
去了集市
将硬币缝在自己的衣兜里
使陶工无法为孩子们做存钱罐

今天大银行
是孩子们没有的存钱罐
银行的职员没有耐心又疲乏
面前有两个窗口
一个开向妓院，一个开向军营
职员们出于一无所有和手中短缺
都在数钞票
他们疲倦不堪的眼睛在钥匙上流连
他们会知道他们被蒙在鼓中
为蒙蔽他们，每件东西都将上锁
你会从窗户看见柜台边的清晨之必然，
           他们全成了钥匙
你会看到钥匙们迫不及待地走向妓院
你会看到士兵们
正走去为妓院站岗

而每一个妓女

每一个士兵

都将在自己的床边挂上相片

年轻的信差们又来了

他们进来之时没有人在

银行职员们因缺乏耐心

将自己的签名潦草画上

几个士兵在走廊里踱步

有一二三四个

妓女们成了潮湿的烟草

堕落的巡夜人的钱币之火

燃烧着她们

当一些人回来

看见城市在烟雾中挣扎

年轻的信差是没有工夫忧伤的受托人

每个有了忧伤的人都会寻找庇护所

而最大的庇护所就是忧伤之小花园

信差坐在小花园中

揪下青草吃下

人们饭桌上的东西由于信差的贪婪而被抢劫

而抢掠者既不蛮横也不温柔

　　　　抢掠者累了

人们把疲惫的信差揉进历史之面团

而战争的历史即是道路

无须知道

所有的道路都通向忧伤

寂静不需要理由

寂静不是错误

然而也没有魅力

寂静和思想一直到令人惊恐的黑暗的梦幻的边界

死去的真理在挣扎

每一庇护所的屋顶都是陶做的不能渗透

天空不是蓝色

堆积着黑暗

人们将历史带到集市

小贩在那里包家庭药

让女人和男人吃了不会怀孕

不生育的人就是兴高采烈的信差自己

史诗就是此

不生育的人类

在毛线团的希望中燃烧

我年龄的继续

这双手因爱情而打上老茧

这双手因爱情而打上老茧

我的手轻柔地辨识着你

我年龄的继续，是双眼

     是朋友

我没有被邀请

然而我渴望着一张脸庞

在寂灭中

在一黑暗的时刻

    降临于世。

我已经知道终点在何物中

我不会问你

在这晨曦中——赤裸的白天的礼物

可以行走

可以行路

只有一个人知道

一位出自大海的骑士捆住了我的脚

另一位女人，她了解坐骑

我所听到的已不再叛逆

既不对你，也不对战士们

请你相信

我没有见过枪林弹雨

我只在雨中看见过许多尸体

唉！唉！

放开我的手吧

好让我擦净天空。

星期三早晨的广场

牵牛花在死刑架旁没有开花
夜，在兄弟们的话语中走到尽头
那么，让灯亮着吧
某人在广场的清晨时分
带着属于遥远的色彩的眼睛
通过……

此刻坐下的时刻来临
行星们运行的确凿的语言
对十六岁的人散发馨香的星期三
老头们
懂得
古老的花

此刻所有的铁路都砸向夜晚

恋爱日子中的死亡

能够谈论爱情的那人
也曾有一次
将彩虹
阐释
此刻某人
在雨后的光亮中
从绞架上被放下来

到大海还剩有千级阶梯
我如此谈论自己的生命……

我们只想在麦田中奔跑
说话和相爱
然而我们迷失的心被猜测
在茂密的紫茉莉的小巷的尽头
某人从绞架上被放下来

不是关闭的花园，不是香草的气息，不是绒毯上的图案
城市浸没在自己的宗教中
清真寺的柱子
在尘埃中、在清晨的雾霭中颤动
他睡着了，他的脊椎骨上
一条红线奔向地平线
参军……

郁金香变冷结冰

参加者从天而降

疲倦的郁金香

将行星的运行在草丛中重复

赛义德·阿里·萨勒赫依
（一九五五年至今）

出生于胡泽斯坦省。二十世纪七十年代"纯诗"潮流的奠基人和推动者，也是该流派的代表诗人，一九七七年获得"福露格诗歌奖"最佳诗人奖。

主要诗集有：《预言家与象棋步兵》（一九八八年）、《标识》（一九九五年）、《在夏天恋爱，在冬天死去》（一九九七年）、《天空中的》（一九九七年）等。

旅　行

我
似一朵黑色的云
当我经过你的天空，溢出
降落
我将用你的花儿的露水
梳整
自己的头发
我将笑着去旅行

此刻，所有的方向
都以你的心为终点

比让·贾拉里

（一九二七年至一九九九年）

　　出生于德黑兰。在对尼玛·尤希吉的新诗一无所知的情况下，二十世纪四十年代在法国留学时，以另一种方式认识了现代诗歌，并开始创作"白诗"。回到伊朗后，正好碰上伊朗新诗运动，因此他的诗歌语言与其他诗人具有较大差别。

　　主要诗集有：《日子》（一九六二年）、《水的颜色》（一九七一年）。

诗五章

一

那时，浪涛多年来从我的头顶经过

而我似一块石头在它的底部静卧

何时会穿越过这不平静的大海

何人会看一眼寂静的深处

让我与时间之岸结合

二

我与死亡之间

除了诗已没有距离

那时，这彩色的帷幕

我将把它拉在一边

我将看见死亡

无尽头的辽阔

然而，仍然以

最后的希望的名义

然而，仍然以

最后的春天的名义

然而，仍然以

最后的爱情的名义

我站在帷幕前

在死亡的光芒中

毫无希望地

将世界长久地

观看

三

从每个方向
我看见确信的废墟
还有爱情的废墟
智慧的废墟
我该转向何方
既没有幸福
也没有灾难
既非此世界也非彼世界
我置身于尘事中
我该转向何方

四

诗歌之事
既没有结束
也没有开始
而诗人如同园丁
扎出花束
并不需要知道
它将被交付手上
还是被脚踩躏

五

绝望似一座山
从它的高处

世界显得卑微又渺小

天空的景色

却十分引人入胜

鼓舞人心

沙菲依·卡德坎尼

（一九三九年至今）

出生于霍拉桑省一个名叫卡德坎的小山村。获德黑兰大学波斯语言文学博士学位，是德黑兰大学的资深教授，著名的波斯古典文学学者。卡德坎尼是伊朗二十世纪七十年代"使命诗歌"的捍卫者和宣传者，是主张现代伊斯兰复兴主义的代表诗人。

主要诗集有：《夜吟》（一九六五年）、《用叶片的语言》（一九六八年）、《在尼沙普尔花园小径上》（一九七一年）、《存在与歌咏》（一九七七年）、《如同雨夜中的树》（一九七七年）、《姆里扬河的气息》（一九七七年）。

老　叶

那里，在傍晚半开的窗户旁

一朵云

悬挂着帘子，缨穗摇晃

傍晚时分的雨给这柔软的线条

缀上成千颗闪亮的珍珠又落去

疲惫的黑乌鸦用它双翅的剪刀

剪破晚霞柔软的彩绸又离去

我在花园赤裸的清新中

在傍晚消失的瞬间

每个方向都有嫩芽苞

用我冻得发紫的指甲

将它们慢慢打开，说：

在这裸枝的血管中，到绽开的瞬间

是否是一条十分漫长的路？

是否

嫩芽的芽苞在嫩枝的内部

将生活的梦

　　——置于明天的门槛

在太阳和雨中感受着？

叽叽喳喳的麻雀在花园的远处

对自己吟咏歌唱：

"这几片黄叶

这些老家伙，老早

就与冬季的寒冷结合

从枝上凋落的那天

一个个的嫩芽苞将会绽放

春天的时节

就会开始。"

一九六四年十一月至十二月

凤　凰

如果人们给你任何难堪

谈论你的好坏是非

请将我的一片羽毛掷入火中

看看处在辉煌中的我

——菲尔多西

讽刺的毒箭留在他双眼

生命疲惫地依靠在孤独之矛上，举目无亲

那血淋淋的双手已不再像在下令

仿佛在这恐怖的凶兆中

那老统帅那骄傲的征服者

已经不再是战场上的男人

有时在原野的四面八方都可看见的那东西

是雷之战马的嘶鸣和闪电降落的长矛

在这之前，似乎那黑暗那漆黑

在那降临的黑魆魆的夜晚中永会停留

星星们一片深蓝

这深蓝渐渐地向整个存在之范围内抛撒着凶兆

风在路口

大声喊叫：

从与雾霭缭绕的厄尔布尔士山相接的天空之脊背

或者从遥远的故事的编织着奥秘的纸张中

如同漆黑的夜空中闪电的光芒

从自己的巢中展翅吧，

教授秘密的凤凰啊！

看看这里吧，这信仰之城堡在战斗中
战场对于自由者来说太狭窄
事情已不再需要男人的臂膀和豪迈
这时代只需要阴谋诡计

风，这旋转的商队的醉态的领军人
我军中骄傲的部队遭失败的作曲者
在叶之帷幕的隐蔽处吟咏
死亡的故事
那另一边一只老兀鹰在冷冷的天空高处
热情地唱着战胜阿黑里曼的歌

此刻，这里，这没有尸衣的烈士倒在了地上
那缀有珍珠的有着成千纯洁的纪念的旗帜
（其经线用生命，纬线用信仰）
其珍珠是行路者奔向希望之路的激情的泪珠
从这城市要塞的顶端
倒下
我那仇恨之寻衅的军队在山谷弯道处
从攻城拔寨的骄傲的褐色战马的镀金马鞍上倒下
就像郁金香叶片的尸体在荒野的暴风雨的高烧中
浸在血泊里

你曾说过在困难的时候
在双峰驼起劲的围攻中

通过呼唤你一声来使我的火焰获得光芒[1]

你的羽毛在火中

此刻，这里，黑暗中没留下一缕火焰

——人们的胸膛内没有

那没有光的心已死的拜火坛也没有——

只要我把你的羽毛掷入火中

通过我呼唤你，展现自己希望之沉醉的孔雀的丽屏

从厄尔布尔士山黑云密布的山峰的隐秘处

或从遥远故事的编织着奥秘的纸张中

这里如果没有一缕火焰，好让我把你的羽毛掷入火中

通过我呼唤你，立刻出现在自己的屋顶

听这长鸣，听吧，凤凰啊！

从与云雾缭绕的厄尔布尔士山相结合的天空顶端

从自己的巢中展翅吧

一九六三年十一月至十二月

---

1 伊朗古代神话传说中，勇士扎尔生下来就白发红颜。其父视之为不祥，弃之于厄尔布尔士山中。凤凰将之养大，送还其父。临别时，凤凰赠送一羽毛给扎尔，说日后遇险之时，焚烧羽毛，呼唤凤凰的名字，凤凰就会立即出现，给予拯救。

从叶片的语言

我说什么才能使你萎靡的心
重新振作起来？
山中麋鹿热乎乎的气息
怎奈何得了
傍晚时分雪的严寒
——撒落在原野和山麓？

序　诗

在夜之沙漠中呼唤玫瑰的名字吧
园林全都苏醒且果实累累
呼唤吧，再一次呼唤，让白鸽
再次回到血淋淋的巢中

呼唤玫瑰的名字吧，在寂静之天棚
其旋律的声浪和高潮从原野穿过
雨清澈的信息
　　　　　　从夜之靛蓝的穹顶
微风之行者将它吹送到每一端

对干旱之年有何惧？人们造了足够的堤坝
并非为蓄水
而是为蓄光
为蓄歌声，为蓄激情……

在这艰难的岁月
拨给了诗人树叶的时间
因爱慕柏树、斑鸠、郁金香
他们的歌吟比梦境更深沉
比水更清澈

你若沉默不语，谁会歌唱？
　　　　　　你若扬长而去，谁会留下？
谁会向我们无叶的幼树唱一曲？

从这里到远处

看那端

春天来了，穿过带刺的铁丝

紫罗兰含硫的火焰是多么美丽

千面镜子在流淌

千面镜子

      此刻

充满激情地与你的心唱和而跳动

大地上没有流浪者

            只有你一个

你再次唱起最迷人的曲调

呼唤玫瑰的名字，柔情满怀地歌唱

用你熟知的语言讲述爱情的故事

在昼夜的那边

大海总是大海
大海总是有暴风雨

说吧！为何沉默不语？
说吧：他们是青年
森林富饶的幼苗沉默不语

说吧！你为何害怕？
黎明，这里
纷乱的丽春花在微风中，战战兢兢
在这里见过许多

对里海的水，回旋的浪
和纷乱的风说吧，说吧
                                是啊
丽春花叶片的消息
带到原野
                    ——在零落的瞬间
把来年种子应季播下
说吧！你为何沉默不语？
黎明是否知道在它的边界
有多伟大的心脏
再次停止了跳动？
又是否知道在它的边界
                    ——那没有边界的边界
在昼夜的那边

有多少伟大的心脏仍在跳动?

多好啊,黎明
你的血之红色丛林在它的镜子中
在死亡与霞光之间
如此闪耀
又再一次
将存在之歌
　　　　在那丛林的层层叶片中
在永恒的里海的层层波涛中传播

在清醒的广袤的绿色森林表面
多美好啊黎明和那可见的边界

必　须

来了，来了
就像春天一般，从各个方向来临
墙
或带刺的铁丝
　　　　　　不知晓
来了
脚步不停地奔跑

啊，
让我像雨滴一般
　　　　　　在这盐碱地
因它的光临给泥土带去佳音
小云雀的喉咙
　　　　　　　十月
谈论着春天的香草
当那铅弹
使它的血珠
　　　　一滴
　　　　　　一滴
将雪不停重复的音乐
反复传播给紫荆花。

受伤者

人们寻找
　　　每条小巷每片城区
人们亲吻
　　　每个男人每个女人
听！
这是猎狗们的狂吠
此刻正在四处寻觅
而泥土
　　　　焦渴的泥土
滴滴鲜血

那自由的中弹的狼
在城中之城
今夜将在何处找到避难所
或者在子弹愤怒的咆哮中
何时才能找到通往丛林之路。

回　答

你可知道为什么我如同波浪

在逃离自我过程中，不断减损？

从这黑暗的帷幕

　　　　　从这附近的沉寂中

我想要的，我看不见

我看见的，却不是我想要。

米·阿扎德

（一九三三年至二〇〇五年）

本名：玛赫姆德·穆沙拉夫·阿扎德·德黑兰尼。出生于德黑兰。一九五七年毕业于德黑兰大学波斯语言文学系，获学士学位。在诗歌、批评、儿童文学、翻译上都有较大成就。

主要诗集有：《夜之隐士》（一九五五年）、《风颂》（一九六六年）、《镜子空空》（一九六七年）、《春天诞生的鹿》（一九六九年）、《与我一起升起》（一九七三年）等。

石头之歌

你的眼睛在秋天绿色的月光中绽开

此刻一只鸟儿的歌声

灌透了苔藓

你发辫黑色的漩涡

在我的影子上摔碎

千年的史诗啊

在绝望之河的孤寂的岸边

多少王子因说谎成性变成了石头

瞬间的偶像啊

似大理石做的漩涡

铜之歌

更加神奇地

敲打在金刚钻的血管

把我

在我崇拜的偶像中交给孤独

我由于惧怕这诡诈

把所有的锣鼓都敲打出声

把歌声当祈祷唱出：

　　"这是你吗从太阳鸟翅膀的地狱中

　　　　把他们飞翔轨迹的银河向我倾倒？"

我们依然谈论着音阶

通过你的眼睛

我赞美金刚钻打破符咒

通过你的双手的生动的铃声

在象牙片上……

一九五六年三月至四月

希林的忧伤 [1]

斧子的声音传来

  希林说

    （在阳台旁对着月亮）

斧子的声音传来

  月亮映照

法尔哈德的斧子的声音传来

    希林说

      （在郁金香旁对着不会说话的郁金香）

哭泣的声音传来

郁金香，在哭泣

声音从法尔哈德的斧子上消失

只有希林哭泣的声音

    在孤独之花园的中央

成千的郁金香从雨中降落

1　希林和法尔哈德是波斯古典文学中的一对著名恋人。

风之回廊

你听到我的声音吗
　　　　　　我的声音？
我的声音
如同那雨声
如同那漆黑的森林的声音
　　　　　　　——白蚁们
将绿色灵魂
　　　从森林
　　　　　赶了出去
夜，整个的夜
　　　在风的回廊中
　　　　　　　呻吟

沉默的歌

昨夜梦中
我很疲惫，我看见一些星星
窗户开着……

昨夜未眠
我很焦渴，我看见一些鸟儿
窗户昏暗……

昨夜雨落
昨夜
在风中
帘子低垂
　　房间变得黑暗……

你是映照我幸运的明镜

你的心是我纯洁爱情的庇护
我的胸膛将你的柔情守护。
爱情的绿枝啊，愿你永无倦意
白色的花是你的快乐。

你是映照我幸运的明镜
你的爱见证我的幸福
最独一者啊，没有你，我会品味痛苦。
请你记住我，你是我的纪念。
爱情的神话，全是对你的记忆啊
愿这胸膛，永远将你守护！

夜的疑惑

最独一者啊！夜的疑惑
是最美丽的疑惑。
夜的疑惑使房间激动不安。
最独一者啊！夜的疑惑
使我们与所有的河流结合！
我醉意地苍白地从海里来
以免我在你身上看到那不安。
赤裸的底格里斯河啊，流进我的胸吧！
你的发辫是一条发源自春天山峰的河
在充满喧哗的智慧之岩石上
你的发辫将使风彷徨！

夜的疑惑使白天激动不安：
发辫纷乱者啊，一名死去的黑奴
是一个疑惑
在暴风雨所经之地点亮。

光秃秃者啊，强壮的树苗啊
（海鸟的血啊！）
在我胸上的你所有的发辫
对于光秃秃的春天来说是甘霖。

夜的疑惑在疑惑的时代
是最美的疑惑！

萨伊德·苏尔丹普尔

（一九四〇年至一九八一年）

出生于萨布兹瓦尔。一九五八年到德黑兰，接触到"安纳希塔"左翼剧团，思想发生了很大变化，转向左翼革命诗歌。一九六八年，出版诗集《米拉的声音》，该诗集成为"游击队诗歌"的奠基之作。一九八一年死于狱中。

阿高贾里 [1]

属于火焰
　　　属于炽热
属于火焰和炽热，阿高贾里

那些低矮的山丘
那些低矮的发出火焰的山丘
那沉默的红色的城市
那被泄漏的瓦斯熔化的团体

那些沉默的被煎熬的人民
咸咸的汗水之泉
从身体这运动的大石头渗出
如同形象被燃烧的军队
在夜晚瓦斯般的风中变成烟
那些用行动挖出的湿漉漉的壕沟
——阿高贾里沸腾的男人们——
那红色山峦包围着的熔炉

属于死亡
　　　属于伤口
属于伤口和死亡，阿高贾里

尘埃和石油的气味传来
我们穿过红色的土地

1　阿高贾里：伊朗一小村庄名。

火焰在风中摇曳

战士们在炽热的路上
像燃烧的金属般熔化
而我们
　　　　一支神出鬼没的小分队
人类灵魂的建筑师！
　　　　　　我们从未
在南方的路上看见
可以消融掉兄弟们的创伤
在石油炽热的气味中
我们从尸体堆上穿过
没有向任何一具战士的尸体哭泣

属于尸体
　　　属于石油
属于石油和尸体，阿高贾里

那个夜晚，震天的咆哮
在你炽热的火焰中萦绕
洋囡囡小分队的首领
线的任何摆动，用一枚硬币搞定

我看见父辈们炽热的尸体
在你红色的熔炉中
炽热地燃烧
　　　阿高贾里

那个夜晚，我的心是一只红色的鸟
从那燃烧的省份上空经过
那个夜晚，我的心是一只红色的鸟

在与世隔绝中我如何歌唱

此刻
    在鲜血之山头
        我歌唱
你是否看见鲜血之彗星群
在我喙之折断的匕首上？

你曾经从血石头堆中走来
你看见过我的心如同鸟儿
在红色的山头上歌唱
        歌唱

独自到鲜血之广阔的山麓来吧
倾听红星们的哭泣
从鲜血中会听到鲜血的歌

在寒冷的天气下
是星星们冰冷的肿胀的血石头
看
鲜血
仍从我喙之折断的匕首流淌
山头的高度在增加

我歌唱
    我歌唱
        我歌唱
以此使我的心处在我的歌声中

使我的心成为一盏灯笼
在一个男人的骷髅之树上
他的皮肉在时间之强酸中溶解

对于死我永远都会受之有愧
因为我对这在我经验之手中燃烧的星星
表示怀疑

我的诗浸染了血的英勇的气味
一滴一滴地坠落的血
直到从所有的废墟中长出血淋淋的苹果树

高而硬的荆棘
高而血淋淋的荆棘
为了死亡的荆棘
为了我的心的荆棘
为了竖立起一座高高的喷泉的荆棘

我已经为死亡做好了准备
在歌唱中我从不孤单
在与世隔绝中我如何歌唱
在与世隔绝中星星和血会干枯

如同大海涌起的树
用荒凉的呐喊走过血的心脏
直到像暴风雨中的鸟
用它爆炸的枝丫做巢

从血中穿过直到我从血中腾飞

此刻，在困难旁，我歌唱

我来自石头的国度
来自岩石、粗野和咆哮

我的声音
是否会留在山中的石头上？
从石头中会长出郁金香吗？
诗歌是将血淋淋的河
茅草与星星一起吟咏？

夜将战士带上血之山头
战士将绝经的云擦干净
我应走进夜的心脏
因恐惧而将喊叫倒空
我的血不比星星更多彩
带有六把匕首的星星
对六方具有明确的进攻
在清晨血淋淋的旗帜下燃烧
星星，是历史的红色革命

我应走进夜的心脏
将我手指流淌的血
在风中，在夜的所有方向抛洒
星星没有隐没
星星闪耀着广阔的感觉
星星因为黑暗而闪耀
星星从夜一开始就清楚可见

星星的血有时洒在沼泽地

当勇敢的星星们
夜晚伫立在石头堡垒脚下
当子弹和瞄准器
朝向不眠的红色的郁金香
当死亡的声音传来
将流血的气味驱赶向沼泽
尼玛的孤寂的鸟儿
在黑暗的墙垣上歌唱

此刻风哭泣的声音
从墓地白骨的洞孔中传来
此刻风的声音就如同我
我
我在吹刮
从失败的红色的洞穴
从孤寂的动物们的嚎叫

一匹赤裸的马在夜色中，刺刀丛
在高高的山峰上排成一条线
就像因风之剑而脱缰的火焰
昂起头颅嘶鸣，在风中信步
一只灵犬在血淋淋的石头旁嚎叫
夜因血的厚度和火花而明亮
一块石头在夜的尽头凸现
将灵犬的头盖骨劈开
马沿着山谷的轨道滚下去
恐惧与寂静奏起一首忧伤的歌

一种感觉将我劈开

一种感觉将我从山顶抛落下来

一种感觉正将我从山顶抛落

我似瀑布跌碎在岩石上

落入哭泣的河中

以疲惫的啊啊之声

此刻在困难旁

    我歌唱

伊斯玛仪·胡依
（一九三八年至今）

　　出生于马什哈德。在德黑兰完成高等教育，之后公派到英国留学，获哲学博士。一九六五年返回伊朗，在德黑兰高等学院任教。退休后移居伦敦。胡依是二十世纪七十年代伊朗诗坛上最活跃的诗人之一。他精通英语，翻译了大量的英语诗歌，除诗歌创作外，还写诗歌评论，进行诗歌研究。

　　主要诗集有：《在大地平稳的马背上》（一九六七年）、《在旋风顶》（一九七〇年）、《从那大海的通道》（一九七〇年）、《发白爱情语言的声音》（一九七〇年）、《比此刻的夜更深远》（一九七二年）、《急不可待》（一九七六年）、《我们是存在者》（一九七八年）。

在伟大的太阳中

"奇怪，你远离了自我！"
总是有一个陌生人在我体内
                    对我说：
"奇怪，你远离了自我！"
假如我的道路是走向大海……
我早就与波涛结合
向着一成不变的岸奔赴
奔向一成不变的岸
                    奔向存在。
我总是唱道：
            滞留是非存在
            而存在是前行……

存在，存在……
        直到那另一轮太阳在我体内升起

多好啊
        成千种非存在
多好啊全都与自我融为一体。

我似夏天般的深邃又高迥的午日
                        一次
                            又一次
从平静得如同接纳一般的天空
                向坠落的深谷照耀；

我寻找自己的本质

在沙地上徘徊的河流最卑微的河床

那沙地浩瀚，似大海。

"奇怪，我远离了自我！"

              我对自己说

另一轮太阳已经在我体内升起

在一轮卑微的太阳中

           就像在一乡村的春天里绽开

其花园只容得下麻雀的叽喳

大海升腾到云层

        成为雨

大海从云层坠落

      成为溪

长年累月，没了踪迹

曾是纷乱的小溪

       千般

害怕与污水坑的不愉快的会见……

在盛夏，然而

      忽然

        又一次

真理来临

在暴风雨突如其来的馈赠下

森林再一次成为倾盆大雨

咆哮的洪流悬挂在一起

流在一起

又一次

在如永恒一般的伟大太阳中

大海成为大海

我成为我。

一九七〇年六月至七月

抒情诗（五）

今夜，我体内有一抒情的歌
今夜，我的心是雨之星
请你通知词汇

请你通知词汇
直到人们带着自己的空罐
争先恐后奔向我
　　　　　　　今夜
在我身上有雨之手鼓具有的那东西
以及在多泉之地的潮湿中具有的那东西

爱情已经找到
其飘动的丝绸
　　　　　　在风中
拂着我的面颊
是她的芳香在清晨的清新中
爱情已经找到
　　　　　　我知道
爱情已经找到，再一次。

心啊
奇怪的灰啊
饮这摇曳的火焰吧
饮吧！

好消息，亲爱的秋天！

那飞走的燕子又回来了
再一次，在灰的原野上
成为火焰般的毛草的酒盅

好消息，亲爱的夜晚
光明张开了翅膀
整个视野充满了光亮

好消息，温柔的沉默！
充满了诗歌！
今夜，我体内有一抒情的歌
我的心成为心，再一次

是另一种永恒，这结合
是你美好的光芒
闪现
愉悦之梯子

我不再和谁说话。

内玛特·米尔扎扎德

（一九三六至今）

笔名：米·阿扎尔姆。出生于马什哈德。毕业于电信学校，从事电信工作。是主张现代伊斯兰复兴主义的代表诗人。主要诗集有：《音信》（一九六八年）、《斋食》（一九七〇年）、《前定之夜》（一九七八年）、《血之花》（一九七九年）。

接　见

　　——写在王国二千五百周年大庆、外宾涌至之际[1]

因这历史性的周年的喜悦

所有的人都饿着肚子

在贫穷的餐桌上

　　　　——以高原的长度和宽度

进食承诺

　　　　——国民唯一的食物

在自己的家里

　　　　有我们的客人

1　巴列维国王为了弘扬古波斯帝国的雄风，决定举办"纪念古波斯帝国建立两千五百周年大典"，斥巨资于一九七一年十月十二日至十六日举行了一系列庆祝活动，盛邀众多盟友国家元首出席。整个大典极其奢华，花销靡费，引起普通民众的极大不满。

阿里·穆萨维·伽尔玛鲁迪
（一九四一年至今）

出生于库姆。是主张现代伊斯兰复兴主义的代表诗人。主要诗集有:《影子》（一九六九年）、《在红色死亡的季节》（一九七九年）、《郁金香花坪》（一九八四年）、《直到乌托邦》（一九八四年）、《血迹》（一九八四年）、《愁雨》（一九九四年）等。

圣光升起

一个十分令人忧伤的黄昏

我坐在这里，在山洞旁，茫然沉默，独自一人

人们说：某日，某段时光，有真主的天启降示

其名称叫作"哈拉"

这里是克尔白和麦加所在之地

我们穆斯林纯洁的朝觐日子中的一天

山洞外

在我的前方和脚底，到处都是石头和荒漠

天气很热，在发烧，但正在变冷，变沉默

太阳在一天的高烧之后，在西边的晚霞之榻上慢慢死去

在我周围，任何方向都没有脚印

我的周围，没有一点声音

空气中空空如也。

我疲惫而孤单的思维，像刚长硬翅膀的鸟儿

——心中时刻涌起飞翔的渴望——

在山洞旁，从一块石头，一块岩石

不断地探寻，一个男人的印迹

——也许留在某地的印迹，很久以前，很久很久——

我与自己的思维之鸟，在洞中漫步

似乎我找到了我一直在寻找的印迹：

就是它，就是他！

山洞旁，这里，他的脚印，我看见了

我深深地嗅闻他的气息

就是它，就是他！

麦加的孤儿、牧童、少年、小伙子，出自哈希姆家族

麦加与叙利亚之路上的经商族

忠诚、正直、纯洁，那个男人

最优秀的丈夫，赫迪彻的丈夫

同样，就是那个人他只说真主的话语

只寻找真主

绝不赞美偶像

这就是他，这就是那男人中的男人

他就是穆罕默德。

托赫勒·萨法尔扎德
（一九三六年至二〇〇八年）

出生于锡尔詹。毕业于德黑兰大学英语文学系。是二十世纪七十年代较有影响的女诗人，曾长期在美国留学，其诗歌以非常现代而先锋的形式引起了广泛的注意。

主要诗集有：《月光路口》（一九六二年）、《红雨伞》（一九六八年）、《堤坝与臂膀》（一九七一年）、《第五次旅行》（一九七七年）、《运动与昨天》（一九七八年）、《效忠觉醒》（一九八七年）、《会晤清晨》（一九八七年）等。

宽宏大量的圆桌

上去

电梯生活

下来

分道扬镳

他

我们

他

我们

他

他　我们

他　　　我们

他　　　　　我们

他　　　　　　我们

他　　　　　　　我们

他　　　　　　　　我们

他　　　　　　　　　我们

千年之旅

——纪念觉醒之导师阿里·沙里亚蒂[1]

在雾谷的尽头

云之凳在旋转

云之凳

蕴藏的含雨的云

云是谁的喉咙——正在下雨

我们是谁

我们在第几个千年

应当将问题之经营的重担

从山岳

从高原

带向高处

你脉搏的声音是清醒的

清醒者的声音是清醒的

忠诚者的声音是清醒的

这山岳

这高度

应当增加

在第一座山岳

在下雨的时代

树做的棚屋

1　阿里·沙里亚蒂（一九三三年至一九七七年）：伊朗现代著名宗教学者，
　　其"用现代精神诠释伊斯兰"的思想影响了整整一代伊朗知识分子。

是我们唯一的家

在那里水和泥土

在那里泥土和手

结合在了一起

人

拿起陶罐

一起走向泉水

畅饮

多么纯洁

多么清澈

我们是离开水的鱼儿

这是奇迹如果我们还活着

也许信仰

是水中倒影的思想

却是这般地给予活力

比水更能涤净一切

清澈的水

流动的水

解脱的水

在千年的干涸中

干旱之年

食物

放在死人旁还有容器状的东西

一只鹰

俯冲下来

叼走了食物

容器状的东西

是明天的蓝图

明天是重新开始的一天

重新开始的一天

我已不在

然而我体内炽热的话语

将成为一只鸟

将从围墙的围困中

解脱

诗会存在

如何存在

如何应当将存在

再次

一如既往地

召唤

脆弱的围墙水泥做的围墙

就如同砌墙的工人

全都是一个肉体的群体

处在消亡之中

处在分解之中

胡斯陆·古尔苏尔赫依

（一九四三年至一九七四年）

出生于拉什特。马克思主义者，伊朗左翼革命诗歌"森林诗歌"的代表诗人、评论家，也是著名记者，在二十世纪六十年代至七十年代的诗坛具有一定影响，在报刊上发表了很多诗歌，但生前未能结集出版。

一九七四年二月，古尔苏尔赫依因被控阴谋绑架巴列维国王的儿子而被捕，被处决。一九七九年二月，伊朗伊斯兰革命胜利之后，在其牺牲忌日伊朗国家电视台播放了其审判过程的全程录像。

飘　散

一个来自红色地区的男人

在这时刻平静地睡着

　　　　　　　惊醒过来

　　　　　　　　　荒野

风吹散

　　　他身体的气味

　　　　　　　在里海中

我北方的绿色的斗篷啊！

　　　　　　　森林！

此刻哪一股风

　　　　将他身体的气味

　　　从你飘散的浓密的发辫中带来

城市映在母亲的面颊上，在鲜红的血中

啊，燃烧的双眸

在你语言的和蔼之流中

流淌成千上万的鸟儿

没有你，我的鸽子

　　　　　没有飞翔的翅膀……

团结的颂歌

我们应当去爱，朋友们！
我们应当像里海一样咆哮
我们的喊声即使听不见

　　　　　　也应当一致
每一个心脏的跳动，此刻应当是进行曲
每一滴血的红色，此刻应当是旗帜
我们的心脏应当

　　　　　是我们的进行曲和旗帜
应当，在厄尔布尔士山的每一黎明

　　　　　　　　我们更加靠近
　　　　　　　　我们应当成为一体
他们害怕我们团结一致
应当探出了头

　　　　　东方的先头部队
　　　　　　　从我们的视线中
焦渴的美食应当

　　　　　　是里海这位主人
贫穷之盐碱地不应当

　　　　　　享受不到北方的清泉
疲惫的双手应当歇息
餐桌应当五彩斑斓
欢笑和未来应当替代泪水
春天应当
在孩子们眼中是雷伊大道
碧绿、繁花、欢快
应当认识春天

贾瓦迪耶[1] 应当在桥上成为一座碑

桥

我们的双肩

我们应当认识苦难

当仁慈的姑娘

因两个小时的高烧而死去

我们应当去爱，朋友们！

我们的心脏应当

是我们的进行曲和旗帜

1　贾瓦迪耶：具体含义不详。可能是某牺牲的游击队员名字，也可能是发生游击战的某地名。

探　视

他来了。

他的手戴着手铐

在铁栏杆后，

他没看见我赤裸的双手

然而

顷刻见我双眼激动流下泪来

他什么也没说

走了

此刻，影子在每条路中央蜿蜒

太阳

在我的眼皮后被处决。

穆罕默德·胡古格依
（一九三七年至二〇〇九年）

出生于伊斯法罕。毕业于德黑兰高等学院波斯语言文学系，获学士学位。毕业后，与几位同人一起创办了具有较大影响的文学刊物《伊斯法罕文集》。胡古格依受古典文学影响很深，在创作新诗的同时，也创作了很多旧体诗，既是诗人，又是著名的诗歌评论家和学者。

主要诗集有：《角落与轴心》（一九六九年）、《冬季》（一九六九年）、《东方人》（一九七二年）、《暗夜、伤口、豺狼》（一九七八年）、《迫不得已的逃避》（一九七八年）、《千只翅膀的雄鸡》（一九八九年）。

在赤道上

蹄掌，泥土上的新月形
马蹄的印迹不会长存

从石做的轴心，分离
一骑士骑在马上，马的鬃毛在赤道上燃烧
我，湿漉漉的轴心
在地狱炽热的空气中，大汗淋漓
我，将我迷失的轴心
在长长的疯狂的轨道上呼唤
（那里沉浸在太阳鲜红的血中）
"血淋淋的受伤的诗歌！"

我走在轨道上
轨道上方
人们说着话
忽然，在所有的空间中
诗歌的声音发出召唤
我，在红色的马上
          ——慢慢融化
为了捕获另一种鱼
我在长长的疯狂的轨道上呼唤
（那里沉浸在太阳鲜红的血中）
"红色的鱼儿们。你们在哪里？！"
鱼儿们张开了嘴

另一个优努斯[1]

因无边的沉醉

在浩瀚的水中燃烧。

---

1 优努斯:《古兰经》中的先知，在海上遇险，葬身鱼腹，因呼求真主而获
救，相当于《圣经》中的约拿。

穆罕默德·阿里·塞庞鲁
（一九四〇年至二〇一五年）

出生于德黑兰。毕业于德黑兰大学法律系，获学士学位。

塞庞鲁以诗集《唉，荒原》（一九六三年）登上伊朗诗坛，是现代派"新浪潮诗歌"的拥护者、倡导者和实践者，出版了诗集《泥土》（一九六五年）、《骤雨》（一九六七年）、《漫步者》（一九六八年），得到很高评价。

二十世纪七十年代，塞庞鲁转向"使命诗歌"创作，出版了诗集《失踪的辛巴德》（一九七三年）、《冲锋》（一九七七年）、《我紧握祖国的脉搏》（一九七八年）。其中，长诗《失踪的辛巴德》是塞庞鲁最重要的代表作，也是伊朗现代诗歌史上最重要的作品之一。

塞庞鲁精通法语，翻译了很多法国文学作品，于二〇〇三年获得法兰西学士院骑士勋章（即法国一级教育勋章），二〇〇五年获法国"马克斯·雅各布"诗歌奖。

纽约第五大道

漂漂亮亮，裹着雾霭，来到餐厅

她合上的雨伞的檐幔

依然滴答着雨的影子

一绺湿发奔在她的眉旁

如同没有配成对的括号

一只手掌悬吊在

客人的胳臂上

笑盈盈地冲着大雨的潇洒

闪光的单词坠落

在夜的卧榻上成为肯定的回答

她的发辫与雨珠结伴

从她摩天大楼的肩头顺流而下

滴落在遮阳篷的臀部

无疑是一种潮湿的物质

是水的共眠者，漩涡的密友

在没有标志的地方被邀请

在每一个短暂停顿的间隙

在遮蔽处的阴影中

雨持续着三处角落的亲吻

因每一次接触的愉悦而羞红

唇将咖啡的颜色抹去

想起那杯子，曾有片刻被嘴唇碰触

手掌冰冷

在雨淋淋的怀抱中

寻求片刻的温暖

从伞架的弧线

到挡雨的檐幔

头发

眉毛

乳房

臀部

一堆无拘无束的括号

夜，湿漉漉的温柔，一点矜持

守住你最后的一点品质

以便成为圣洁的玛利亚

销魂，炽热，少一点甜蜜

如同烫人的滋味（在咖啡馆的销售职业中

客人们知道你的专业）

正如同你的夜，一个你的额头

总是冰凉的夜

而你的吻有着咖啡的芳香

意中人

岁月是我平静的歌吟，雨

给秋天女士撒金的发辫缀上

珍珠项链

女士坐在夏天的门槛

银色的新月

在她郁金香的后面永远是一只耳环

你就如同清澈的水，如同高耸的风

你如同棕色的火

你是微风的战栗，微笑的暧昧

如同睡意蒙眬的铺展的大地的记忆

铺展在原野之帘的斜坡上

用清晨光线的味道期待着空气

我们去赴宴，来吧

我的新娘意中人是历史新娘！

梦　想

我会回来，睡在

秋天凉爽的屋檐下

我会回来，把我的水井壁墙

收拾干净

还会给我的院子砌上围墙

以便在夏天的裸晒中

乱石丛不会疯狂

赤身裸体地坐在季节身旁

转眼即逝的晨光啊爱情在何方？

长久的沉默

带着半是和解半是颤抖的微笑告别

就如同黄昏的暮光，花蕾沉默的分秒

时间嘀嗒流逝……

        大约在清晨

一个人影坐在我身旁

一位女士，她的双臂

金子的尘埃添加进清晨的芳香

时间嘀嗒流逝……

征　服

征服的夜

而月亮却透着寒冷

猎豹不惧怕夜的名字

禁止通行

针对夜盗和送信人

从喧噪声飘飘降落的雪花证明

依然还只是在夜半时分

不适时的晨曦

从一颗子弹提前到达的闪光，一眨眼

夜又再次返回

征服的夜

艺术家

你很长时间已不动手，已经忘了
适时地，你远离场景
此刻，太阳出来
你心生一种怜惜的感觉
（对一个艺术家的尊敬）
为一颗流浪的星
在没有星星和歌的白天

条件反射

你亲吻一段记忆

在你的相册中

　　　　一个女人的唇依然那么滋润

然后，你听到册页翻动

一张张脸凋零

　　唇边依然挂着歌

垂落的大吊灯的神话

很久以前，其碎片就已被清扫

然而水晶的轻吟

依然还能从地毯缝隙中捡拾

逝去的渔夫们的月台

雾飘来

弥漫世界的内部

散去之后

在我眼中依然，雾萦绕

其他人，在帷幕的那边，举办婚庆

我，在这边，观看浑浊的尘埃

倾听失踪者们的呢喃

狭窄的石子路

一爿酒肆的正面

一扇敞开的门冲着大海

在月台

渔夫们

他们金色的烟斗火光明灭

在雾的胸腔里

石油灯的气味

斑斑点点的红玫瑰

我撩开轻薄的云，问：

捕鱼，在起雾的时候，停止了？

一人说道：

我们是撞船事件的买主

在黑暗天色中

你会看到一些奇货

尤其是在雾霭中

有很多宝贝

我以这杯酒发誓！

那么我们为何不庆祝呢朋友？

爱有爱的回报

起风了

影子，镜子，渔夫们的脸庞

全都从眉头的记忆滑落

雨淋淋的傍晚

冰冷的灰色相框

悬吊在

大海的失踪者们的咖啡屋

失踪的辛巴德 [1]

纪念阿勒·阿赫玛德 [2]

如同闪电在城堡顶部留下痕迹

去年，隐居者动了

第七次　在褪色的新月窗户下

正当那位先知决心去

第八次航行

他双鬓后面没有一面旌旗招展

他的额头上

　　　　大海的跳动

已经消失

他在一艘船中　焦急地

要把神话带给年轻人的世界

在彩虹关注的眉宇

在大海与天空蓝色的交汇处

1　长诗《失踪的辛巴德》是塞庞鲁最重要的代表作，也是伊朗现代诗歌史上最重要的作品之一，其创作源泉是《一千零一夜》中《辛巴德航海记》的故事。该长诗讲述的是辛巴德在充满传奇色彩的七次航海之后，在年老之时打算进行第八次航行，但因年老体衰无法成行，便说服儿子去做航海英雄。儿子不幸遇难，一去不回，成为"失踪的辛巴德"。老辛巴德在海边沉思自己对年轻一代应当负有怎样的责任。该诗题献给伊朗现代文坛领袖阿勒·阿赫玛德，其主旨在于讨论老一代与年轻一代之间精神遗产的传承问题。

2　阿勒·阿赫玛德（一九二三年至一九六九年）：伊朗现代著名作家、社会活动家，被奉为伊朗知识分子的领袖，其著作《西化瘟疫》和《论知识分子的效忠与背叛》在伊朗社会具有巨大影响力。

向太阳之帆

向亮星之桅杆

一直讲述着一个故事

在波浪的书库之间

总是向往着远行

愿望总是不成型

炽热的渴望

在黎明时分如同曙色高烧

            出现在他身上

如同曙色高烧，在那时候

波涛翻涌不再静候旅行

风的旋律传来

船上紊乱的绳子还记得他。

太阳被遮蔽

如同死者闲置的眼睑

挂在正午……

那时城市和小花园

以及渴望的细胞已没了生机

水禽们

在他的睡梦中不再是天使

还有大海的光影

让折磨人的光线

颤动在他寝宫上方。

这样的旅行在发出召唤

在港口吹响号角

装载满货物

唱起告别的歌

扬帆

    起航！

又是那心神不宁的船长

去迎接风暴

将神话

      酝酿

那位隐居的海员

已经解脱了大海的元素

带着乘客和货物

将船

如同徒劳的细碎草芥

交付给漏斗般的深漩涡

巨鲸的脊背（就如同岛屿）

雷电霹雳

（靛蓝、石灰、硝酸的标枪）。

依照神话的方式

他将一块船板抓在手中

盘踞不去的渴望啊

还有已然陌生的安宁

那海妖，那大海的危险制造者

         当他

踏上大海的阶梯

系紧自己的鞋带

从眉宇之间，眺望海域：

总能看到一身影，然而遥远

遥远、逃窜、渺小……

在鹏鸟巨翅出现的地方

日食改变了太阳的容颜

鹏鸟的巨卵

是天穹的白色倩影

出自水域不断涌现的狭窄缝隙

他在金刚石峡谷的崩塌中

有一狡诈的念头

　　　　　是他获救的钥匙。

在某个国家　人们

被变形成牲口

那个高手，那个智者

保护着人类的遗产。

为了将永恒的界限

划定

如同原野的卫士

跟在魔鬼后面变作了人类。

然而总是有大鹏翅膀的影子

追随在他的身后

长腿妖怪

笼罩在他的后背

在巨龙吐着火舌的呼吸中

经由地上的灰烬

风点燃了他的细胞之炭

此刻　在充满财富的岸边

那伟大的海员已步入暮年

此刻　青春的芦笛

吹得扬帆的希望摇曳

此刻　城市的舒适

将充满急躁喧嚣的麦达因[1]之歌

1　麦达因：伊朗萨珊王朝（二二四年至六五一年）时期的首都，位于底格里斯河东岸，波斯语音译为泰西封。

驱向过去

此刻　又怎奈何得了年高体衰

就以这已无地位的水手的憔悴额头？

曾奋斗过的意志之山

年轻的运道已沉睡

很久

航海者的双脚

在安宁中倦怠

洞察一切的双眼

曾将晨星的运行

交付给脑海

懂得

波涛灵魂之曲的含义

知晓

没有上升限度的飞鸟的游戏

仿佛在那非空间的隧道中的夜晚

在一块漂流的木板上睡去

他在茉莉花瓣的浅影中

睡着了

做了个梦

此时应当有再一次的青春

在宰牲节的石头上

第八次　献祭，达到高潮。

红色的雨

将古什纳斯普[1]之火延伸

1　古什纳斯普：伊朗伊斯兰化之前琐罗亚斯德教的三大圣火之一，曾供奉在
　现今伊朗西阿塞拜疆省的乌鲁米耶湖附近。

展示在城堡的顶端

闪电建筑师

将清晨港口的形状

修建在他寝宫的上空

伴着这巴格达小花园的青春

他默然坐在大树裂开的心脏

——如同他的心脏

与伟岸的儿子

进行对话

谈及推测和虚幻世界中的迷茫

在空间急匆匆的行程中

你是否看见了大海的机敏？

随着音乐的余音

慢慢地、懒洋洋地、轻吟着

                    太阳

从大海探出头，你看见了吗？

在奶白色的雾霭中

突然　它那红铜色的日轮

朝那边又迈了一大步，你看见了吗？

（帷幕后的太阳

　　　从正对面

——黑色场域的中心

处在被熔化的状态

　　　挂在水之悬崖）

海狮的歌吟

以查尔加赫[1]的曲调

1　查尔加赫：伊朗民族音乐曲调之一，节奏雄壮有力，一般用于英雄史诗之类的赞歌。

将安逸舒适的厅堂

为了纪念而唤醒。

你在馨香的微风中醒来

那馨香出自阳台上醉人的美酒

蔚蓝花瓶中的茉莉

在转瞬即逝者们的正午

日光明媚的大海

——图形变幻的灯笼——

变得朦胧不清

刹那间，落入海藻圈，犹如

姑娘们的脸庞

在水的婚庆之后，是岸之项链

对被掩埋的城市，在两重天空下

对大洋被诅咒的母亲

对支离破碎的大吊灯

在水之大厅倾覆的天花板上，你知道吗？

巴拉萨特[1] 激流汹涌

最初的雨降落

如同蔚蓝的丛林长满绿色的枝

向往着生活

将饱含秋波的密码和遮遮掩掩的调笑

恣意释放

在吸人的花蕾和吃人的珊瑚礁

别去留意安抚责备的手掌

带着需求之木匠雕成的合欢花

1　巴拉萨特：辛巴德航海途中经过的海域名。

你是否能够

在你停留的甲板上

成为干练的商人?

当你的船在戛弗[1]的尽头

从大海的峡谷中穿过

大海的神话

留在了小男子汉的脑海。

当你的船,带着海藻之帆

在苔藓、脓疮、疖子构成的网中,

从彩虹的凯旋门下经过

你为何不将起航置于定居?

在恐怖的夜色之后

你在水晶中看见的

是一位白发老者

你不将大海无数的种类

与海洋馆这新鲜事物

                  相媲美?

当那完美的星辰

悬在被遗弃的港湾前额

当樟脑香味刮来的时候

蔚蓝色按照你的旨意赐给死亡

你对朋友们的容颜不害怕吗?

人总是在寻找其思想的终端

和跨越奇迹的边界中

追求那致命的珍珠

1　戛弗:伊斯兰教神话传说中环绕世界的高山。同时也是《古兰经》第五十
　　章章名和起首字母,被认为具有神秘意义。

小心啊这回答并不符实

这客栈中持续不断的浮华

以及邀请与威胁的阴影

是一种充满暗示与诱惑的东西

它用一短锚

对死亡进行调整。

大海在其边界之内

完全是另一种文明

这街区、旅客和集市

头顶什物、包裹严实的妇女

将银白的小腿

在月光的银色中举迈

这即是出自水的习惯的作用。

那享受　仿佛非空间中茉莉花的气息

那享受　在黎明与日出之间

在睡意犹存与喷嚏之间

突然

　　　在嗅觉中醒来

不，这不是回答

当你的大船——哲布勒伊来[1]的坐骑

如同鱼儿跳离疾逝的时间之树

越过神话的屏障

在记忆与遗忘的交汇处

在所有天赋全都成一种形式的地方

选择是那么简单

1　哲布勒伊来：伊斯兰教四大天使之一，为报喜天使，相当于基督教中的加百利天使。

你为何不将猜想权当作空谈?

那么，努力登上顶峰吧

在波涛的颠覆中

如同巴德星座[1]，做大海的勘探者

甚至——如果有兴致

　　　北斗七星

可与公众信仰为难

处女座具有美丽的风情

在天穹之高塔上，云播撒着结合

漂亮的乘舆

将新郎送上芬芳的太空

因此，你——以大海为食

决心出发

让海港的传统

　　　　　　　　得以重振!

苍白的风

在醉人的国度，在年轻的国度

第九次　在细沙和风暴的家园

被慷慨与遗忘充实

红色的雨

将戈息阿斯布之火延伸

展示在城堡的顶端。

以礼物的名义的那东西属于这湿土

这潮湿的城堡　　在那风中

夺人神志的灯笼四处飘散

以礼物的名义的那东西（却不可选择）

1　巴德星座：天文学中双子座、天秤座和宝瓶座的总称。

守护着我们的心脏。

职业从港口开始

晚餐围着漩涡之桌布进食

会晤的起点与终点

都在臭水坑的圆形床榻

在没有雨的大地上。

向往珊瑚的爱恋

——受奴役之歌——

为考验勇敢的心　悄悄地

海角的轮廓酝酿在思想中

在粉碎的渡桥上方

在这过冬别墅日暮的存在中

在落日的帐篷中……

不，坐等康复是徒劳的

罕见的撞船事件之门

水中往来的桥梁

在岸边的瞭望塔上全是蜃景

在蜃景中全都是大海

然而考验勇敢者的心是必要的

伴着这些碎木板

——渴望破碎的收获——

在没有救助应答的现场

只有一叶青铜色的小舟在寂静的盆中。

只有毫不犹豫的他

还有完成他的事业

是商旅最美丽的期望

一个长长的静观

对于水罐碎末的泥土生涯……

他在时间的水晶中

辨识出水银

他在雪景内部看见自己

在迎面的雪中

心啊，勇敢者啊！

这是我们的遗产

一个停顿，一个过去，在见证犁沟的镜子中

穿越

我们的遗产是没有希望的参与

然而劈波斩浪留了下来

还有一双瞭望的双眼

处在诞生的状态。

清晨与傍晚持续不断地返回

以礼物的名义的那东西交给我们

一只具有穿透力的舟在浓雾中……

当老迈年高来临

传说中岛屿的芳香

伴着沉浸其中的热望

在最后的旅行中

勇敢的心的命运啊！

请观看死亡之冰雹

在乌紫的红宝石穹隆顶部

只要那颗裸露的星辰

在水生毒草上空停滞不动

只要你的同行者返回，带着嘲笑与叹息

质问：

你知道

那颗停滞的星辰有什么含义？

那时人们有空闲坐下来

在没有云彩的漫漫长夜

伴着一颗固执的星——指路明灯

伴着游动的幻想的船队

从梦中直到清醒的尽头……

缝制的披肩愉快地滑落

赤裸的身躯啊

惊呆在值得了解的永远里啊

在值得一看的旧书里啊

满身疲惫者啊，展示吧！

青铜色的身躯在沉寂的青铜中

在道路的尽头展示

在知晓奥秘的星辰的照耀下

只有毫不犹豫的他

还有麻雀叽喳谈论的他的生命

在海岸——它安宁的边界

被不断的延伸所左右

伴着对大海的期待睡去……

只有他　在定居中

也是商队最美丽的期望

只有麻雀叽喳谈论的他

在刚刚长出禾苗的荒年中

对大海的制衡之钟有着幻想

任何渴望对旅行的一代都不新鲜

辛巴德苏丹

沉默地

　　与海浪同呼吸

与风儿同秘密
郁闷，不断延伸的高塔之轴
在他额头里旋转

他站在麻雀的叽喳下
沉思：
　　　禾苗
在腐臭空气的腐败流动中
难道要再等一百年……?
他努力想领悟
未来一代毫不相似的想法

古拉姆侯赛因·萨勒米

（一九四四年至今）

伊朗著名翻译家、诗人。主要诗集有:《突发事件铸就男人》《灾难苦歌》《带着爱、镜子和光伫立在夜与忧郁的门槛》。

恋曲十一首 [1]

一

渴望你到来，慰藉心灵的人儿啊
我倚在窗边
将我的目光之马
向着远方
向着道路的那一端驱策

晨曦吐露，你却没有回来
伤心郁闷的我
包裹进孤独之茧，形单影只
用寂静聊以自慰

你不会回来
　　　我知道
　　　　我知道
　　　　　你不会回来

等待
　　是重负
　　　压在我头上……

1　苏菲神秘主义的文化传统使伊朗文化充满精神恋爱的意蕴。这种精神恋爱也是诗人们反复抒写的一个重要内容。另一方面，伊朗情诗历来多解，读者自己见仁见智。

二

高高在上啊！
你出自哪个世系，你的微笑
是东升的旭日在春天的清晨
亲切温暖？

你就如同河流的歌喉
啼啭，洋溢着盎然的生机
就如同哈菲兹[1]的诗歌
永远鲜活，满载着纯粹的抒情
镜子和光
冲进我夜的寂静

在你纯洁的乌黑瞳孔中
有一大群梅花鹿
　　　　　　信步漫游
你的行走姿态
将雌斑鸠的嫉妒感觉
　　　　　　　　撩动

爱情的血液
在你年轻的血管中流淌
把你塑造成一个真实的奇迹

你的香息是多么辽阔高贵
庇护我吧

1　哈菲兹（一三二七年至一三九〇年）：伊朗古代著名抒情诗人。

庇护我吧
在你身姿的慷慨曲线中

高高在上啊
　　　　　情人！
对于你挺拔的身姿
　　　　　　　　爱
是最美丽的服饰

三

你的笑颜
催开了
　　　　成百朵的樱桃花
妙手回春的人儿啊
你何时用笑意一缕
使我的心灵之花
　　　　　　　向世界
　　　　　　　　　绽开？

四

就在这里
　　在这孤独与忧郁的轴心
　　　　　　　　我焦渴得快要死去
你啊
出自蓝色和大海的家族
求你慷慨地
用一口笑意将我
　　　　　款待！

五

孤独，幽深的创伤
贪婪之口大张
我挣扎着不坠入
你温柔的双手应当
　　　　　　把药膏
敷在我的伤口上

六

此刻你就要走了
我伫立在伤心的门槛
　　　　　　在徘徊的门槛
你还会回来吗？

我心的绿色枝丫
有成百的犹疑新芽长出
一个声音对我耳语：
那是一场空
　　　　把心系在风上
或坐在泡沫上

心系于你
是徒劳我很明白
　　　　　　我明白
　　　　　　　　我明白
尽管如此
此刻我将整个自己
　　　　　　　交付
永生的纯洁的底格里斯河啊

美人啊

我期盼着你的回归

期盼着你的回归

而

我心的绿色枝丫

也长出成百的希望嫩芽！

七

一朵硕大的莲花

静谧地盛开在

死水中

月亮的影像

映在水面！

八

我从记忆的花园小巷走来

比以往更加伤心郁闷

伤心你的离去

如同饥饿的白蚁

此刻把我整个的存在

占领

你之后，城市是一座孤寂之城

你的微笑啊

是哲人叙事诗[1]的深意

1　指波斯著名大苏菲思想家莫拉维（即鲁米，一二〇七年至一二七三年）的
　　长篇叙事诗《玛斯纳维》，以意义幽深著称。

你行走的姿态

就如同雌鹿的款款信步

洋溢着优雅高贵

你之后，城市是一座孤寂之城

你的话语啊

是一曲美妙舒缓的乐曲

我从记忆的花园小巷走来

哈菲兹在我对面

我吟诵：

我们没有读过亚历山大与达拉[1]的故事

除了爱与忠诚的故事别问我们其他

九

别在风中梳整你的秀发

唉……我很担心

风那贪婪之手

将你辫子的香息洒落在整座城市

我嫉妒得

　　　　　要死！

十

终有一天

我会将我的小舟交付波浪的手心

1　达拉：亚历山大征服波斯时，波斯帝国的末代君主，即历史上的大流士三
　　世（前三三六年至前三三一年在位）。

我会走向波浪起伏的蓝色无垠
行走，直到从所有的苍白中解脱

爱在这里是不再流通的硬币
恋人的故事已从记忆中消失
我的血液也许
会赐给恋人们新的信任
我从这繁荣的厌倦中离去
让一切随风而逝！

十一

来了，来了
轻轻地，轻轻地
爱情的光环
在她头顶上方闪耀
一个微笑
就让多福河¹争风吃醋

就在我的上方
那样地款款信步
所有的斑鸠都嫉妒得
　　　　　羽毛凋零

当她的发辫
　　　　披散
那月亮色泽的瘦削脸庞
完全是月食的形状

1　多福河:《古兰经》中天园里流淌的河流。

她微笑之彩弓

　　　　毫无疑问

是一座桥

　　　　架在我与存在之间

她的亲吻是那样的甜美

仿佛在她的双唇中

有成千上万个蜂巢

她纯洁的黑色眼眸

　　　　蕴藏着某种东西

　　　　　　　　甚至

可以将凶猛的群狮

　　　　　　驯服

她目光的纯净水池

是所有梅花鹿的饮水地

我所爱恋的夫人啊

是那样的撩人心扉

　　　　　　做女人

对于她来说就是全部就已足够！

《一千零一夜》中的一个故事

献给尊敬的诗人穆罕默德·阿里·塞庞鲁

东方诗人的歌

沉思着解脱的那天

辛巴德

期盼着远航的季节

哪怕一次

已经很久了，蕾莉的驼轿

从马杰农等待的双眸 [1]

装备上行囊而离去

一大群诗人

没有为此吟诵任何诗歌

一个以《漫步者》著称的男人

吟诵过《冲锋》

此刻静静地坐下来观看

在栅栏的后面

东方诗人的歌

被遮蔽

辛巴德

期盼着远航的季节

独自一人

1　蕾莉与马杰农是西亚地区民间传说故事中的一对著名恋人，如同中国的梁
　　山伯与祝英台。

山鲁佐德[1]

已经沉默，不再讲故事

而夫人

一幅坚忍与孤寂的肖像画！

---

1 山鲁佐德:《一千零一夜》中为国王夜复一夜讲故事的王妃。

优素福·阿里·米尔沙卡克

（一九五九年至今）

出生于伊朗南方洛雷斯坦省，一九七九年定居德黑兰，是伊朗伊斯兰革命中成长起来的新生代诗人代表，是伊朗南方文学的代表诗人。伊朗南方文学的特点是多涉及港口、乡村、石油、战争、废墟、流浪等。

主要诗集有：《海湾游方僧》（一九八四年）、《失恋者之歌》（上下卷，一九八四年）、《从龙的眼睛》（一九八八年）、《与自己和世界作对》（一九八九年）、《月亮与亚麻》（一九八九年）、《被漠然和烦恼笼罩》（一九九〇年）、《从一个叛乱者的语言》（一九九〇年）、《在凤凰的影子中》（一九九一年）、《端庄与诠释》（一九九一年）等。

港　口

夜在港口本土上空
　　　　　　萦绕
在大海激荡的目光中
伴着千颗星星
从海湾周边疲惫的弧线来临
哎嗨！大小船只
还有黑黝黝的老船工
和着号子与喊叫吟唱
在害狂犬病的浪涛上
在饥饿的漩涡中行驶
让港口的角落
城市弯曲的小巷
咖啡屋
充满燃气茶炊的咕嘟声
还有水烟持续的笑声

晨曦在海湾本土上空
与闷热的酷暑和海水不安宁的呼吸混合
伴着枕着码头沉睡的潮
伴着码头雾霭沉沉的上空缭绕的
鱼腥味
伴着自身夜的窃窃私语
伴着渔夫们矫健的步伐
伴着船工号子鞭笞的伤痕
港口
在水与陆地的交接处

醒来

哎嗨！

太阳沿着疯狂的轨道生长

在簇拥红玫瑰的正午的小巷

集市

在地狱花园的底部

弥漫着香料与作料的气味

时而

从一张薄渔网的幕帘后

两只黑色的小鹿

在你目光的树林中奔跑

港口充满喧哗与骚动

大海万顷良田

在高耸的桅杆的沉重包袱下

大汗淋漓

而风

在船夫厚实的胸膛上

抽着鞭子

哎嗨！黄昏，空荡荡的码头，大海睡了

夜给犬星座轴心

从头披上自己的黑袍

以突起的风、酷暑、闷热的抱怨

以港口的风的抱怨

乡　愁

献给我的父亲曼努切赫尔·阿塔士

我要为南方男人作一首诗

一首献给懿行美德的诗

有着我那神圣土地尊严的芳香

是啊，依然还是

在他那港口般的双手

在他那异乡海域的双眸

海的大秘密

那古老的秘密，神话的秘密

——太阳与泥土永远的结合

孤独使我们这个部落

　　　　　　　　　　　发出喊叫

海的大秘密，是孤独

男人啊！

世系里男人中的男人

大海上高飞的鸟儿

南方恋人们的首领

我踏遍了你的忧伤之广阔繁茂

伴着它那高高的椰枣树

伴着草垛和窝棚

和它圣洁空寂的小巷

恋人啊！

大海王朝的最后一位烈士啊

你我部落的风俗，死亡

骑在这遗忘之马的脊背上

忧伤的你我的死亡

比原野失恋的呻吟更忧伤更寂寥的

是沉默

无论如何

我不是在追踪你名字的清白

因为爱情

我在你那高亢的沙尔维调[1]中找到

伴着马儿和霞光

还有那充满秘密的吻

还有……

你的名字我的名字

你的廉耻即是一个贝都因[2]部落的廉耻

不需要口角争吵的自我宣称

贾特[3]的后代

不会因不仗义的岁月

和时人

而将恋人抱怨

男人啊

大海的男人中的男人!

噬咬身体的苦痛已消退了锋芒

你我高贵部落的血液

已枯萎

　　衰老

1　沙尔维调:在伊朗南方沿海地区流行的一种悲凉慷慨的民歌调。

2　贝都因:阿拉伯半岛上的一个主要游牧部落名称。

3　贾特:古代生活在印度河流域的一个部落,其后裔中很多人现生活在伊朗,成为伊朗的一个少数民族。

    现在已血脉断绝

你我异乡的诗歌

你！我的老人！我的父亲！

你应当挣脱城市之牢笼，须知

       根本轮不上我们

是啊父亲

我们应当返回乡村

尽管你我的乡村

在胸中

在口音中

在你我内心深处和诗歌中

尽管城市也是

    你我的乡村

事　故

我以诗的疯狂吟道：

血在事故的血管中已燃起熊熊大火

但是没有人听见我的声音

也没有人给予我应答

那个悲伤而沉默的魔鬼

隐在我的愤怒内部的魔鬼

此刻为了说话而再次开启嘴唇

我以深思熟虑的理智判断克制自己

将这骚动再次欺哄入睡

然而

它却惊醒过来咆哮：

这次

也许有人会明白

也许有人会相信我的声音

请让我再次呼喊吧

它就喊道：

血在事故的血管中已燃起熊熊大火

但是没有人相信

　　　　　我胸中的声音

乡 村

悲伤，忧郁，几个人影

徒劳坐在墙根

一棵雪松在小巷的那端茫然

一株柳树在栅栏后面沉默

几把犁头，饥饿

几扇门，期待的眼睛

破朽的梯子失去了耐心

忧伤萦绕在房顶

院子毗邻着墓地的焦渴

墓地是道路的知音

一片被遗弃的荒野

一轮服丧的太阳

信号（一）

你说树木只在夜的浓郁中
腐烂
我却深远地看见这风与柳树
更多的是恐怖的盐碱地
逃向泥土深处
唇以根的着魔似的急切
去亲吻水

信号（二）

尽管我知道

除了灰烬从你呼吸的烟霭

不会有什么东西在柳树林中留下

在我内心最遥远的地方

一棵荑梓树[1] 固执地说：

柳树是绿色的凤凰

会从火中再生

请稍喘息片刻

你就会从灰烬中看见柳树发芽

---

1 荑梓树：伊朗南方一种生命力顽强的灌木。

信号（三）

似乎是春天……是啊，比这更加显然
在任何一片大地
都没有无价的丽春花丛长出泥土
映入人的眼帘
然而在这由你铺展的春天
温暖的风那样地款款迈步
任何耳朵
在任何角落都没听见过

信号（四）

在禁止与责备的岁月里

胜利属于爱恋之人

被爱者

任何时候，任何情况，在哪里？

         在任何地方

一个女人的肖像

在墙上积满尘垢的相框里

在小院子的一个盲角

哪怕有两丛丽春花

什么东西已留下

什么东西已留下？
什么东西将留下？
我冰冷的呼吸
会点燃哪个姑娘热烈的吻？

遗留在路上，一个女人
一排牙齿的痕迹还在她唇上
她衣服破烂，如同一朵枯败的花
或许如同复活日的圣女
裹尸布中的一具死尸

蔑视邻居的奢华
人们说全都是空
我一再问自己：
什么东西已留下？

骑士们有什么东西已留下
积满尘埃的马鞍和兵器？
藏在火与烟中的铠甲？

什么东西已留下？
什么也没有！
这就是给我的回答
          无论我走到哪里
我的斧子
      都被我做成自己的绞架

魔鬼夺去了我的甜美

你在哪里？

我的兄弟们已死去

又将我的姐妹们

用童贞血之指甲花

        带走

什么东西将留下？

一只手的痕迹在墙上

一匹马的马掌

        一个婴儿的摇篮就足够

恋人的一张纸就足够

什么时候我才能将荒芜

铺盖上繁华的色彩

把野花

铺在烈士的坟头

好让空荡荡的大地

穿上幸福的绿色衣裳

那在荒野中流浪的

        是马杰农

这在我头顶上燃烧的

        是蕾莉

我的诗人啊

风儿如果经过，我看看它的行踪

        还不够吗？

过　客

在成千朵花的定命背后

人用灰烬覆盖

火焰血淋淋的笑颜

用最后的一只手

从衬衫的掌心掠走赤条条的身躯和睡梦

我确信将它们在茫然失措的道路上驱驰

走向那地狱，留给你目光的

　　　　　　　　　或许是惊恐

留给我的是在这积雪中纠缠

沉寂的了无生机的树的结局

走向那崭新的刑场

在那里一只疲惫的小黄雀

以一种明亮的语言

唱着一支永恒的歌：

猎豹啊它企望的眼神落在我身上

哪年哪月

你才能在这泥土中覆盖

那生机勃勃的鲜活的镜子的容颜？

我确信将它在茫然失措的道路上驱驰

哈米德·礼萨·谢卡尔萨里

（一九六六年至今）

出生于德黑兰。获德黑兰贝赫希提大学地质学学士学位。十七岁开始从事文学创作活动，至今出版诗集《周五又逝去了》（一九九六年）、《全部的光明》（二〇〇四年）、《无缘由之灯》（二〇〇五年，于二〇〇六年获伊朗最佳诗集）、《云层下的天空》（二〇〇七年）等。另外，还有不少诗歌入选伊朗各种诗歌集。此外，还从事诗歌评论，出版诗评著作《字词的史诗》（二〇〇二年）、《从沉默到言语》（二〇〇四年）等。

短歌六首

一

消磨
是在残杀铅笔
还是在使铅笔复活？！

二

一瞬间
这穿白色婚纱的新娘
就被炮弹打穿
樱桃树
有着怎样痛苦的命运啊！

三

起初我们大家都以同一种语言说话：
哭泣
渐渐地我们的语言发生改变
渐渐地
连我们的哭泣也需要翻译

四

每天我都把一首新诗交给石匠：
新订单！

老头被我弄得喘不过气来

今天早晨他冲我一声大吼：

你还是先去死吧

然后把墓碑交给我，诗人先生！

五

多么巍峨的山脉啊！

拖鞋

在蚂蚁面前

六

晚餐

大家吃的是烤鸡翅

半夜

男人

把一只没有翅膀的鸟儿搂在怀中

埃姆朗·萨罗希

（一九四七年至二〇〇六年）

出生于德黑兰。一九六六年开始在伊朗重要诗歌杂志《撷英》上发表诗歌，相继出版了诗集《在水中哭泣》（一九七四年）、《雾中的列车》（一九七六年）、《半路上的车站》（一九七七年）、《第十七个》（一九七九年）。萨罗希是二十世纪七十年代"使命诗歌"的代表诗人之一，以社会讽刺诗著称，被誉为"伊朗诗界的阿凡提"。

二十世纪九十年代，其诗歌创作转向苏菲神秘主义，出版了诗集《一千零一面镜子》（二〇〇一年），在伊朗诗坛产生较大反响，使萨罗希成为伊朗当代最具代表性的诗人之一。

二〇〇六年九月十六日至十月一日，萨罗希应邀来华参加中国诗歌界举办的"二〇〇六帕米尔诗歌之旅"。十月四日凌晨，萨罗希在德黑兰因心肌梗死不幸去世。

看　望

死亡
从关闭的窗户向我张望
生活企图
从门口逃掉

我的灵魂即将穿过屋顶
在一个黑暗而寒冷的夜
床将会感到
　　　　轻了一些
在我心中
在我体内有一螃蟹
　　　　　　在挖掘我
我清楚知道
　　　我将变成一个空壳
　　　将会坍塌

我长了一个可恶的瘤子
我的孩子们
　　　都害怕我
我的熟人们
　　　都来看望年轻的护士

　　　　　　　　　一九六八年

饥饿之宴

她将心与一只花瓶
放在窗户边
好让某个王子路过时
把她带上装饰一新的马车
与他一起去赴梦幻之宴

一位可怜的穷孩子过来
骑着廉价的鞋子
带上她
与他一起
去赴饥饿之宴

一九六八年

许　愿

风吹来，翻阅着报纸

雨

洒落在各种事件之页面

突然，一群乌鸦飞来

喙下叼着一片黑夜

我们借着星光

踩着岩石、山丘和乱石向上走

我的衬衣和鞋用帆布做的

其中盛满青春的激情

百转千回的蜻蜓

停在水面

夜

伴着水

渗进树根

我们走进夜晚的咖啡屋

我们疲惫，茶却是新沏

黑暗与恐惧甩在墙外

突然

闪现一道强光

那光，是我们的庇护所

那晚，父亲来到我梦中

给我盖上毯子

太阳

从自己金色的铜盘

把火在山峦上倾洒

那里，山谷底部

一块长满苔藓的石头清晰可见

从苔藓上渗出水珠

    水珠

我给我的水壶装满怎样的爱情

突然，一群乌鸦

从远处遮天蔽日飞来

我们置身圣陵之旁

我点燃蜡烛许愿

赶骡老人在水池边

给他的骡子钉蹄掌

     一九七五年

纸飞机

孩子
用他的木制弹弓弹出
　　　　　　一块石头
鸟儿的翅膀
　　见证了
　　　　引力的力量
鸟儿的血打湿了泥土
果园中鸟儿们全都瑟瑟如秋
果园中鸟儿们因弹弓
瑟瑟如秋
花儿的柄上
　　倒悬着那鸟儿
花儿的柄断了
从树枝上
　　鸟儿跌落
鸟儿的羽毛成了秋天的叶片
在风中

孩子
用他的木制弹弓在果园中
建造起石头的喷泉
当
鸟儿在果园中不再留有一点痕迹
孩子
放起了纸飞机

　　　　　　　　　　　　一九七四年

如　果

相思之鸟
如何歌唱
如果没有果园

我们如何对镜子
诉说心扉
如果没有明灯

我们如何沉醉
如果没有月亮映在水中
如果从你的容颜
没有一片叶落入酒中

一九八二年

在雪的尘埃中

我用泪水翻过岁月的一页
雪的尘埃落在各种东西上面
遗忘咀嚼着书页

火睡在柴中
火焰睡在灯笼中
一个男人睡在一节破损车厢的长凳上
在世间的最后一站

一片小院子
有一株石榴树
在我心上

一片小院子
有一口破败的水池
在我眼中

一片小院子
有一个孤独的女人
在我生命中

火车轮子的声音
在铁轨上
缝纫机轱辘的声音
在棉线上

我以泪水翻过岁月

所有的季节都是冬季

一九八七年

大地之锁

我们打开大地之锁
看见一扇小门和一把梯子
我们迈步进去
抵达一个广阔的空间

一扇门开向一个果园
从那果园
又一扇门通向另一个果园
如此这般一个果园套一个果园
到处是五彩缤纷的鲜花
还有果实累累的沉甸甸的树
在最后一个果园我们看见一道门关着

门后有什么我们不知道
也许是一匹白马
把我们带到故事中的城堡
也许是一条龙，用它气息的火焰
把我们烧成灰烬
我们是该敲打门环还是该转身离去？

一九九二年

这片海域

这片海域

如何能穿越

磁石之山

正掠走我们的船钉

分崩离析

我们怀抱一块碎木板

漂荡在寰宇之水面

一九九二年

夜明珠

在城市紧闭的大门内
是狼的嚎叫和狗的狂吠
还有作奸犯科者长长的身影
你躲进一座坟墓的四壁中
躲在一棵树下，其叶片是死亡

最具活力的生灵们
以一种美丽的姿态站起来
将泥土和黑暗推开
似夜明珠一般
在你怀中闪闪发光

一九九三年

隐秘之岛

我们在疯癫之涛中挣扎

我们沉下去又冒出来

伴着珍珠和月亮

我们磨破手掌

叶片闪在一旁

苹果闪亮

激情

使我们在草地和月光中伸手

在迷失的道路中

我们发现众多陌生之地

在我们的牙齿下

是奇怪的滋味

在树林最迷失的地点

我们重新命名

月亮、草和路

真愿非至亲的风

将船儿吹向这座隐秘的岛屿

一九九三年

那一刻

那一刻
我们睁开眼发现自己
在茂密的树林中
我们看见了月亮

没有马儿也没有路

突然
在惶恐和茫然中
我们听到一歌声
飘向月的光华和草的清新

我们循着歌声而去
手握住一只鸟儿

一九九三年

一千零一面镜子

我越是逃离
却越是靠近你
我越是背过脸
却越是看见你

我是一座孤岛
处在相思之水里
四面八方
隔绝我通向你

一千零一面镜子
转映着你的容颜

我从你开始
我在你结束

一九九三年

指环上的宝石

指环上的宝石
静静地闪耀
就如同一朵红花在雾中

在我们取下宝石之前
一只鸟疾冲而来抢走了它

现在我们追着鸟影奔波
从一方原野到另一方原野
从一座城市到另一座城市
从一片果园到另一片果园

太阳已经西沉
鸟儿却不知疲倦

一九九三年

七重天

我们坐在
坍塌的家园
和干涸的泉边

我们已吃饱喝足
以一片饥饿
和一掬焦渴

在如此郁闷中
我们有一皮口袋
可以装下
七重天

一九九三年

如果你与我们一起旅行

如果你与我们一起旅行

走过一条没有标志的路

你将到达祖母绿城堡

门将会被咒语打开

你将走进去

打破沉睡的符咒

唤醒镜子

九曲回肠的长廊

百折千回的台阶

将把你带到色彩斑斓的楼阁

那时从一朵花之窗户

你将摘得星星

一九九三年

爱的荒岛

人们把爱
用铁链捆绑在被遗弃的荒岛
又在岸边把船只全都毁掉

我穿越
百折千回的七海
吊在
生命的一块木板上
在祈祷的微风中——
这风会将魔咒破除

一九九三年

丢　失

我乘着每一道波浪
急切地奔向你
在你身旁

当我神醒智回
却见
我已将你在遥远的某处
丢失

一九九三年

放　松

来，让我们一起穿越重重火圈
抵达一无所知的果园
在那棵禁树的树荫下彻底放松

我失去了知觉
来，让我们一起跨越座座堡垒
抵达宁静的牧场
在光明之水中将身体洗涤

来，让我们一起撕破禁忌之网
把惊慌失措的鱼儿
交付给河流

一九九三年

大门关闭

突然大门
在我身后关闭
我留了下来而大海
它的水一半是咸一半是甜

我驾一叶小舟，帆舒展
在渡口，风
时而哈哈大笑
时而哇哇大哭

一九九三年

黑暗的洞穴

惶惶然孤零零在黑暗中
我们掠夺死尸们的衣服
并把活着者埋进土里
为了一口水
一片面包

在何处啊
星辰般的窗口
把我们解救出
这黑暗的洞穴

一九九三年

禁　门

猛的一下
你打开禁门
穿过九曲回肠的长廊
抵达一小溪
一只鹰把你掠走，带到一岛屿

一天，一张帆从地平线升起
一艘船把你带向一颗灿烂微笑的星

现在另一扇门
诱惑地开启
你走进去
却不知你已走出

一九九三年

注　定

如果不是注定
那扇门将被开启
为何钥匙被留下

如果不是注定我采摘水果
为何在果园中
把我独自留下

一九九三年

会　晤

今天我与之会晤的是一张空床
二〇四房间
一瓣一瓣的红玫瑰
滴着输血的泪珠洒在他的枕头

他旅行去了像一道掠过故土的影
他旅行去了像一缕透出屋顶的光
在镜子的那边不再有人
将他呼唤

他的银丝不再飘动
他的眼眸不再有光芒闪过
小巷在下午五点钟
再也听不到拐棍的声音响起

一九九九年

这 里

他坐在这里
这里，就在这张椅子里
桌上燃烧着
一盏蜡烛，完全如同这一盏蜡烛

一副破碎的眼镜，布满忧伤和目光
一堆诗歌
在围巾后面

窗外飘过一团浓雾
他坐在这里
这里，就在这张椅子里

二〇〇〇年

醒　着

我醒着
伴着雪伴着鹿
伴着一叶小舟——
在岸边上打着哈欠

二〇〇〇年

译后记

二〇〇一年至二〇〇四年，我承担了中国社会科学院重点项目"伊朗现代新诗研究"。为做该课题，我翻译了大量的二十世纪伊朗新诗，由此喜欢上了伊朗新诗，在之后的数年内，一直关注伊朗现当代诗歌，陆陆续续不断有一些译作，积攒下来，数量也不少。

二〇〇五年，巧遇机缘，由华艺出版社出版了一本译诗集《伊朗现代新诗精选》，因出版社要求的篇幅有限，忍痛割爱了几乎一半的译作。后来又机缘巧合，二〇〇九年由作家出版社出版了恺撒·阿敏普尔的《恺撒诗选》，二〇一一年由译林出版社出版了帕尔维兹·北极的《伊朗当代短歌行》。

现今，躬逢盛世，国家"一带一路"发展规划与丝路沿线国家合作互利，经济文化齐头并进，大力发展。又恰逢母校北京大学一百二十周年华诞，得此良缘，我数年积攒的译作可以出版面世，对积极运作此出版之大手笔的母校领导及有关工作人员和出版社心存无边的感激。

除个别诗歌外，此部《伊朗诗选》所选篇目不包括上述已经出版的三本诗集中的译作，因此是一部全新的译本，皆因我心存私心，又敝帚自珍，想让多年来积攒的译作均能面世。另外，需要特别说明的是，波斯语缺少量词，长期读波斯语诗歌，受之熏陶，译成中文时，有些地方按中文习惯本应该有量词但未采用，比如"一拱顶""一梦幻""一绿草"等等，反复吟咏，觉得加上量词有一种被局限感，反倒缺少了诗味。

尽管我长期在诗歌园地里翻译耕耘，但无奈缺少诗人天资，译文难以传达伊朗诗歌美感之万一，在此恭敬而真诚地请各位读者不吝指点文字，赐教于在下。译者不胜感激。

穆宏燕

二〇一七年六月一日于北京天通苑

总　跋

经过两年多时间的筹备与组织，"'一带一路'沿线国家经典诗歌文库"终于将陆续付梓出版，此刻的心情复杂而忐忑，既有对即将拨云见日的满满期待，更有即将面见读者的惴惴不安。

该项目于二〇一五年下半年开始酝酿，其中亦有不少波折和犹疑。接触这个项目的所有人都无一例外地认为，这是应该做而且只有北大才能做的事情，也无一例外地深知它的难度。

"一带一路"跨度大、范围广，多语言、多民族、多宗教、多文明交融，具有鲜明的文化多样性特征。整个沿线共有六十余个国家，计有七十八种官方或通用语言，合并相同语言后仍有五十三种语言，分属九大语系。古丝绸之路尽管开始于政治军事，繁荣于商旅交通，但其更重要的意义在于促进了人类文明的交往。它连接了中国、印度、波斯和罗马等文明古国，跨越埃及文明、巴比伦文明、印度文明、中华文明的发祥地，是东西方文明交流互鉴的重要通道。

如何更好地展现"一带一路"沿线人民的文化特质和精神财富，诗歌无疑是最好的窗口。诗歌是文学王冠上的明珠，精敛文学之魂魄，而经典诗歌则凝聚着各个国家民族的文化精神和文化理想，深刻反映沿线国家独有的价值观和对世界的认识。长期以来，中国学界和出版界一直比较重视欧美发达国家诗歌的译介与研究，对发展中国家尤其是一些弱小国家的诗歌研究存在着严重忽略的现象。我们希望通过对"一带一路"沿线国家经典诗歌的研究，深刻地了解一个国家，理解它的人民，与之建立互信，促进国内学界对"一带一路"沿线国家文学、文化和文明的了解，弥补我国诗歌文化中的短板，并为中国诗歌走向世界提供思路和借鉴，从而带动与"一带一路"沿线国家的深层次交流，为中国的对外交往和"一带一路"倡议的实施提供人文支撑。

北京大学外国语学院组织国内外相关领域的专家学者，于二〇一六年一月，正式启动"'一带一路'沿线国家经典诗歌文库"项目。该项目以北京大学人文学科的优良传统和北大外语学科的深厚积淀为基础，以研究和阐释"一带一路"沿线国家厚重的历史、文化内涵为己任，充分发挥本学科在文学、文化研究领域的传统优势和引领作用，积极配合和支持国家的"一带一路"倡议，为中外优秀文化的研究、互鉴和传播做出本学科应有的贡献。

北京大学外国语学院牵头组织的"'一带一路'沿线国家经典诗歌文库"项目，旨在翻译、收集、整理和编辑"一带一路"沿线六十余个国家的诗歌经典作品，所选诗歌范围既包括经典的作家作品，也包括由作家整理的、具有广泛影响力的史诗、民间诗歌等；既包括用对象国官方语言创作的诗歌，也包括用各种民族语言创作、广泛传播的诗歌作品。每部诗集包括诗歌发展概况、诗歌译作、作者简介等三个部分。

在此基础上，形成由五十本编译诗集构成的"'一带一路'沿线国家经典诗歌文库"第一批成果，这将弥补中国外国文学界在外国诗歌翻译与研究方面的不足，特别是对部分"一带一路"沿线国家的经典诗歌开展填补空白式的翻译与原创性研究工作具有重大意义，同时对沿线诸多历史较短的新建国家的文学史书写将具有十分重要的价值。

该项目自启动以来，先后成立了编委会和秘书组，确定项目实施方案、编译专家遴选以及编选的诗歌经典目录，并被确定为北京大学一百二十周年校庆的重要出版项目之一，得到学校、校友及社会各界的大力支持，建立起以北京大学外国语学院为核心，汇集国内外相关领域知名专家学者、翻译家的翻译、编辑团队，形成了一个具有高度共识和研究能力的学术共同体。

在这个共同体中的每个人都是幸福的，与诗为伴，以理想会友，没有功利，只有情怀。没有人问过我们为什么要做，每个人只关心怎样可以做得更好。无论是一无所有之时还是期待拿到国家出版基金支持之日，我们的翻译团队从没有过犹豫和迟疑，仿佛有没有经费支持只是我一个人需要关心的事情，而他们是信任我的。面对他们，我没有退路，唯有比他们更加勇往直前。好在我一直是被上苍眷顾和佑护的人，只要不为一己之利，就总能无往不胜。序言中，赵振江教授说了很多感谢的话，都代表我的心声，在此不再重复。我想说的是，感谢你们所有人，让我此生此世遇见你们。如果可以，我还想在此感谢我的挚爱亲人，从没有机会把"谢谢"说出口，却是你们成就了今天的我。

希望通过我们台前幕后每一个人的努力，把"'一带一路'沿线国家经典诗歌文库"项目打造成沿线国家共同参与的地域性的文化精品工程，使"文库"成为让古老文明在当代世界文化中重新焕发光彩、发挥积极作用的纽带和桥梁。

人也许渺小，但诗与精神永恒。

宁　琦

写于二〇一八年"文库"付梓前夜，北京

图书在版编目（CIP）数据

伊朗诗选：上下两册 / 赵振江主编；穆宏燕编译 .—北京：作家出版社，2019.8（2019.9 重印）

（"一带一路"沿线国家经典诗歌文库 . 第一辑）

ISBN 978-7-5212-0480-3

Ⅰ.①伊…　Ⅱ.①赵…②穆…　Ⅲ.①诗集—伊朗—现代　Ⅳ.① I373.25

中国版本图书馆 CIP 数据核字（2019）第 067410 号

伊朗诗选（上下两册）

主　　编：赵振江
副 主 编：蒋朗朗　宁　琦　张　陵
编 译 者：穆宏燕
选题策划：丹曾文化
责任编辑：懿　翎　方　焱
装帧设计：曹全弘
出版发行：作家出版社有限公司
社　　址：北京农展馆南里 10 号　　邮　　编：100125
电话传真：86-10-65067186（发行中心及邮购部）
　　　　　86-10-65004079（总编室）
E-mail:zuojia @ zuojia.net.cn
http://www.zuojiachubanshe.com
印　　刷：北京通州皇家印刷厂
成品尺寸：160×240
字　　数：793 千
印　　张：35
版　　次：2019 年 8 月第 1 版
印　　次：2019 年 9 月第 2 次印刷
ISBN 978-7-5212-0480-3
定　　价：118.00 元